존 스미스 이야기

존 스미스 이야기

The Narrative of John Smith

코난 도일 지음 · 주순애 옮김

이숲에올빼미

their turn comes round to be patients and then they
raise up their voices and ~~bellow~~ with the best of us.
"A week's rest is essential to your cure" I am an open-air
man, and have not spent a day, indoors, for five years, ~~of fun going on the length of the season, and I~~
"It's very hard" I grumbled "Here am ~~I~~
~~engaged ten deep. What could be more awkward!~~
Surely if I get well enough to walk without pain I may
go out?"
"My dear ~~Mr Smith~~" said Doctor ~~Turner~~ screwing
up his stethoscope and picking up his very shiney
broad-brimmed hat "If you ~~want~~ to run the risk of
pericarditis, endocarditis, embolism, thrombosis and
metastatic abscess, you will go out. If not you will
stay where you are"
As an argument ~~this~~ it was a "clincher". I
felt that nothing short of a conflagration or an earth-
-quake would move me off the sofa. The very names
sent a pringling and a tingling through my system. "Not
another word, Doctor", said I "I take my complaint to me at a
~~time. I am not a selfish man.~~ ~~But for goodness' sake what am I to do with~~
myself! ~~I~~ I shall die of ennui"
"Not a bit of ~~it~~" he answered cheerily with
his hand upon the handle of the door "What is it the poet
says? 'The mind is its own place and in itself, can make
a Hell of Heaven, a Heaven of Hell'. You must ~~get~~ your
books round you and have a literary gorge to ~~make~~
for ~~your~~ bodily abstinence. Or better still get pen, ink
and paper, and grind out ~~a little~~ something of your own.
~~It has been said~~ that every human being has within
him the possibility of producing one good book. It is
obviously untrue but all the same there may be ~~a few~~
~~some~~ 'mute inglorious Miltons' about, who might
have blossomed into poets or novelists had they been
planted in proper soils.
"Depend upon it" said I sententiously "if

원서 편집자 서문

아서 코난 도일은『아이들러Idler』1893년 1월 호에 실린 글 「나의 첫 번째 책My First Book」에서 작가 지망생 시절의 고생담을 털어놓는 중에 우편으로 출판사에 보냈다가 분실된 원고를 언급한다. 그가 다소 극적으로 과장한 문체로 쓴 그 대목은 다음과 같다.

아아, 정말 끔찍한 일이 일어났다! 출판사들은 원고를 받은 적이 없다고 하고, 우체국에서는 그 원고에 대해 아는 바가 전혀 없다는 답장만을 수도 없이 보내왔다. 그 후로 그 원고에 대해서 아무 소식도 듣지 못했다.

그 분실된 초기 작이 바로 코난 도일의 '개인적인 사회정치적 성향'이 반영된 소설『존 스미스 이야기The Narrative of John Smith』다. 그는 이 소설을 포츠머스 교외의 사우스시에서 의사로, 그리고 작가로 자리 잡으려고 애쓰던 시절에 집필했다.

1881년 6월 코난 도일은 5년간의 의학 공부 끝에 에든버러 대학 의학사 학위를 받고 외과 전문의가 되었다. 그로부터 1년 후, 두 번째 승선乘船 외과 의사 근무를 마치고 나서 플리머스에서 개업한 의대 동창생 조지 버드를 도와주던 그는 자신이 선택한 직업인 의사로서 성공적인 첫발을 내딛겠다는 의도로 사우스시 부시빌라 1번지에 집을 얻었다. 그는 집안끼리 알고 지내던 어느 지인에게 "저는 되도록 시내 중심가에 있는 집을 구하려고 했습니다."라고 말했다. 이어서 "망하든 흥하든 한번 부딪쳐 볼 생각이었지요.[1] 진찰실에는 3파운드짜리 비싼 가구를 들여놓았고 침대 하나와 소금에 절인 쇠고기 한 통을 샀고, 제 이름이 새겨진 커다란 황동 명패도 두 개 만들었죠."[2]라며 당시 상황을 설명했다.

자격도 충분했고, 열정과 경험도 나름대로 갖췄지만, 그는 병원을 꾸려나가는 데 몹시 애를 먹었다. 낯선 도시 사우스시에 처음 발을 들여놓은 그에게는 주민 중에 아는 이가 아무도 없었 었거니와 병원이 자리 잡을 때까지 하루하루 연명하는 데 필요

---

1) 경험 없이 젊은 혈기만 믿고 뛰어드는 사업에 대해 말할 때 잉글랜드 북부와 스코틀랜드에서 흔히 쓰는 표현. 코난 도일이 초기에 열광적으로 좋아했던 선배 문인 중 한 명인 월터 스콧 경(Sir Walter Scott)이 자신의 소설『로브로이(Rob Roy)』에서 이런 표현을 썼다.

2) *Arthur Conan Doyle: A Life in Letters*, ed. John Lellenberg, Daniel Stashower and Charles Foley (New York: Penguin Press; London: HarperPress, 2007), p. 167.

한 돈도 거의 없었다. 어려운 가정 형편도 그에게는 심한 압박이 되었다. 여러 해 질병과 알코올중독에 시달리던 아버지 찰스 도일Charles Doyle이 '건강 리조트health resort'에 들어가는 바람에 그렇잖아도 위태로웠던 가정경제는 더욱 어려워졌다. 집안의 장성한 아들로서 코난 도일은 이제 '생활고에 시달리는 대가족의 실질적 가장'이 되었고, 그에 따른 막중한 책임도 절감했다. 그러나 그는 나중에 "그 힘든 시기가 내게는 오히려 큰 도움이 되었던 것 같다. 나는 성격이 제멋대로인 데다 너무 순진하고 별로 신중하지 못한 편이었지만, 당시에는 무조건 열심히 전력을 다해야 하는 형편이었기에 그런 상황에 적응할 수밖에 없었다. 어머니는 더없이 훌륭한 분이셨으므로 우리는 그분을 실망시킬 수 없었다."[3]라고 술회했다. 당시 그의 누나 중 두 명은 포르투갈에서 가정교사로 일하며 받은 봉급을 집으로 송금하고 있었는데, 그도 집안 살림에 보탬이 되고, 열 살배기 남동생인 Innes을 데려다 기를 형편이 되기를 간절히 바랐다. 그가 집으로 보낸 편지에는 이런 노력과 그 노력의 결실이 꼼꼼히 기록되어 있다. 즉, 그가 의사와 작가로 일해 벌어들인 수입뿐 아니라 청구서의 세부 내역과 그 밖의 지출 경비를 항목별로 상세하게 적

---

3) Sir Arthur Conan Doyle, *Memories and Adventures* (London: Hodder & Stoughton, 1924), p. 17.

어놓은 것을 볼 수 있다. 이 편지들은 그가 얼마나 어렵게 병원을 운영했는지를 여실히 보여준다.

1884년 코난 도일은 사우스시에서 100가구가 넘는 가정이 자신을 주치의로 삼았다고 어머니에게 자랑스럽게 알렸다. 하지만 이전 2년 동안에는 환자 수가 많지 않았고, 1883년에는 그레샴생명보험협회의 검시관으로 임명되어 별도의 수입이 있었음에도 경제적으로는 여전히 궁핍했기에 그는 주로 글쓰기에서 추가 수입을 기대했다. 1882년 집으로 보낸 편지를 보면 한 번에 받는 액수는 크지 않지만 글을 써서 벌어들이는 수입이 꽤 되었던 것을 명확히 알 수 있다.

"한동안 글을 써서 어떻게든 꾸려나가려고 해요―어제도 어느 기사의 교정쇄를 받았어요― 원고료는 그리 많지 않지만 그래도 1파운드는 될 거예요."[4]

10년 후, 코난 도일은 글쓰기에 전념하고자 의사 직업을 포기하기에 이르렀고, 나중에 그 결정의 순간을 '나의 삶에서 기뻐 어쩔 줄 몰랐던 중요한 순간 중의 하나'였다고 회고했다. 하지만 사우스시에 살던 시절에는 그가 자신의 노력과 열정을 의술과 글쓰기로 나누어 쏟아부을 수밖에 없었는데, 이 두 가지

4) *Arthur Conan Doyle: A Life in Letters*, p. 173.

작업은 때로 상호 보완적이었지만 때로 상호 충돌하기도 했다("어느 쪽이 더 힘든 일이었는지는 말하기 어렵다."고 그는 나중에 농담조로 말했다).

학생 시절에 이미 단편과 시를 쓰기 시작한 코난 도일은 때로 자신이 쓴 글을 시험 삼아 이런저런 잡지에 기고하곤 했다. 1877년 말, 혹은 1878년 초 에든버러의 권위 있는 잡지 『블랙우즈 매거진Blackwood's Magazine』에도 단편을 하나 보냈다. '고레스토르프의 유령의 집—실제 유령 이야기The Haunted Grange of Goresthorpe-a True Ghost Story'라는 제목의 이 짤막한 단편은 결국 그 잡지에 실리지 못했고, 원고는 누구의 주목도 받지 못한 채 수십 년간 잡지사 문서보관소에서 잠자는 신세가 되었다. 코난 도일의 첫 번째 성공작은 에드가 앨런 포Edgar Allan Poe의 영향을 강하게 받은 단편 「사사싸 계곡의 미스터리The Mystery of Sasassa Valley」였다. 1879년 9월 6일 자 『체임버스 저널Chambers' Journal』에 실린 이 작품 덕분에 그는 3기니라는, 당시로서는 큰돈을 벌었다. 그는 한 인터뷰에서 "그 수표를 손에 쥔 나는 피 맛을 알게 된 야수가 되었다."고 고백했다.

"얼마나 많이 퇴짜를 맞든지 간에 —내가 얼마나 많이 퇴짜를 맞았는지는 신께서 아신다— 일단 내가 글을 써서 돈을 벌 수 있음을 증명했고, 또다시 시도할 용기가 있었기 때문이다."

그는 또한 잡지 기사도 부지런히 써서 잡지에 발표하기 시작했다. 원고료도 없이 단지 의사로서 명성을 얻을 목적으로 투고하여『영국 의학 저널British Medical Journal』이나『란셋Lancet』에 실린 기사도 있었지만,『영국 사진 저널British Journal of Photography』에 실린 몇몇 기사로는 원고료도 받았다.

초기에 그의 작품은 여러 차례 퇴짜를 맞았지만, 그는 절대로 낙담하지 않았다. 이 신출내기 작가의 작품에 관심을 보인 최초의 인물인 월간지『런던 소사이어티London Society』 편집자 제임스 호그James Hogg를 비롯하여 몇몇 편집자와 교류하면서 그는 용기를 얻었다. 1883년에는『올 더 이어 라운드All the Year Round』,『블랙우즈』,『런던 소사이어티』,『체임버스 저널』,『템플 바 매거진Temple Bar Magazine』,『굿 워즈Good Words』,『보이즈 오운 페이퍼Boy's Own Paper』 같은 잡지가 코난 도일의 작품을 게재했다. 하지만 작가 코난 도일의 초기 경력에 최고의 성공을 안겨준 작품은『콘힐 매거진The Cornhill Magazine』 1884년 1월 호에 실린 단편「J. 하바쿡 제퍼슨의 증언J. Habakuk Jephson's Statement」이었다.『콘힐』은 1847년 샬럿 브론테의『제인 에어』를 출간하여 명성을 얻은 출판사 스미스, 엘더 앤 컴퍼니Smith, Elder & Co.의 조지 스미스George Smith가 발행하는 영국 최고의 문예지였다. 이 단편의 성공 덕분에 코난 도일은 자신이 오랫동안 존경해온 편집자 제임스 페인James Payn과 친분을 맺게 되었고, 런던 문단에 공식적으로 첫발을 들여놓았다.

그러나 『콘힐』 같은 문예지에는 기고된 작품이 익명으로 실리는 것이 당시의 관행이었던 탓에 그는 승리감과 좌절감을 동시에 맛보았다. 딱히 그렇지 않다는 반증이 없었으므로 비평가들은 로버트 루이스 스티븐슨Robert Louis Stevenson을 「J. 하바쿡 제퍼슨의 증언」의 필자로 짐작했다. 포도 그렇지만 스티븐슨도 매우 존경하는 작가였으므로 코난 도일은 자신의 작품이 스티븐슨의 것으로 알려진다는 점에 대해 자부심과 충족감을 느끼기는 했지만, 이런 관행은 명성에 목마른 그의 욕망에는 전혀 도움이 되지 못했다. 1907년 발간된 작가와 집필 활동에 대한 논픽션 『마법의 문을 통하여Through the Magic Door』에서 그는 이런 관행을 "젊은 작가들이 자기 이름을 알릴 기회를 원천적으로 봉쇄하는, 대단히 부당한 방식"이라고 지적했다. 그는 「J. 하바쿡 제퍼슨의 증언」의 경험을 통해 단편을 쓰는 것은 문학적 야망을 성취하는 데 별로 도움이 되지 못한다는 것을 깨달았다. 1884년 4월 집으로 보낸 편지에서 그는 이렇게 속마음을 털어놓고 있다.

"책 표지에 이름이 올라가는 것은 아주 중요해요. 그래야만 자기 개성을 보여줄 수 있고, 자기가 쓴 글에 대해 좋은 것이든 나쁜 것이든 평가를 제대로 받을 수 있어요."[5]

『존 스미스 이야기』는 코난 도일이 단편 작가에서 장편소설가로의 변신을 꾀한 첫 작품이다. 1883년 편지에서 그는 소설가로서 성공할 능력에 대한 자신감이 점점 커지고 있음을 암시한다. 또한 그는 자기 작품의 독창성에 대해 비판이나 비난을 받을지는 알 수 없었지만, 어쨌든 상당한 수준의 독창성이 있다는 사실만은 분명히 확신하고 있었다.

제가 문학계에서 왜 미래가 없겠습니까? (…) 저는 좋든 나쁘든 다른 작가들과 뚜렷이 구분되는 저만의 문체가 있다는 것을 알고 있어요.[6]

하지만 이런 자신감은 숙달된 글쓰기 능력에 대한 믿음의 정도에 따라 기복이 심했다. 1884년 4월에 쓴 편지에서 그는 어머니에게 다음과 같이 고백하고 있다.

때로 자신감에 차 있다가도 때로 자신감이 완전히 사라지기도

---

5) 같은 책, p. 229.
6) 같은 책, p. 207.

해요. 짧은 글은 재미있게 쓸 수 있지만 과연 긴 글도 잘 써낼 수 있을까, 줄거리를 그대로 유지하면서 글의 분량을 늘릴 수 있을까, 긴 글을 쓰는 내내 한 등장인물의 정체성을 잘 유지시킬 수 있을까 하는 의문이 요즘 저를 괴롭히고 있어요.[7]

『존 스미스 이야기』를 근거로 판단하자면, 그의 의문에 대한 답은 분명히 '아니다.'라고 말할 수 있다. 왜냐면 이 작품은 줄거리 설정이나 등장인물의 성격 묘사 방식이 그리 뛰어나지 못하기 때문이다. 이 작품은 본질적으로 이십대 초반의 젊은 코난 도일이 당시 일련의 정치사회적 쟁점 사안들에 대한 자신의 성찰을 장황하게 풀어놓은 것이라 할 수 있다. 그 성찰은 병으로 일주일간 꼼짝없이 방에 틀어박혀 지내게 된 오십대 남자 존스미스를 통해 표출된다. 형식적으로는 주로 스미스의 내적 독백으로 나타나고 가끔 스미스와 그의 주치의를 비롯한 주변 인물 사이의 대화로도 나타나는데, 그들은 대부분 코난 도일 자신의 연장선에 있는 존재다.

『존 스미스 이야기』는 성공적인 소설은 아니다. 하지만 이 작품을 꼼꼼히 살펴보면 곧이어 문학의 역사상 가장 유명하고 가장 장수하는 인물인 셜록 홈스를 창조한 젊은 신출내기 작가

7) 같은 책, p. 229.

의 생각과 견해를 알 수 있다.

　　1883년 당시 23세였던 코난 도일이 『존 스미스 이야기』를 처음 썼을 때에는 그가 이미 어느 정도 비평가들의 주목을 받은 단편을 발표하고 난 뒤였다. 그 단편이란 북극해에서의 경험에 토대를 둔 유령 이야기 「북극성 호의 선장The Captain of the 'Pole-Star'」이었다. 그는 『존 스미스 이야기』를 그해 봄에 쓰기 시작했다. 하지만 곧이어 마리 셀레스트 호의 미스터리[8]에서 착안하여 그에게 돌파구가 되었던 단편 「J. 하바쿡 제퍼슨의 증언」을 쓰게 되었다.[9] 그는 이 단편을 완성한 뒤 다시 『존 스미스 이야기』로 돌아와 탈고한 원고를 출판사로 보냈으나 이 원고는 영원히 사라져버렸다. "아니요, 불쌍한 존 스미스는 되찾을 수 없었어요."라고 그는 1884년 초 어머니에게 보낸 편지에 쓰고 있다. "기억을 더듬어 그 소설을 다시 쓰려고 해요. 하지만 지금 당장은 시간이 나지 않는군요."[10]

---

8) 1872년 뉴욕 스태튼 섬을 출발해서 이탈리아 제노바로 향하던 마리 셀레스트 호는 한 달 후 지브롤터 서쪽 아조레스 제도 부근에서 무인 선박 상태로 발견되었다. 배에는 아무 이상이 없었으나 승선했던 사람들은 홀연히 사라져 영원히 미지의 사건으로 남았다. 옮긴이.

9) "나는 그 소설을 130쪽 쓰고는 『콘힐』에 기고할 단편을 쓰기 위해 당분간 한쪽으로 밀쳐놓았다. 어제 그 소설을 여덟 쪽 더 썼는데, 지금까지 쓴 부분은 아주 마음에 든다." *Arthur Conan Doyle: A Life in Letters*, p. 202.

10) 같은 책, p. 224.

스미스는 산전수전山戰水戰 다 겪고, 세상 물정에 빠삭한 중년 남자로 묘사되어 있다. 지긋한 나이에 통풍에 걸려 어쩔 수 없이 하숙집 방 안에 틀어박혀 지내게 된 그는 이 책의 주제를 이루는 다양한 문제에 대해 주치의, 하숙집 여주인, 이웃집 여자, 퇴역 소령인 동료 하숙인 등과 이야기를 나누거나 혼자 곰곰이 생각하며 시간을 보낸다. 가장 먼저 스미스를 사로잡은 화제는 그가 걸린 병이고, 그 화제는 자연스럽게 의술, 과학, 인간의 본성으로 확대되며, 또한 종교와 문학에 관한 토론으로 이어진다.

자전적 요소가 많은 이 소설에서 그는 스미스와 등장인물들을 통해 자신의 개인적인 견해를 상세히 피력한다. 코난 도일은 본래 독실한 가톨릭 집안에서 성장했다. 집안 형편이 넉넉지 못했음에도 그의 어머니는 그를 잉글랜드 북부 랭커셔에 있는 스토니허스트 칼리지Stonyhurst College에 보내 대단히 훌륭한 예수회 교육을 받게 했다. 하지만 이 시절에 그는 이미 교회와 거리를 두기 시작했다. 그는 자서전 『회고와 모험Memories and Adventures』에서 "타협을 모르는 예수회 교리의 심한 편견을 넘어설 수 있는 것은 아무것도 없다."고 술회하고 있다.

내가 어렸을 때 성격이 몹시 사나운 아일랜드 출신의 머피 신부

가 교회에 다니지 않는 사람은 모두 지옥에 간다고 말했던 것이 기억
난다. 그때 나는 겁에 질려 그를 쳐다보았고, 그 순간 나와 그 신부 사
이에 생겼던 작은 틈은 점점 커져서 나와 나의 영적 지도자들 사이를
갈라놓는, 이처럼 커다란 골로 발전한 것 같다.

　　그는 비록 무신론자가 되지는 않았지만, 교회가 내세우는
대부분 교리를 거부하고, 나아가 자신이 받은 과학·의학 교육
과 양립할 수 있는 종교관을 새로이 정립했다. 그는 『존 스미스
이야기』를 쓸 무렵 이미 심령 현상에 대한 실험을 시작했으며,
1916년에는 결국 심령론을 받아들였다.

　　『존 스미스 이야기』의 주제들에도 대부분 자전적인 요소가
포함되어 있으며, 그 예들이 본문에 여기저기 나타나 있다. 의
학 지식이란 불완전한 것이라고 주장하고, 또한 당시의 가설을
의문의 여지가 없는 사실인 양 주장하는 과학계의 근거 없는 자
만을 통렬하게 비난하면서도 그는 의사가 고결한 직업임을 독
자들이 알아주기를 바랐다. 그는 미생물과 항체에 관한 파스퇴
르의 새로운 이론을 열렬히 지지했을 뿐 아니라 당시에 논란의
소지가 많았던 진화론을 옹호했다. 『존 스미스 이야기』에는 한
성직자가 스미스의 집으로 찾아와 그와 격렬하게 논쟁을 벌이
고, 격분을 참지 못해 자리를 박차고 떠나는 일화가 나온다. 이

일화는 코난 도일이 사우스시에 살던 시절 초기에 실제로 있었던 사건에 바탕을 두고 있는 것으로 보인다.

스미스라는 인물은 중년 남성으로 설정되어 있지만, 인생, 사회, 인간의 본성 등에 대한 그의 의견과 그 의견을 주장할 때의 열정을 보면, 자제력을 보이기에는 아직 인생 경험이 부족한 젊은이와 다르지 않다. 그 신념의 전부는 아닐지라도 일부는 코난 도일이 죽을 때까지 고수했던 것이다. 1910년 런던의 세인트 메리스 병원[11]에서 했던 '의술에 대한 로망The Romance of Medicine'이라는 제목의 강연에서 그는 1870년대 에든버러에서 자신을 포함하여 동년배들이 어리석게도 과학을 모든 문제의 답으로 간주했음을 대단히 겸허한 자세로 반성하고 있다. 제5장에서 스미스는 인간의 본성을 다시 언급하면서 여성이 '남성의 부족함을 채워주는 존재'라고 말하는데, 이것이 당시 코난 도일 자신의 견해였는지는 모르지만, 훗날 그의 작품에서는 여성이 그런 시선으로 묘사되지 않는다. 또한 이것은 당시 빅토리아 시대의 일반적인 여성보다 교육을 훨씬 더 많이 받았고 개성과 의지가 강했던 어머니 메리 폴리Mary Foley에 대한 그의 견해와도 일치하지 않는다. 나중에 더 많은 경험을 쌓은 뒤 그가 쓴

---

11) St. Mary's Hospital: 당시 코난 도일의 맏아들 킹슬리(Kingsley)가 그 병원에서 의술을 익히고 있었다.

작품에서 여주인공들은 대단히 독립적인 여성으로 그려진다.

제2장에는 '제국과 국가'라는 또 하나의 중대한 주제가 제시되며 마지막까지 이어진다. 코난 도일은 대영제국의 전성기에 성인이 되었으며, 어린 시절에 G. A. 헨티G. A. Henty의 소설처럼 대제국을 배경으로 한 모험·역사소설을 많이 읽었다. 하지만 그것이 그의 작품에서 특별히 주제로 등장한 적은 없었다. 그러나 『존 스미스 이야기』에서는 그것이 위층에 사는 퇴역 소령을 통해 주제로 제시된다. 러시아의 가상적假想的인 아시아 침공을 막기 위해 소령이 무력행사에 나설 각오가 되어 있으며 심지어 그것을 간절히 원하기까지 한다는 묘사가 있기는 하지만, 스미스와 소령 중 어느 쪽도 주전론자主戰論者는 아니다. 그림에도 전쟁을 위해 인명으로 치르는 비용과 제국 건설에 따르는 관료주의적 어리석음에 대해서는 아무도 구체적으로 언급하지 않는다. 오랫동안 식민지를 돌아다니며 살아온 사람으로 그려지는 스미스는 전성기와 고난기를 통틀어 식민지에서의 삶이야말로 진짜 삶이라고 믿는다. 하지만 코난 도일은 더 먼 미래를 내다보고, 대영제국이 미국뿐 아니라 중국에도 밀려서 세계 4대 강대국 중 겨우 세 번째 자리를 차지하게 되리라고 예측한다. 그렇기는 하지만, 이 소설에서 완성된 형태로는 마지막 장章인 제5장 마지막 몇 쪽은 키플링의 시와도 비슷한 분위기

로 식민지 시대 전투를 노래한 시 '딕 상병의 진급'에 할애되어 있다. 나중에 코난 도일은 이 시를 다른 작품에서도 인용했다.

비록 열정과 아이디어가 넘치는 작품이긴 하지만,『존 스미스 이야기』에는 뒷날 코난 도일을 세계적 작가의 반열에 올려놓은 스토리텔링 기술이 부족하다. 그런 점에서 이 소설은 그가 십여 년 후에 집필한『스타크 먼로의 편지들*The Stark Munro Letters*』과 뚜렷한 대조를 이룬다. 이 작품에도『존 스미스 이야기』에 포함된 성찰과 일화들이 여러 군데 나오지만, 모두 신중하게 수정을 거친 상태이며, 이는 그가 작가로서 그만큼 성장했음을 보여준다. 스타크 먼로 박사는 세상에 발을 들여놓으려고 애쓰는 젊은이로 설정되어 있어서 그의 성찰과 철학적 담론은 참신한 분위기를 풍긴다. 반면에 더 원숙하고 침착한 존 스미스는 똑같은 담론을 전개해도 지나치게 현학적인 느낌이 든다. 홈스는 왓슨 박사에게 탐정 일을 설명하다가 "대중의 취향에 영합하고 있다."고 자신을 비난하며 "자네는 대학 강의에 사용할 만한 내용을 단순한 이야기로 격하했어."라고 불평을 토로한 적이 있다. 그런 점으로 봐서 홈스는 틀림없이 존 스미스를 더 좋아할 테지만, 대부분 독자는 왓슨 스타일의 로맨티시즘을 반영하는 스타크 먼로에게 더 끌릴 것이다.

그렇더라도 『존 스미스 이야기』는 코난 도일의 습작 기간을 돌아보는 드문 기회를 제공한다. 그리고 무엇보다도 전문 작가에게 매우 중요한 속성 한 가지를 보여준다. 그 속성이란 실패한 원고를 과감하게 한쪽으로 치워두었다가 나중에 다른 작품을 쓸 때 그중 유용한 부분을 고쳐 쓰는 것을 말한다. 후일 코난 도일이 『존 스미스 이야기』에 대해 언급한 내용을 살펴보면 그가 이 유치한 초기 작의 여러 단점을 잘 알고 있었으며 그 때문에 정말로 당황스러워했음을 분명히 알 수 있다. 『아이들러』에 실린, 서두에 언급된 글에서 그는 이렇게 술회하고 있다. "솔직히 고백하자면, 그 원고가 사라졌다는 것을 알았을 때 받은 충격은 갑자기 —인쇄된 형태로— 다시 나타날 때 느낄 공포와 비교하면 아무것도 아닐 것이다." 잃어버린 원고에 대한 이 언급은 자신의 작품을 다룰 미래의 학자들과 편집자들에 대한 경고일지도 모른다.

그렇다면 그는 왜 당시 그처럼 심각하게 의문을 품었던 소설을 다시 쓰는 수고를 했던 것일까? 이 작품에 대해 후일 스스로 내린 평가는 더없이 혹독했고, 알 수 없는 이유로 다시 쓰는 작업을 중단하기는 했지만, 그는 적어도 이것이 남겨둘 만한 가치가 있는 원고라는 믿음이 있었기에 본문을 복원하기 시작했을 것이다. 이 작품의 여러 구절이 때로 비슷하게, 때로 똑같이 후일 여러 작품(『스타크 먼로의 편지들』, 『마법의 문을 통하여』, 그리고 이 책의 주석에 나오는 몇몇 작품)에 나오는 것을 보면 이 작품에 대한 그의 경멸적인 논평은 진심에서 나온 것이 아님이 분명하다.

수정 중이고 미완성인 『존 스미스 이야기』는 코난 도일의 '집필 중인 작품work-in-progress'으로 남아 있다. 그러나 그가 거듭 생각하고 나서 끝내 출간하지 않기로 결정했을지도 모르는 이 작품은 그럼에도 작가로서 그가 성장해가는 과정을 우리가 이해하는 데 대단히 큰 도움을 준다. 따라서 우리는 그의 희망을 거슬러 이 작품을 —인쇄된 형태로— 이 세상에 내놓는 것이 절대적으로 옳다고 확신한다.

2011년 가을
편집자 존 릴렌버그,
대니얼 스태샤워,
레이첼 포스

Bush Villa - Southsea

차례

제1장

"통풍[1]인가요, 류머티즘인가요, 선생님?" 내가 물었다.

"양쪽 답니다, 스미스 씨."

"그 두 가지가 정확히 어떻게 다르죠?"

시뻘겋게 달군 쇠꼬챙이로 찌르는 듯한 오른발의 격심한 통증이 대체 무엇 때문인지 자세히 알고 싶은 마음에 내가 따져 물었다.

"말하자면…" 사람 좋은 내 주치의는 귀갑龜甲 코담뱃갑[2]을

---

1) 통풍은 그 당시에 훨씬 더 흔한 질환이었는데, 코난 도일은 이 질환을 의학도 시절에 알게 되어 관심을 가지고 계속 연구했으며, 세계 3대 의학 저널 중 하나인 『란셋(The Lancet)』 1884년 11월 29일 호에 「통풍의 증세」라는 글을 발표하기도 했다. 1899년에 발간된 그의 의학 단편집 『빨간 램프 주위에(Round the Red Lamp)』에 포함된 작품 「사교 수완의 문제(A Question of Diplomacy)」에도 통풍으로 꼼짝 못 하게 된 또 다른 주인공이 등장한다. "우리(소설가들)가 글을 쓸 때 고통이 극심한 질환은 잘 다루지 않습니다."라고 그는 1905년 런던에서 열린 의사들을 대상으로 한 강연에서 농담조로 말했다. "제가 알기로 유일한 예외가 바로 통풍이지요. 소설 속에 나오는 통풍은 엄지발가락 아래쪽의 동그란 부분에서만 발생하더군요. 어떤 이유에선지 통풍은 보통 다소 코믹한 질환으로 취급되는데, 그걸 보면 소설가들이 통풍을 앓은 적이 없다는 걸 알 수 있습니다. 통풍에 걸린 식도락가가 노염을 잘 타는 인물로 묘사되는 경우가 많은데, 그에게는 심각하고 고통스러운 질환이 다른 사람들의 웃음을 자아낸다면 그가 성을 잘 내는 게 아주 당연하지요."

2) 코난 도일에게 코담뱃갑은 청진기만큼이나 빅토리아 시대의 의사 신분을 잘 나타내

가볍게 톡톡 치며 대답했다. "전자는 형벌이고, 후자는 불운이라고 할 수 있겠죠. 전자가 신의 섭리에 따른 것이라면, 후자는 스미스 씨 의지에 달린 문제라고 할까요? 류머티즘에 영향을 미치는 날씨는 우리가 어떻게 해볼 수 없지만, 통풍을 심하게 하는 식욕은 조절할 수 있잖습니까?"

"그러니까…" 내가 말했다. "내 발의 끔찍한 통증은 류머티즘과 통풍이 점점 심해져서 두 가지 증세가 결합한 형태로 나타나는, 소위 류머티즘성 통풍이란 말씀이군요."

"그렇습니다. 스미스 씨의 증세는 류머티즘성 통풍이 분명합니다." 터너 박사가 말했다.

"이 증세를 치료하려면 콜히친제제[3]를 복용해야겠군요?"

"알칼리제세도 복용하셔야 합니다." 의사가 강조했다.

"플란넬도 필요한가요?"

"양귀비 열매[4]도 필요하지요." 의사가 덧붙였다.

주는 소지품이었다. 1926년에 발표한 소설 『안개의 땅(*The Land of Mist*)』에도 한 의사가 코담뱃갑을 어떤 의료기구 못지않게 중요한 소지품이라고 말하는 장면이 나온다.
3) 콜히친제제와 알칼리제제는 코난 도일이 1884년 『란셋』에 발표한 글에서 통풍 치료제로 언급한 것들이다. 19세기 중반에 캐서린 윌슨이라는 간호사가 환자들의 환심을 사서 그들의 유언장에 자신의 이름을 올린 후 콜히친제제를 사용하여 그 환자들을 살해하고 교수형에 처해진 사건이 있었으므로 코난 도일은 특히 콜히친제제에 관심이 많았다. 「얼룩 끈(The Speckled Band)」에서 셜록 홈스는 "의사가 마음을 잘못 먹으면 가장 먼저 범죄자가 된다."고 말하는데, 코난 도일은 의사들뿐만 아니라 간호사들에게도 범죄에 악용될 소지가 있는 지식이 있음을 알고 있었다.
4) 양귀비 열매의 껍질을 말려서 분말로 만든 것을 생약학계에서는 앵속각이라고 하는

"그리고 여자도 멀리해야 한다는 거죠?"

"그리고 일주일은 푹 쉬셔야 합니다."

"일주일이나!" 나는 고함치듯 말했다. 그것은 감정이 격해져서 나온 고함이기도 했지만, 솔직히 말하면 발에서 느껴지는 날카로운 통증 때문에 나도 모르게 목소리가 높아진 것이기도 했다. "설마 내가 일주일 동안이나 이 소파에 얌전히 누워 있으리라고 믿으시는 건 아니겠죠?"[5]

"나는 그러시리라고 확신하는데요?" 의사가 천연덕스럽게 대꾸했다. 의사들은 처지가 바뀌어 자신이 환자가 되면 누구보다도 시끄럽게 소리를 질러대지만, 평소에는 믿기 어려울 정도로 침착하게 행동하며 절대로 인간적인 약점을 드러내지 않는다. "그 발이 나으려면 일주일은 휴식을 취해야 합니다."

"그건 정말 곤란한데." 내가 툴툴거렸다. "나는 돌아다니기를 좋아하는 사람이에요. 지난 5년간 단 하루도 집에 처박혀 있었던 적이 없어요.[6] 통증 없이 걸을 수 있는 정도만 되면 밖에 나가도 되겠죠?"

데, 이 약재는 정상적으로 이용하면 탁월한 진통 효과가 있고, 혈액순환을 도와 혈행장애에 의한 괴저를 예방하며, 폐쇄성 혈전이나 혈관염에도 효과 있는 것으로 알려져 있다. 하지만 아편 성분의 약재로 중독성이 있다. 옮긴이.

5) 코난 도일의 작품에 등장하는 모든 인물이 이처럼 칩거를 싫어했던 것은 아니다. 한때 셜록 홈스는 베이커 스트리트에서 소파에 누운 채 여러 날을 지내기도 했다.

6) 이것은 말년에 이르기 전까지 코난 도일 자신에게 해당하는 말이기도 하다.

"스미스 씨." 터너 박사가 청진기를 둘둘 말아 왕진 가방에 넣고 나서 윤기가 자르르 흐르는 테 넓은 모자를 집어 들며 말했다. "심낭염, 심장 내막염, 색전증, 혈전증, 전이성 농양에 걸려도 좋다면 밖에 나가서 마음대로 돌아다니시죠. 그렇지 않다면 여기 가만히 계세요."

이것은 우리 둘 사이의 말싸움을 끝내는 결정적인 말이었다. 큰불이나 지진 같은 대형 사건이 발생하기 전에는 내가 소파를 벗어날 수 없으리라는 생각이 들었다. 그가 읊어대는 병명만 들어도 등골이 오싹했다.

"그만하시죠, 선생님." 내가 말했다. "이제 불평하지 않겠습니다. 나는 이기적인 사람이 아니에요. 하지만 등에 통증 한 번 느끼지 않고 잘 지내는 사람이 수두룩한데, 왜 하필 나만 이렇게 심한 통증에 시달려야 합니까? 아무튼, 나보고 어떻게 이 방에 갇혀 지내란 말씀입니까? 틀림없이 따분해서 죽을 노릇일 겁니다."

"전혀 그렇지 않을 거요." 의사가 문손잡이를 쥔 채 짐짓 명랑하게 말했다. "시인 존 밀턴이 뭐라고 했는지 아시죠? '마음은 언제나 그 자리에 있을 뿐, 마음먹기에 따라 지옥도 천국이 되고 천국도 지옥이 될 수 있다.'[7] 여자 대신 책을 여러 권 쌓아

7) John Milton(1608~1674). 코난 도일은 1889년에 발표한 『클룸버의 미스터리(*The*

놓고 문학에 빠져보시죠. 아니면 펜과 잉크와 종이를 준비해서 무엇이든 글을 한번 써보시든가. 누구에게나 책 한 권 쓸 정도의 능력은 있다고들 하잖습니까. 그 말이 늘 들어맞지는 않겠지만, 세상에는 시인이나 소설가로 성공할 수도 있었지만, 환경이 허락하지 않아서 결국 아무것도 이루지 못한 불우한 밀턴이 많다고 말하는 사람[8]도 있습니다."

"그건 맞는 말이군요." 내가 점잖게 맞장구쳤다. "누군가에게 재능이 있다면 그 재능은 어떻게든 빛을 보게 마련이지요. 아무리 가난한 사람이라도 가난 때문에 재능을 완전히 잃어버리지는 않으니까."

의사는 문손잡이를 놓고 한 걸음 뒤로 물러섰다. 그는 자기주장이 강한 사람이었기에 다른 이의 독단적인 주장을 그대로 넘기지 못했다.

"그렇습니다. 하지만 돈 때문에 재능이 흐려지기도 하죠. 가난한 천재가 돈에 쪼들리면 그의 내부에 숨어 있던 재능이 마치 햇빛이라도 받은 것처럼 활짝 피지요. 나는 얼마간 돈이 있다는 사실이 재능 있는 젊은이에게 가장 큰 저주가 될 수도 있

Mystery of Cloomber)』에서도 존 밀턴의 이 문구를 인용했다.
8) 토머스 그레이(Thomas Gray)의 유명한 시 「시골 묘지에서 읊은 만가(Elegy Written in a Country Churchyard)」에서 인용한 구절이다.

다고 생각합니다." 그는 자기 말에 몰두한 나머지 한 걸음 내 쪽으로 다가오더니 방 안에 있던 안락의자에 아예 자리 잡고 앉았다. "학창 시절 내 주위에는 의학계에서 최고가 될 만한 역량을 갖춘 뛰어난 친구들이 많았습니다. 하지만 그들은 일 년에 고작 100~200파운드에 팔려 일에 대한 의욕을 잃고 편안한 생활에 안주하곤 했지요. 반면에 그들보다 머리는 덜 좋아도 무일푼으로 가난에 쫓긴 젊은이들은 제 능력 이상을 발휘하여 자기 전 재산에 맞먹는 돈을 1년 만에 벌기도 하더군요.[9] 의학계에서 흔히 볼 수 있는 이런 사례가 문학계에는 더 빈번할 겁니다. 큰 성공을 거둔 훌륭한 작가들조차도 새로운 작품을 집필할 때에는 아주 고통스럽게 노력해야 좋은 결과를 볼 수 있지 않습니까? 칼라일도 새로운 글을 시작할 때 자신을 '전쟁터로 나가는 전사가 아니라 채찍질을 받으며 일터로 가는 노예'에 비유했다지요. 칼라일처럼 성공한 인물도 그런 지경인데, 하물며 성공해본 적이 없는 초보 작가가 자신을 달래가며 어렵고 고단한 글쓰기에

---

9) 1924년 출간된 자서전 『회고와 모험』에서 코난 도일은 자신과 형제들의 어린 시절에 대해 이렇게 술회하고 있다. "가난한 환경 속에서도 우리는 강인하고 끈질기게 역경을 헤쳐 나갔으며, 각자 최선을 다해 우리보다 더 어린 친구들을 도우려 했다." 그 뒤에 이어지는 400단어에는 코난 도일이 평생 동안 간직한 철학의 핵심 요소가 나타나 있다. 하지만 에든버러에서 그는 가난하지만 체면은 유지하며 사는 정도의 환경에서 자랐으며, 가난한 집안 출신으로 코난 도일처럼 1867년부터 예수회 기숙학교 스토니허스트 칼리지에 다닐 수 있었던 아이들은 많지 않았다. 『아서 코난 도일: 편지로 살펴본 그의 일생(*Arthur Conan Doyle: A Life in Letters*)』 제1장 참조.

매달리려면 얼마나 힘들고 지치겠습니까? 장담하건대, 어쩔 수 없이 글을 써야 하는 경우가 아니라면 아무도 글을 쓰지 않을 겁니다. 갓난아기 때부터 펜을 가지고 놀았고, 다른 어떤 장난감보다도 잉크병을 더 좋아했다는 매콜리[10] 같은 괴짜가 아니라면 말이지요. 머리도 좋고 돈도 있는 사람은 실패할 수 있지만, 머리 좋고 가난한 사람은 반드시 성공합니다."

"그래서 사람들이 사우샘프턴 경[11]에게 자식에 관해 말을 꺼냈을 때 그분이 뭐라고 말씀하셨는지 아십니까?" 내가 말했다. "그분은 '신의 가호로 그놈 머리가 좋다면, 내가 책임지고 그놈을 가난하게 만들 거요.'라고 말씀하셨답니다."

터너 박사는 자신이 써주는 강장제 처방전만큼이나 상대의 기운을 돋워주는 웃음을 한동안 터뜨렸다.

"그 댁 아드님은 그렇게 재치 있는 부친을 두었으니 틀림없이 머리도 좋을 겁니다. 그건 그렇고 이제 나는 정말 서둘러야겠소. 이걸 좀 보시오!" 그는 길게 나열된 명단을 보여줬다. "이

10) Thomas Babington Macaulay(1800~1859): 19세기 영국의 시인 겸 역사가이자 정치가. 코난 도일은 1907년에 출간한 논픽션 『마법의 문을 통하여(*Through the Magic Door*)』에서 이렇게 술회한다. "16세에 런던을 방문했을 때 짐을 풀어놓고 내가 처음 한 일은 웨스트민스터 대성당에 있는 매콜리의 무덤에 참배하는 것이었다."
11) 사우샘프턴 백작 3세로 셰익스피어의 후견인이었던 헨리 리즐리(Henry Wriothesley, 1573~1624)를 의미하는 것으로 추정된다. 리즐리 경의 외아들인 사우샘프턴 백작 4세의 슬하에는 딸들밖에 없었다고 한다.

게 집으로 돌아가기 전에 들러서 봐야 할 환자들 명단이오. 자,
안녕히 계시오! 내일은 증세가 좀 나아졌으면 좋겠군요. 술이
필요하시면 아일랜드산 위스키나 달지 않은 백포도주를 조금
만 드세요."

그는 허둥지둥 밖으로 나가더니 문을 닫고 사라졌다.

덜거덕거리며 멀어져가는 그의 마차 바퀴 소리를 들으며
나는 저 사람이야말로 이 세상에서 참 좋은 일을 하고 있구나
싶었다. 그래서 그가 이 세상에 이바지한 바를 숫자로 따져보
았다. 괜찮은 의사라면 보통 하루에 환자 40명은 진료하므로
그도 하루에 환자 40명을 본다고 가정하면 1년에 1만 4,600명
이 된다.[12] 그가 35년간 개업의로 활동한다면, 그가 평생 진료
하는 환자 수는 51만 1천 명에 이를 것이다. 좋은 쪽으로 생각
한다면 대략 50만 명이 넘는 사람 중 대다수가 그의 진찰과 처
방 덕을 볼 것이다. 그렇다면 이 쾌활하고 겸손한 인물 한 사람
이 의사 생활을 마칠 때까지 얼마나 엄청나게 많은 선을 쌓는
셈인가! 캔터베리 대주교나 로마 교황이 그보다 좋은 일을 더
많이 하겠는가? 우리가 형식을 건너뛰고 본질에 이를 수 있다

---

12) 코난 도일 자신이 개업한 병원에는 벅찰 정도로 많은 환자가 찾아온 적이 없으나 의
학도 시절과 의학 공부를 마친 직후 당시 아버지와 다름없었던 버밍엄의 레지널드 래
트클리프 호어(Reginald Ratcliffe Hoare) 박사를 도와 일할 때는 여러 번 아침 일찍부
터 밤늦게까지 환자를 진료하는 강행군을 했다고 한다.

면, 의사들이 쓰는 모자는 미트라[13]나 티아라[14]만큼이나 존중되어야 마땅하다.

첼시의 성자 토머스[15]는 오랫동안 열정적으로 선지자의 진정한 역할에 대해 역설했다. 그가 어떤 누추한 곳에 거하든 그의 거처에 신의 가호가 있기를! 올바른 길을 걷고 용감하게 바른말을 하고 다른 이들에게 말한 대로 스스로 실천한 사람이 있다면, 그가 바로 에클페칸 석공의 아들, 칼라일이다. 문학계의 다른 어떤 사건보다도 가장 가슴 아팠던 것은 그 위대한 이가 묻힌 무덤의 흙이 채 마르기도 전에 그에게 쏟아진 비난이었다. 늙은 사자가 아직 살아 있는 동안에는 숨죽이고 있던 자칼들이 사자가 무력하게 쓰러지자마자 큰 놈이고 작은 놈이고 한꺼번

---

13) 주교가 종교의식을 집전할 때 쓰는 모자로 안쪽에 캡이 있고 앞과 뒤에 삼각형을 마주 놓은 것과 같은 모양이며 자수와 보석으로 장식한다. 옮긴이.

14) 공주가 공식 행사 때 쓰는 것과 같은 작은 왕관. 옮긴이.

15) 스코틀랜드의 비평가 겸 역사가 토머스 칼라일(Thomas Carlyle, 1795~1881)을 의미한다. 코난 도일이 좋아하고 자신의 작품 속에서 가장 즐겨 인용하는 인물의 한 사람인 칼라일은 죽음을 앞두고 자신의 개인 서류 대부분을 역사가이자 전기 작가인 제임스 안토니 프라우드(James Anthony Froude, 1818~1894)에게 넘겨줬다. 칼라일의 친한 벗이었고 그의 사후 유언집행인 역할을 했던 프라우드는 칼라일 부인 제인(Jane) 칼라일의 편지들과 토머스 칼라일의 회고록 등을 묶어 2권으로 이루어진 칼라일의 전기 『칼라일의 생애(The Life of Carlyle)』를 출간했다. 전기 출간 작업은 칼라일이 사망하고 한 달 후에 시작되어 1884년에 완료되었는데, 이 전기는 칼라일의 성격적 결함, 불행한 결혼 등을 지나칠 정도로 적나라하게 다루어 칼라일의 평판을 손상시키면서 당시 상당한 논란의 대상이 되었다. 『존 스미스 이야기』를 쓸 무렵 코난 도일은 이미 칼라일 전기를 대부분 혹은 전부 읽었던 것으로 보이며(그가 집으로 보낸 편지에도 그 전기를 읽었다는 언급이 있다) 프라우드의 주장에 맞서 칼라일을 변호하고 싶었던 것 같다.

에 달려들어 사자를 물어뜯었던 것이다.

문학계의 쉬파리들! 썩은 고기를 선천적으로 좋아하는 그놈들이 상대가 위대한 인물이라고 해서 주저하겠는가! 어떤 이에게 50가지 고귀한 장점이 있더라도 단 한 가지라도 단점이 있다면 쉬파리 같은 비평가들은 그 한 가지 단점에 대해 엄청나게 많은 책과 글을 써대어 무심한 독자들이 그의 참모습은 보지 못하고 단점만을 보게 호도한다. 애디슨[16]은 다감하고 존경받을 만한 인물이었지만, 쉬파리들은 그가 '주정뱅이'였다고 윙윙거린다. 번스[17]는 너그럽고 도량이 큰 인물이었지만, 쉬파리들은 그가 '낭비벽이 심한 사람'이었다고 윙윙거린다. 콜리지[18]는 우리에게 미덕의 정수를 보여준 많은 글을 남겼지만, 쉬파리들은 그가 '아편쟁이'였다고 윙윙거린다. 칼라일은 현대의 선지자였지만, "그의 불같은 성깔을 보라!"고 쉬파리들은 입을 모아 외친다.

그의 성깔이라니! "분노는 마음속을 흐르는 여러 핏줄 중 하나이며 분노하지 않는 사람의 영혼에는 장애가 있다."고 풀

16) Joseph Addison(1672~1719): 영국의 수필가, 시인, 극작가이자 정치인. 옮긴이.
17) Robert Burns(1759~1796): 영국의 시인. 스코틀랜드의 국민시인으로 사랑과 존경을 받고 있다. 옮긴이.
18) Samuel Taylor Coleridge(1772~1834): 영국의 시인이자 평론가. 옮긴이.

러[19]는 말했다. 의로운 분노를 폭발할 줄 모르는 사람이 이 세상에 무슨 도움이 되겠는가? 예수가 돈놀이꾼들을 매질할 때 상냥한 얼굴로 했겠으며, 빌립보에서 바리새인들에게 일갈할 때 잔잔한 눈빛과 침착한 표정으로 했겠는가? 그렇다면 칼라일의 다소 거친 태도는 용인되어야 하지 않을까? 대가 센 사람이 집에 있으면 작은 방에서 울리는 웅장한 악기 연주 소리처럼 위압적으로 느껴지게 마련이다. 이럴 때 잘못은 악기가 아니라, 그 악기를 연주하는 환경에 있다. 칼라일과 그가 사랑한 '인생의 동반자'가 백발이 되었을 때 서로 주고받은, 지나칠 정도로 다정한 편지들을 읽을 때 40년의 세월이 흘렀음에도 두 사람의 사랑이 변함없이 새록새록 새로워지고 있음에 감탄하지 않는 사람이 있을까?

"우리가 죽어도 우리 몸 안에 있는 모든 빛과 에너지와 질서와 진정한 활력과 미덕은 어떻게 해서든 우리에게서 빠져나와 신의 보물창고로 들어가 거기서 영원히 머물며 활동한다. 우리는 사라지지 않는다. 우리 몸을 이루는 단 하나의 원자도 절대

---

19) Thomas Fuller(1608~1661): 『신성한 국가와 불경한 국가(The Holy State and the Profane State)』(1642)의 저자로 유명한 영국의 성직자이자 역사가. 하지만 여기서는 코난 도일이 그의 말을 잘못 인용했다. 원래 표현은 "분노는 마음속을 흐르는 여러 핏줄 중 하나이며 분노하지 않는 사람의 영혼에는 장애가 있다(Anger is one of the sinews of the mind, and he who hath it not has a maimed soul)."가 아니라 "분노는 마음속을 흐르는 여러 핏줄 중 하나이며, 분노하고 싶은 사람에게는 불구의 마음이 있다(Anger is one of the sinews of the mind; he that wants it hath a maimed mind)."이다.

사라지지 않는다."[20] 그러니 쉬파리들이여, 그를 비판할 때 자신을 돌아보라. 당신은 조금이라도 화낸 적이 없는가.

아무튼, 일주일이나 소파에 꼼짝 않고 누워 있어야 한다니! 어떤 부랑자가 뚜렷한 호구지책이 없다는 이유로 어이없이 7일 노역형을 선고받거나, 먹을 것이 없어서 빵집 진열대에서 빵을 집어 간 죄로 14일 노역형을 선고받았다는 뉴스가 조간신문에 실릴 때 우리는 그것이 대수롭지 않은 사건이라고 생각한다. 그러나 그 부랑자 자신은 어떻게 받아들일까! 그것은 7일 밤을 판자 침대에서 자고 일곱 끼의 저녁을 묽은 죽으로 대신하고 다람쥐 쳇바퀴 돌듯 감방에 갇힌 채 일주일을 지내야 한다는 것을 의미하기에 판사의 판결을 듣는 순간 그는 앞으로 닥쳐올 긴 고통의 시간을 예감할 것이다. 이 우울한 월요일 아침에 생각해보니 앞으로 일주일간 내 칩거는 어마어마하게 길게만 느껴진다. 하지만 세월이 흐른 뒤에 돌아보면 틀림없이 대수롭지 않아 보일 것이다. 플루타르크는 이렇게 말하지 않았던가. "인간의 삶이란 이제 인생을 막 시작하는 이들에게는 무한한 것처럼 보이지만, 인생의 종지부를 찍는 이들에겐 아무것도 아니다." 억겁의 세월이 흐른 후 인간이라는 존재를 되돌아본다면 얼마나 미

---

20) 프라우드의 『토머스 칼라일: 그의 런던 생활(*Thomas Carlyle: A History of His Life in London*)』에 나오는 칼라일의 편지(1845)에서 인용한 구절이다. 독일의 역사책에 나오는 'Thatkraft'라는 단어는 '활력'이나 '활동력'으로 번역될 수 있다.

미한 점으로 보이겠는가!

이제 나는 일주일 동안 칩거하기에 그런대로 괜찮은 환경을 만들어야 한다. 소파에 몸을 죽 펴고 누워서 둘러보니 주변 환경은 거의 나무랄 데 없다. 돈을 헤프게 쓰며 이리저리 돌아다니는 방랑 생활을 하면서도, 늘 내 손때가 묻은 가재도구들을 소중하게 보전할 아늑한 내 집이 있어야 한다고 생각해왔다. 나는 집을 꽤 괜찮은 가구로 채우고 장식해뒀는데, 이제야말로 그것들이 유용하게 쓰일 터였다. 집 안에 들일 가구나 집기를 고르는 일은 함께 살 사람을 고르는 일만큼이나 중요했다. 방은 주인의 지성과 소양을 여실히 보여준다.[21] 시선이 가는 데 마음도 따라가는 법이니까. 다락방보다는 거실에서 더 우아하게 생각에 잠길 수 있다.

거실은 가로와 세로가 각각 5미터 정도의 정사각형이다. 안락하다고 하기에는 조금 좁지만, 숨 쉬고 지내는 공간으로는 충분하다. 호박색—누르스름한 색이 아니라 윤기 흐르는 짙은 호박색—과 검은색 무늬의 카펫에 깔린 호랑이 가죽 두 장은 카펫보다 한두 단계 더 밝은 색조를 띠면서 카펫과 자연스럽게 조

---

21) 이것은 셜록 홈스가 했을 법한 말이다. 하지만 여기에 존 스미스의 거실로 묘사되는 방은 코난 도일이 살았던 사우스시의 부시빌라 거실과 흡사하다. 어머니에게 쓴 편지에서 그는 엷은 녹색으로 페인트칠한 자신의 방과 그 방에 있던 '훌륭한 그림 17점과 대단히 심미적인 화병 17개'에 대해 설명한 적이 있다.

화를 이룬다. 활 모양의 넓은 창[22]에는 역시 색감이 풍부한 커튼이 보기 싫은 구릿빛 봉이 아니라 금박의 가느다란 사각 막대에 매달려 있는데, 아파트 전체의 천장 네 면에 돌아가며 설치된 이 황금색 사각 막대에는 그림 액자도 걸 수 있다. 벽은 벽지 대신 아주 옅은 청록색으로 칠했고, 무늬 없이 짙은 황금색 액자에 들어 있는 그림들이—밑에서 올려다볼 때 더 잘 보이리라는 잘못된 인식으로 벽에 기대어 살짝 경사를 이루며 걸린 것이 아니라— 벽면에 딱 붙은 상태로 걸려 있다. 벽난로 장식의 테두리는 카펫과 어울리는 색조이며, 하얀 대리석 벽난로를 덮은 타일에는 색이 없지만, 겨울에 벽난로에 불을 지피면 불꽃의 붉은 빛을 반사하여 은은하게 빛난다. 내 방의 내부 구조에 대해서는 이쯤 하기로 하자.

다음으로, 방의 가구들 역시 호박색과 검은색에 대한 내 기호를 그대로 반영한다. 등받이가 곧고 플러시 천[23] 쿠션이 놓인 흑단 의자 세 개와 흑단 골조의 푹신한 안락의자 두 개가 가구의 전부다. 안락의자의 안락함을 충분히 즐기려면 허리를 꼿꼿이 세우고 앉지 말고 등뼈를 깔듯이 몸을 파묻고 앉아야 한다. 그 밖에도 내가 지금 누워 있는 널찍하고 편안한 소파가 있다.

---

22) 완만한 곡선이나 반원형으로 바깥쪽으로 밀어 열게 만든 대형 돌출 창문. 옮긴이.
23) 실크나 면직물을 우단보다 털이 좀 더 길게 두툼하게 짠 천. 옮긴이.

그리고 방 가운데쯤에는 육각형의 흑단 테이블이 있고, 호박색 플러시 천 상판의 조금 작은 원형 테이블도 있어서 그 위에 책, 종이, 콜히친제제와 연고 등을 올려놓고 이리저리 내 마음대로 움직여가며 사용할 수 있다. 그러나 의자 등받이나 팔걸이에 장식 달린 덮개 같은 것은 없다. 마지막으로, 방석을 올려둔 소박한 고리버들 등받이 의자 한 개가 편안한 분위기를 풍기며 놓여 있는데, 마치 수수한 머플러 한 장이 여자의 얼굴을 돋보이게 하듯 이 의자는 다른 가구들을 돋보이게 한다.

도자기로 말하자면, 이제는 비싸지 않으면서도 아름답고 예술적인 화병을 쉽게 구할 수 있어서 나도 방 안에 여러 개를 놓아뒀다. 하지만 도자기 화병을 고르는 데에는 한 가지 뚜렷한 원칙이 있다. 나는 양치기 소녀라든가 동물 그림이 있는 드레스덴 도자기는 좋아하지 않는다. 그런 디자인은 조잡한 느낌이 들기 때문이다. 자연물을 그린 것보다는 균형 잡힌 기하학 디자인이 더 마음에 든다. 끝으로 갈수록 가늘어지고 곡선 손잡이가 달린 타원형 몸통의 도자기 화병은 엄격하게 고전적 양식을 따른 것이든 다소 특이한 것이든 가리지 않는다. 색상이 다채롭고 화려한 것도 좋다. 자연의 여신은 저녁 하늘에서든 한여름 풀밭에서든 자신의 위대한 팔레트에 모든 물감을 뒤섞어 여러 가지 색을 만들어내지만, 그녀의 취향을 비난할 사람은 아무도 없지 않은가?

그림은 벽면마다 하나씩 걸면 충분하지만, 좋아야 한다. 일류 판화 작품이 아무리 좋지 않아도 이류 작품의 원본보다 훨씬 낫다. 그림은 보는 이에게 무언가 영감을 불러일으킬 수 있어야 한다. 윌키[24]의 그림 「까막잡기Blind Man's Buff」나 「마을축제Village Holliday」는 생기 있고 활기 넘치지만, 그런 그림을 계속 응시한다고 해서 도대체 무슨 이득이 있겠는가? 내 방에는 귀스타브 도레의 동판화 두 점, 노엘 페이튼[25]의 꿈꾸듯 아름다운 우화적인 그림 한 점, 윌리엄 블레이크의 습작 한 점, 그리고 드 뇌빌[26]의 불타는 듯 생생한 전투 장면을 묘사한 판화 한 점이 걸려 있다. 이 그림들은 모두 나름대로 좋은 작품이며, 각기 보는 이에게 무언가를 시사한다. 그리고 벽난로 위 선반에는 흑단으로 테를 두른 거울이 걸려 있다. 방이 아름답게 장식되어 있다면, 그 아름다움이 거울에 비쳐 배가되는 것을 두려워할 필요는 없다.

---

24) Sir David Wilkie(1785~1841): 스코틀랜드의 화가. 옮긴이.

25) Sir Joseph Noel Paton(1821~1901): 스코틀랜드의 화가. 라파엘 전파(-前派, Pre-Raphaelite style)에 속하는 그는 동화적이고 신화적인 그림을 주로 그렸는데, 코난 도일의 부친과 삼촌 리처드 도일(Richard Doyle)도 비슷한 주제의 그림을 그리는 것으로 유명했으므로 코난 도일이 노엘 페이튼에게 관심을 가졌을 것이다.

26) Alphonse-Marie-Adolphe de Neuville(1835~1885): 프랑스의 화가. 프랑스-프로이센 전쟁(Franco-Prussian War)의 격렬한 전투 장면과 병사들의 모습을 생생하게 묘사한 그의 그림들이 학창 시절 프랑스의 대의명분을 옹호했던 코난 도일에게 매력적으로 다가왔을 것이다.

또한, 내 방에는 자질구레한 여러 가지 기념품이 있다. 처음에는 아무 생각 없이 모으지만, 이내 애지중지하게 되는 작은 물건들은 방 주인의 개성을 나타내게 마련이다. 과거의 추억을 떠올리게 하는 기념품들을 간직하는 것이 마음을 편안하게 해준다면, 그 물건들이 우아하지 않다고 해서 무슨 문제가 되겠는가! 우아함과 편안함이 서로 충돌할 때에는 우아함을 포기해야 한다. 보핀 씨[27]의 철학이 그 아내의 철학보다 낫지 않던가? 우아함은 최상의 수준으로 발전한 편안함이다. 우아해도 편안하지 않다면 그 우아함은 존재 이유를 송두리째 잃어버리게 된다.

방 안 구석구석 흩어져 있는 이 모든 사물이 내게는 모두 의미가 있다.[28] 물이 새는 낡은 배가 오랜 항해를 마치고 파도에 이리저리 흔들리며 마침내 항구로 들어올 때, 그 배 밑바닥에는

---

27) 찰스 디킨스(Charles Dickens)의 작품 『우리 공동의 친구(Our Mutual Friend)』에 등장하는 인물.

28) 여기에 묘사된 기념품들 중 일부는 코난 도일에게 자전적으로 가치가 있는 것들이다. 로마의 암포라는 그가 이탈리아를 몸소 방문했을 때 수집한 것인지를 정확히 알 수 없지만, 북극에 관련된 기념품들은 그가 1880년 2월부터 8월까지 6개월간 그린란드 포경선 호프 호에서 의사로 근무하던 시기에 수집했던 물건들이다. 그 시기에 대한 글에서 그는 "북위 80도에서 성년(1880년 5월 22일)을 맞았다."고 하며, 또한 자서전 『회고와 모험』에서 "나는 덩치만 크고 제멋대로 자란 철부지 젊은이로서 배에 올랐지만 배에서 내릴 때는 에너지가 넘치는 당당한 성인이 되어 있었다."고 술회하고 있다. 후일 사우스시로 가기 전에 그는 또 한 번 외과 의사 자격으로 서아프리카행 여객선 마윰바 호에 오르는데, 이 배에서는 열대지방 열병에 걸려 목숨을 잃을 뻔한 적이 있다.

따개비들이 다닥다닥 붙어 있다. 그 따개비들처럼 이 물건들은
내 떠돌이 생활의 확실한 증거물로 내게 달라붙어 있다. 바이아
만[29)]에서 건져 올린 로마 시대 암포라[30)]는 당시의 호사가들[31)]이
주석 섬[32)]에서 몰락한 율리우스 카이사르에 관해 이러쿵저러쿵
입방아를 찧고, 과학자들이 지도에 '론디니움'[33)]이라는 지명을
추가하던 시기에 뱃놀이를 즐기던 어떤 로마인이 실수로 바다
에 빠뜨린 것이리라. 훌륭한 모피상인 자연이 북극의 아이들을
위해 마련한 물개의 가죽을 벗길 때 내가 사용했던 오래된 칼
은 피가 엉겨 붙은 상태 그대로 여기에 있다. 내가 사냥한 곰의
머리와 포획을 도왔던 고래의 귀뼈, 불운한 베닌 만[34)]의 어딘가
에서 젊은 여성에게 산 개오지 껍데기[35)]로 만든 목걸이도 있다.
또한, 시에라리온의 조롱박과 군데군데 말 털이 빠져나온 낡은
권투 글러브도 있다. 이 글러브를 보자, 30년 전의 한 장면이 바

---

29) 고대 로마 시대에 폼페이나 카프리 섬보다도 훨씬 더 인기 있었다는 해변 휴양지로
율리우스 카이사르나 네로 황제의 별장이 여기 있었다고 한다. 옮긴이.

30) 고대 그리스나 로마 시대에 쓰던, 양 손잡이가 달리고 목이 좁은 큰 항아리. 옮긴이.

31) quidnuncs: 남의 일을 캐거나 소문 퍼뜨리기를 좋아하는 사람들.

32) 고대 로마 시대에 지금의 영국을 지칭했던 용어. 영국 남서부의 콘월 주에 있는 주
석 광산 때문에 이렇게 불렸던 것으로 추정된다. 옮긴이.

33) 런던의 도시(City of London)를 뜻하는 론디니움(Londinium)은 서기 43년경 로
마인들에 의해 세워졌다. 옮긴이.

34) 서아프리카 기니 만에 있는, 세인트 폴 곶에서 니제르 강 하구에 이르는 약 640킬로
미터의 해안을 말하는데 이곳에서 과거에 노예무역이 성행했다. 옮긴이.

35) 과거 아프리카와 아시아 일부 지역에서 돈으로 쓰였다. 옮긴이.

로 어제 일처럼 눈앞에 생생하게 떠오른다. 어두컴컴하고 먼지 투성이인 방 안에 네덜란드산 진[36]이 담긴 플라스크와 백포도 주 병이 마주 보고 서 있듯이, 키가 작고 어깨가 떡 벌어진 한 남자가 키가 크고 마른 남자와 마주 보고 서 있다. 권투 글러브를 끼고 있는 두 사람 중에서 키가 작은 쪽은 스코틀랜드의 경량급 챔피언이고, 다른 쪽은 그처럼 유명한 선수에게 권투를 배우려는, 깡말랐으나 몸이 유연한 학생이다.[37] 키가 큰 쪽은 이렇게 혼잣말을 한다. "내가 저 키 작은 사람보다 몸무게가 더 나가고 팔 길이도 더 기니까 재빨리 달려들어 양손으로 공격하면 틀림없이 이길 거야." 그러나 이것은 애송이 권투 선수의 섣부른 생각일 뿐, 오래지 않아 그는 배가 요동치는 대로 빙글빙글 돌고 이리저리 휘청거리며 복잡한 기계들 틈에서 꼼짝 못한 채 미간에 엄청난 위력의 펀치를 맞고 대낮에 별을 보게 되었다. "이런 걸 우리는 '우체부의 노크'[38]라고 부르지." 챔피언이 붙임성 있게 말했다. "너도 한번 해보고 절대 잊지 마라." 나는 그것을 절

---

36) 이 무렵 영국에서 생산되던 드라이진과는 다른, '게네베르(genever)' 같은 네덜란드의 전통 진을 말한다.

37) 이것은 다분히 자전적인 요소가 있는 사건이다. 코난 도일의 생애에 대해 우리가 알고 있는 지식은 대부분 그가 어머니에게 보낸 편지들에 바탕을 둔 것이며, 에든버러 대학에서 의학을 공부하던 시절에는 그가 집에 살고 있어서 다른 사람에게 보낸 편지가 많지 않다. 그러나 그 시절에도 권투를 즐겨 했으며 호프 호에 오를 때에도 권투 글러브를 가지고 가서 선원들과 운동 삼아 권투를 했다고 한다.

38) postman's knock: 상대의 머리를 잽으로 연타하는 것을 말한다.

대로 잊지 못했다. 기억하려고 굳이 애쓸 필요도 없었다.

어쨌든 방 안의 가구나 장식품에 대해 이처럼 길게 이야기를 늘어놓은 것은 전혀 본의가 아니었다. 나는 그저 일주일간 방에 갇혀 지내는 일이 생각했던 것만큼 힘들지 않다는 것을 분명히 해두려는 것뿐이다. 실내는 환하고 방 안의 모든 물건은 내 마음에 쏙 든다. 내 수입은 보통 수준이지만, 나는 늘 절약하고 같은 돈을 가지고 최대한 안락하게 지내야 한다는 것을 신조로 삼고 있다. 그런데도 연말에는 돈을 약간 남겨 나보다 어려운 처지에 있는 사람들을 도와야 한다고 생각한다. 이쯤에서 내가 한 가지, 오직 한 가지 사치를 부리고 있음을 고백해야겠다. 황금색 각인이 찍힌 호화로운 갈색 가죽으로 안을 댄, 네 개의 나지막한 오크 책장에는 각기 선반이 있고 그 안에 책이 가득 차 있다. 저 책들은 내가 평생에 걸쳐 모은 것들이다. 한번 죽 훑어보자. 페트라르카, 러스킨, 보즈웰, 괴테, 투르게네프, 리히터, 에머슨, 하이네, 다윈, 윈우드 리드, 테르툴리아누스, 발자크… 실로 전 세계에서 가장 권위 있는 저자들의 장서가 망라되어 있지 않은가.[39]

---

39) 여러 해가 흐른 후인 1907년, 코난 도일은 자신의 서재, 그 안에 수집되어 있는 장서와 그 저자들에 대한 책 『마법의 문을 통하여』를 집필했는데, 그 책의 서두는 이렇게 시작된다. "당신의 책장이 얼마나 보잘것없는지, 그 책장이 놓여 있는 방이 얼마나 누추한지는 전혀 중요하지 않다. 그 방에 들어가서 문을 닫을 때 문과 함께 외부 세계에 대한 모든 관심을 끊고 위대한 망자들의 세계로 들어가서 그들과 함께 침잠의 시간을 가

아무래도 '장서학대방지협회'가 필요할 것 같다. 나는 이리저리 굴러다니다가 훼손된 가엾은 책을 보고 싶지 않다. 책이란 저자의 영혼을 납포[40]와 연고 대신 모로코가죽과 인쇄업자의 잉크로 방부 처리하여 미라로 만든 것이다. 책에는 한 인간의 정수가 농축되어 있다. 가엾은 호라티우스 플라쿠스는 지금쯤 땅속에서 가루가 되어 사라졌겠지만, 그의 영혼은 호박 속에 들어 있는 파리처럼 내 방 한구석에 있는 갈색 표지의 책 속에 들어 있다. 한 줄로 가지런히 진열된 수많은 책을 보면 누구나 압도당하고 외경심을 느껴야 마땅하다. 적절한 예절을 갖춰 책을 다룰 줄 모르는 사람에게는 그렇게 하도록 압력을 가해야 한다.

만일 책을 사랑하는 영국의 하원이 '장서보존법안'을 통과시킨다면, 우리는 2000년도 신문 지면에서 '경찰정보국'이라는 제목 아래 이런 기사를 보게 될지도 모른다. "매럴러번[41] 경

져보라. 그러면 당신은 마법의 문을 통과하여 걱정과 고민이 더 이상 따라올 수 없는 축제 마당으로 들어서게 될 것이다." 『존 스미스 이야기』의 이 부분에서 코난 도일은 젊은 시절 자신이 좋아하던 책들에 대해 언급하고 있으며, 그중 몇 권에 대해서는 다음 부분에서 좀 더 길게 설명하고 있다. 이 책들은 에드가 앨런 포나 알렉상드르 뒤마처럼 코난 도일이 어린 시절 좋아했던 다른 작가들의 작품보다 다소 수준이 높다. 스코틀랜드의 철학자 윌리엄 윈우드 리드(William Winwood Reade, 1838~1875)의 『인간의 순교(The Martyrdom of Man)』는 『네 개의 서명(The Sign of the Four)』(1890)에서 셜록 홈스가 '가장 뛰어난 책 중 하나'라며 왓슨에게 추천한 책으로, 셜록 홈스 시리즈의 다른 단편에도 나온다. 찰스 다윈은 물론 위대한 박물학자를 말하며 코난 도일은 로마 가톨릭 가정에서 성장했음에도 의학도 시절에 이미 그의 진화론을 받아들였다.

40) 시체를 싸는 천. 옮긴이.

41) 1883~84년 무렵까지 코난 도일은 런던을 여러 번 방문했고 특히 십대 중반에는 런

찰재판소. 엘지비어 판 베르길리우스에 대한 가혹행위. 험상궂은 인상의 노인 제임스 브라운이 엘지비어 출판사가 출간한 베르길리우스의 시집을 비열하게 공격한 혐의로 기소되었다. 존스 순경은 화요일 저녁 일곱 시경 몇몇 이웃 주민에게서 피고의 행위에 대한 신고를 받았다고 증언했다. 그는 피고가 책을 앞에 두고 창가에 앉아서 책장의 모서리를 접거나 책장에 엄지손가락 자국을 내는 등 학대하는 모습을 목격했다고 말했다. 체포 당시 피고는 경악했다고 전해진다. 대영박물관 응급처치실의 사서 존 로빈슨이 극도의 폭력에서 간신히 벗어나 박물관으로 긴급 후송된 그 책의 복원 담당자로 지정되었다. 책은 31군데나 모서리가 접혀 있었고, 46쪽은 10센티미터가량 찢어져 있었으며, 책 전체에 연필과 손가락 자국이 나 있었다. 자기변론 과정에서 피고는 그 책이 자신의 소유물이고 따라서 자기가 원하는 대로 책을 다룰 수 있지 않느냐고 반문했다. 치안판사의 판결은 다음과 같다. '절대 그렇지 않다! 피고의 아내와 아이들 역시 피고의 소유지만, 그들을 학대하는 것은 법률로 금지되어 있다!

던에서 성공적인 예술가로 활동 중이던 삼촌 집에 가서 잠시 머무르기도 했다. 하지만 한 번도 런던에 거주한 적은 없었던 코난 도일이 런던 중서부의 한 구역인 매럴러번 (Marylebone)에 대해 언급했다는 점이 흥미롭다. 1885년에 그가 『주홍색 연구(*A Study in Scarlet*)』를 쓸 때 런던 중서부의 한 구역인 매럴러번 내의 베이커 스트리트를 셜록 홈스의 집이 있는 곳으로 설정했다. 1874년 당시 십대 소년이었던 코난 도일은 베이커 스트리트에 있는 마담 투소 밀랍 인형 박물관을 방문하고 그 안에 있는 공포의 방이 특히 인상 깊었다는 편지를 어머니에게 보낸 적이 있다.

피고에게 베르길리우스에 대한 접근 금지를 명하며, 또한 일주일의 노역형을 선고한다.' 범인은 판결에 항의하며 법정에서 끌려 나갔다. 책은 현재 잘 복원되고 있으며 조만간 박물관을 떠날 수 있을 것으로 예상한다."

서로 익숙해지면 외경심이 점차 사라지게 마련이지만, 책이란 얼마나 경탄할 만한 존재인가! 내 오크 책장에는 안에서 도사리고 있다가 내가 원하기만 하면 언제든 튀어나와 내게 말을 걸 준비가 된 죽은 이들이 수없이 많다. 철학을 원하는가? 아리스토텔레스, 플라톤, 베이컨, 칸트, 그리고 데카르트가 자기 마음속 깊은 곳에 간직한 생각을 내게 펼쳐 보일 준비를 하고 있다. 감미로운 시에 빠지고 싶은가? 그렇다면 하이네, 셸리, 괴테, 키츠가 튀어나와 자신의 풍부하고 조화로운 상상력을 펼쳐 보일 것이다. 아니면 긴긴 겨울밤을 재미있게 보내고 싶은가? 그렇다면 독서 램프를 밝히고 전 세계 위대한 이야기꾼 중 한 사람에게 손짓만 하면 된다. 그러면 그는 냉큼 튀어나와 재미있는 이야기를 들려줄 것이다. 이 독서 램프는 지니를 불러내는 진짜 알라딘의 램프다. 그래서 나는 죽은 이들과 함께 있는 것이 무척 즐거운 나머지 살아 있는 이들을 생각할 겨를이 없을 지경이다.

크리스털이나 그와 비슷한 물질들이 훨씬 더 은은하고 눈을 즐겁게 한다.[42] 나는 가스 연료를 선호하는 정신 나간 지방자치 단체들을 이해하지만, 과연 일반 대중도 그들을 이해할지는 알 수 없다.[43]

서기 7000년경 오스트레일리아, 뉴질랜드, 혹은 아프리카 출신의 어느 과학자가 런던의 유적지에서 발굴 조사를 하게 된다면, 그를 가장 어리둥절하게 할 만한 것이 바로 가스관일 것이다. 그 무렵이면 전등도 이미 오래전에 다른 에너지원으로 대체되었을 터이니 해로운 화학물질에 대한 기억은 지구에서 사라졌으리라. 상수도관이나 하수도관에 대해서는 과학자들도 이해할 수 있겠지만, 여기저기 부식된 채 끝없이 이어지는 가스관은 도대체 무엇이라고 추측할까![44] 그 시대의 고고학자 드리어스더스트 박사의 학술 강연에 대해 『뉴기니 쿼털리 리뷰』는

---

42) 이 부분은 저자가 원고에서 잘려 있던 것을 되살린 문장이다.

43) 이 단락은 원고의 앞 페이지에서 잘라낸 단락이다.

44) 따지고 보면 별것도 아니었지만, 가스관은 코난 도일의 마음속에 상당히 큰 위치를 차지하고 있었다. 1882년 6월에 그가 부시빌라를 구입했을 때는 가스등을 켤 형편이 되지 않아서 처음 몇 달간 밤이면 촛불을 켰던 것이 그 한 가지 이유였다(그리고 마침내 가스 시설을 갖춘 후에는 가스 요금이 상당한 부담이 되었다). 또한 『가스와 수도 사업 관보(The Gas and Water Gazette)』가 코난 도일에게 독일어 기고문 번역을 의뢰했을 때, 그는 어설픈 독일어 실력으로 「가스관 누출 시험(Testing Gas Pipes for Leakage)」이라는 기사를 번역했다. 여러 해가 지난 후 작가들을 대상으로 한 강연에서 코난 도일은 그의 작가 경력에서 위대한 돌파구가 되었던 글이 사람들의 짐작과는 달리 『주홍색 연구』가 아니라 그 독일어 번역 기사였다고 주장했다. 그것이 그가 출판사로 써 보낸 게 아니라 역으로 발행인에게서 의뢰받은 첫 번째 작업이었기 때문이라고 그는 담담한 어조로 설명했다."(Daniel Stashower, *Teller of Tales: The Life of Arthur Conan Doyle*, Holt, New York, 2000, pp. 82-3.)

이런 논조의 기사를 실을 것이다.

"뉴기니 고고학회 제3차 연례총회에서 드리어스더스트 박사는 '런던'이라는 도시가 있었다고 추정되는 장소에서 진행된 최근 발굴 조사와 런던 시민이 사용했던 것으로 보이는 긴 원통 모양의 관에 대한 연구 결과를 바탕으로 논문을 발표했다. 이 원통형 배관의 표본 여러 개가 회의장 복도에 전시되었으며, 회의장 안에서도 회람되어 모든 참가자가 그 표본을 유심히 살펴보았다. 드리어스더스트 박사는 먼저 런던의 번성기 이후 엄청나게 오랜 시간이 흘렀으므로 런던 시민의 생활 습관에 대해 확고한 결론을 내리기 전에 매우 신중하게 유물을 조사해야 한다고 말했다. 박사는 런던이 몰락한 시기가 이집트의 피라미드 건설 시기 이후임에는 의문의 여지가 없다고 주장했다. 완전히 말라버린 템스 강 바닥 바로 옆에서 최근에 대규모 빌딩이 발굴되었으며, 기록에 따르면 이 건물이 고대 영국인들, 즉 성공회 신도들이 입법기관으로 사용한 건물이었음이 분명하다는 것이다. 이 건물 옆에는 '아쿠아리움'이라 불리는 정사각형의 벽돌 건물이 있는데, 그 명칭에서 알 수 있듯이 이 건물은 알코올 중독자들을 격리 수용하는 장소로 사용되었다고 한다.[45] 이어

---

45) 런던 아쿠아리움은 십대 시절에 런던을 방문했던 코난 도일이 집으로 보낸 편지에서 언급한 또 다른 장소이다. 여기서 흥미로운 것은 그가 경솔하게도 이 건물을 알코올 중독자와 관련지었다는 점이다. 실제로 코난 도일의 부친 찰스 알터몬트 도일(Charles

서 드리어스더스트 박사는 펑거스 교수가 지적했듯이 런던의 주요 간선도로 중 하나가 스트랜드[46] 거리로 불렸으므로, 당시에 그 도시가 바닷가에 있었던 것으로 추정된다고 말했다. 템스 강 바닥 밑에는 역사가들이 제2의 알프레드 대왕이라 일컫는 '브루넬'이라는 군주가 뚫어놓은 터널이 있다고 한다. 런던 시민의 주요 휴식 공간은 켄싱턴 가든Kensington Gardens과 하이드 파크Hyde Park였는데, 켄싱턴 가든은 독일어 어원인 'kennen'이 '알다'를 의미하므로 어떤 식으로든 미술이나 요리 학교에 관련된 것으로 보이며, 하이드 파크는 그 명칭으로 미루어 보물이 그 안에 감추어져 있었을 가능성이 있다고, 드리어스더스트 박사는 말했다. 하지만 바로 인접한 리젠트 파크에서 호랑이, 사자 등 육식동물의 뼈가 대량으로 출토된 것으로 보아 이런 개방된 공간은 결코 안전하지 못했음이 분명해 보인다. 드리어스더스트 박사는 '필러박스'[47]라는 기이한 통들이 도시 전체에서 다수 발견되는데, 이것들은 종교적인 이유로 생겨났거나 성공회 지도자들의 무덤을 표시하는 구조물로 보인다고 간략히 설

Altamont Doyle)은 삽화가로서 성공하지 못하고 일찌감치 일을 접은 후 과도한 음주로 집안에 고통과 어려움을 주다가 끝내 알코올중독자 수용시설에 입원하여 그곳에서 생을 마감했다.

46) '스트랜드(strand)'라는 단어에는 '물가'나 '해변'이라는 뜻이 있다. 옮긴이.

47) 빨간 기둥 모양의 구식 우체통을 말한다. 옮긴이.

명하고 나서 문제의 원통형 배관으로 넘어갔다. 펑거스 박사는 그 원통형 배관이 여러 국가에서 사용되던 복잡한 피뢰침 시설이라고 주장한 적이 있지만, 드리어스더스트 박사는 그 의견에 동의하지 않았다. 수년에 걸친 연구 관찰 끝에 그는 이 배관을 끝까지 따라가면 어김없이 용광로와 연결된 속이 빈 대규모 금속 건물로 이어진다는 중요한 사실을 발견했다. 고대 영국인들이 얼마나 '담배'라는 허브에 중독되어 있었는지를 아는 사람은 누구나 이것이 무엇을 의미하는지를 알고 있다. 이 허브를 중앙연소실에서 대량으로 태운 후 배관을 통해 냄새가 독특한, 그 마약 성분이 있는 연기를 각 가정으로 보급하여 시민이 자유자재로 흡입할 수 있게 했음이 분명하다는 것이다. 여러 장의 그림을 사용하여 자신의 이론에 대한 설명을 마친 드리어스더스트 박사는 현대 과학의 도움으로 아침에 담배 연기를 흡입하는 순간부터 잠자리에 들기 전에 흑맥주 한 모금을 들이켜는 순간까지 고대 런던 시민의 삶을 그대로 재현해낼 수 있었다는 말로 강연을 마쳤다."

피라미드에 대한 피아찌 스미스[48]의 이론이나 바빌로니아

---

48) Charles Piazzi Smyth(1819~1900): 이탈리아 출생의 스코틀랜드 왕실 천문학자. 천문학을 획기적으로 발전시키고 기자의 대(大)피라미드를 도량형학적으로 연구한 것으로 유명하다. 그가 1864년에 대피라미드의 설계와 건축법에 대한 이론을 처음 세운 이후 한동안 피라미드에 대한 연구가 유행했다. 당시 코난 도일은 그런 일에 늘 매료되었으며, 그가 살던 사우스시에는 어느 정도 명성을 얻고 있고 지구의 기원에 대한 논

사람들의 삶에 대한 우리의 추측에 타당한 근거가 있듯이 위 기사의 많은 부분에도 근거가 있을 것이다. 이런 종류의 문제에 대해서는 독단적인 결론을 내리지 않는 것이 최선이다. 하지만 이런…[49]에 대한 이야기는 이제 정말 그만해야겠다.

내가 이처럼 장황하게 설명한 내 방은 런던의 한 조용한 간선도로에 면한 건물 2층에 있다. 약 1세기 전에 이 지역을 휩쓸고 지나간 유행의 물결 덕분에 이곳에는 상당히 훌륭한 요소들이 몇 가지 남아 있다. 수준 낮은 동네에서는 링크보이[50]들이 횃불을 길바닥에 내동댕이치거나 발로 짓밟아 끄지만, 이 지역의 건물 난간에는 품위 있게 횃불을 끄는 데 사용하는 긴 철제 소등기가 있다. 또한, 이곳 보도에는 레이디 티즐이나 스니어웰 부인이 잉증맞은 비단 구두를 더럽히지 않고 마차나 가마에서 내릴 수 있도록 갓돌들이 높이 설치되어 있다.[51] 그런데 아뿔싸,

<hr />

란이 많은 이론을 발표하기도 한, 아마추어 천문학자인 퇴역 소장 알프레드 드레이슨 (Alfred Drayson)이 있었는데, 그가 바로 코난 도일을 심령학의 세계로 이끈 인물이다.

49) 원문에 이 부분은 잘려나가 내용이 없는 상태다.

50) 횃불 든 소년. 가로등이 설치되기 전 런던에는 밤에 횃불을 들고 다니며 보행인들이 어두운 밤길을 지나다닐 수 있게 도와주는 링크보이가 많이 있었다고 한다. 영국 옥스퍼드 근처의 배스(Bath) 같은 도시에는 지금도 링크보이들이 횃불을 끌 때 사용하던 조금 큰 촛불 끄개 모양의 링크 소등기가 걸려 있는 집들이 있다. 옮긴이.

51) 레이디 티즐(Lady Teazle)과 역시 레이디 스니어웰이라 할 수 있는 스니어웰 부인(Mrs. Sneerwell)은 아일랜드 태생의 극작가이자 시인인 리처드 브린즐리 셰리던(Richard Brinsley Sheridan, 1751~1816)이 18세기 런던의 사교계를 배경으로 하여 쓴 풍자극 『험담꾼들(The School for Scandal)』(1777)에 나오는 등장인물들이다. 코난 도일은 처음으로 쓴 소설 『존 스미스 이야기』를 출간하거나 개작하지는 않았지만, 이 문

인간이란 얼마나 불안정한 화합물인가! 자질구레한 무대용품들은 아직 그대로 남아 있는데, 배우들은 철분, 이산화규소, 인과 같은 몇 가지 성분의 흔적만 남긴 채 이미 모두 수소와 산소와 질소와 탄소로 분해되어 사라져버렸다. 여기 그림 두 점을 보자! 당시 명문가의 남자들, 고상한 척하는 귀부인들, 건방을 떨며 약자를 괴롭히는 세력들, 책략을 꾸미느라 여념이 없는 귀족들… 이들은 각자 별것도 아닌 자신의 목적을 달성하기 위해 머리를 쥐어짜고 서로 이리저리 밀고 당기며 다투고 있다! 70년만 건너뛰어 보라. 맙소사, 이게 도대체 무슨 일인가! 마가린과 콜레스테린, 탄산염과 황산염, 프토마인과 액화물질… 하지만 이 구역질 나는 화합물 덩어리가 바로 사람의 생명 밑바닥에 깔린 최소 공통분모이다.

그래도 나는 인간의 몸에 아주 깊은 존경심을 품고 있으며, 성직자와 신학자들이 우리 몸을 부당하게 무시하고 비방해왔다고 생각한다. '보잘것없는 인간의 골격'이라든가 '언젠가는 반드시 죽게 되어 있는 비참한 진흙 덩어리' 따위는 경건한 표

장을 보면 여러 해 이 원고를 가까이 두고 다른 작품을 쓸 때에도 이따금 참조했음을 알 수 있다. 바로 전 문장은 1895년에 발표한 자전적인 소설 『스타크 먼로의 편지들(*The Stark Munro Letters*)』과 그보다 2년 전에 기고한 글 「나의 첫 번째 책(*My First Book*)」에도 나온다. 『스타크 먼로의 편지들』에는 이 외에도 『존 스미스 이야기』의 여러 부분이 나온다(제1장 pp. 21-2, p. 24, 제2장 pp. 34-5, p. 38, 제3장 p. 60, 제4장 pp. 77-8, 제5장 pp. 87-8, pp. 108-12.).

현이 아니라 신성을 모독하는 표현이다. 창조주의 작품을 깎아내리는 말은 창조주에게 결코 찬사가 될 수 없다. 우리가 영혼에 대해 어떤 이론을 믿거나 어떤 믿음을 품든, 육체가 불멸한다는 데에는 의문의 여지가 있을 수 없다. 비록 형태는 바뀔지 모르나 어떤 물질도 절대로 완벽하게 사라지지 않는다. 만약, 쓰레기 더미 같은 우리 행성이 어떤 혜성과 부딪혀서 수십억 조각으로 산산이 부서져 우주 속으로 흩어지고, 나방이 촛불에 불타 사라지듯이 지구에 생존하는 모든 것이 충돌로 발생한 불길에 휩쓸려 없어진다 해도, 십억 년 후에도 우리 몸의 가장 작은 미립자는 여전히 존재할 것이다. 그 형태와 화학적 결합은 달라지겠지만, 지금 우리 몸의 조직을 구성하는 바로 그 분자들이 그대로 보존될 것이며, 단 한 개의 핵소체도 소실되지 않을 것이다. 우리 몸을 화학적으로 구성하는 최소 단위인 원자들이 각자의 특성에 얼마나 큰 영향을 미치는지는 상당한 논란의 대상이 될 것이다.[52] 발생학은 한 사람의 몸을 이루는 각각의 조직세포 안에 그의 온몸을 완벽하게 축소한 상태가 들어 있음을 증명한다. 우리 몸의 모체인 난자는 지름이 고작 0.5밀리미터를

---

52) 이 문제는 코난 도일의 마음속에 늘 자리 잡고 있었다. 예를 들면 1912년에 발표한 소설 『잃어버린 세계(*The Lost World*)』에서 위대한 과학자인 등장인물 챌린저(Challenger) 교수는 자신의 라이벌에게 이렇게 말한다. "아니, 섬멀리, 나는 자네의 물질주의에 동의하지 않네. 적어도 나는 물리적으로 소금과 물 세 양동이로 만들어진 존재라고만 보기에는 너무 위대하니 말일세."

넘지 않지만, 그 작은 영역에 부모 두 사람의 신체적 특성뿐 아니라 습관이나 생각까지도 복제할 수 있는 잠재력이 존재한다.

일정한 조건이 충족될 때 사람 몸의 조직을 구성하는 수십억 개의 미세한 세포 하나하나에 몸 전체에 영향을 주는 잠재력이 있다고 믿을 만한 근거가 있다. '유피포낭'이라는 질환을 들어본 적이 있는지? 이것은 여러 가지 병리학적 질환 중에서도 가장 기이한 것이다. 어떤 사람이 자기 눈꺼풀이나 어깨 부위에 작은 덩어리가 생긴 것을 발견한다. 그 덩어리는 빠르게 자라서 어느새 걱정스러울 정도로 커진다. 그는 서둘러 의사를 찾아가고, 그것을 단순한 종기 정도로 진단한 의사는 그 덩어리를 절개하고 나서야 환자의 치아, 머리카락, 뼈, 심지어 팔이나 다리에도 문제가 생기고 있음을 알게 된다. 이런 경우가 수술 기록에 드물지 않게 나타난다. 환부의 혈액 공급에 이상이 생기면서 다른 부위에도 문제가 생겼음이 분명하다. 이런 현상에서 우리는 무엇을 알 수 있는가? 이처럼 놀라운 현상에는 어떤 심오한 의미가 있다. 인체를 구성하는 각각의 세포에는 몸 전체를 복제할 수 있는 잠재력이 있으며, 어떤 특수한 경우 —신경이나 혈관이 정상 상태가 아닌 경우— 인체 조직의 미세한 세포 중 하나가 비정상적인 방향으로 복제를 시도한다는 것이 정설이라고, 나는 믿는다.

이런, 또 본론에서 너무 멀리 벗어나 버렸다! 그러나 여기서 내가 말하려는 것은 언젠가 사라져버리는 것 같은 인체의 최소 구성단위인 원자들이 아무리 긴 시간이 흐른 뒤에도 각각의 특성을 그대로 간직한다는 점이다. 존의 육체가 분해되면서 생기는 티끌은 언제나 존의 특성을 간직할 것이며, 톰의 것과는 영원히 구분될 것이다. 우리 몸의 구성분자들은 엄청나게 오랜 시간이 흐른 후에도 이런저런 잠재력을 발휘할 것이므로 그것들을 잘 배양하고 최선의 상태로 유지하는 것이 우리의 의무이다. 무슨 일이 있어도 젊은이들의 마음을 단련시키되 그들의 몸을 무시해서는 안 된다. 아는 것이 많아도 아무것도 하지 못하는, 머리만 크고 근력이 없는 젊은이들을 나는 좋아하지 않는다. 백과사전이 문학의 최고봉이 아니듯이 그런 젊은이도 현대 문명의 최고봉이 아니다.[53] 여기에 혈기왕성하고, 1.6킬로미터를 5분 30초에 달리거나 크리켓 공을 90미터 넘게 던지는 한 젊은이가 있다고 가정하자. 나는 그가 그리스어 어원이나 불규칙동사의 부정과거형 만들기 등의 그리스어 문법에 조금 서투르다 해도 개의치 않을 것이다.[54] 그의 반짝이는 눈과 갈색으로 그을

---

53) 이 부분은 코난 도일 자기 생각을 대변한 것이다. 그는 대단히 많은 책을 읽기도 하고 쓰기도 했지만, 스포츠를 즐기고 야외에서 지내기를 즐기는 사람이었으며, 특히 자서전 『회고와 모험』의 한 장을 그 분야에 할애하기도 했다.

54) 그리스어 문법 시험지 도난 사건이 발생하는 「세 학생(The Adventure of the Three

린 뺨은 그가 활동적이라는 사실을 드러내며, 그의 활동적인 면은 안색이 창백한 그의 친구가 쌓아 올린 지식보다 사회에 더 유익할지도 모른다. 하지만 뉴턴이나 스탠리나 레셉스[55]처럼 이 두 가지를 모두 갖춘 사람이 매우 뛰어난 인물임은 부정할 수 없는 사실이다.

인간의 생각이 실천으로 이어지면 그것은 세상을 움직이는 원동력이 된다. 하지만 우리는 추상적인 생각을 더 중요하다고 여기는 경향이 있다. 인간 의지의 본질에 관해 각기 서로 다른 결론을 내린 도덕철학자 50명은 모두 대단히 존경할 만한 인물일는지는 모르지만, 그들이 인류의 행복을 눈에 띌 정도로 증진하지는 못했으며, 한 사람의 업적이 과연 가치가 있는가를 판단하는 기준은 결국 인류의 행복 증진에 관한 기여도다. 수에즈 운하 건설에 참여했던 한 인부의 경우를 예로 들어보자. 의심할 여지 없이 그는 세계에 이득이 되는 계획을 수행하는 데 평생 이바지했고, 우리는 그가 존재함으로써 그만큼 이득을 누렸다. 하지만 쾨니히스베르크의 칸트는 어떤가? 그나 그의 철학 이론

Students)」에서 운동신경이 뛰어난 용의자가 나온다. 이 단편은 우리나라에 최초로 번역되어 소개된 셜록 홈스 시리즈로 1919년 『태서 문예 신보』에 '충복'이라는 제목으로 실렸다. 옮긴이.

55) 페르디낭 드 레셉스(Ferdinand Marie de Lesseps, 1805~1894): 프랑스의 외교관이자 기술자. 옮긴이.

을 들어본 적 없다고 해서 우리가 그만큼 손해를 보는 것일까? 나는 이 비교에서 오히려 인부가 더 우월하다고 생각한다.

하숙집 여주인 런들 부인이 내 발의 상태가 어떤지 보려고 문안차 내 방으로 올라왔다. 풍만한 몸매에 겁이 많은 부인은 마음이 따뜻한 여성이지만, 머리는 늘 어떻게 하면 돈을 더 많이 벌까 하는 생각으로 가득 차 있다. 부인이 과부라는 말은 굳이 할 필요가 없다. 오랫동안 여러 곳에서 하숙하는 동안, 집주인 아주머니가 과부라는 데 지나치게 익숙해진 내게는 그 두 가지 사실이 같은 개념으로 인식된다.[56] 하지만 최근에 이곳으로 하숙을 옮긴 후 나는 계단 근처에서 얼쩡거리는 붉은 턱수염에 사팔눈의 키 작은 남자를 발견하고 수상한 사람이라 여겨 재빨리 붙잡았는데, 놀랍게도 그는 자신이 집주인 아주머니의 남편이라고 주장했다. 그의 주장이 사실임을 런들 부인과 하녀가 증명했으므로 예외 없는 규칙이 없음을 새삼 실감했다.

런들 부인은 한때 아주 잘살았으나 지금은 형편이 좋지 않다. 하숙집 주인들의 형편은 땅값과 같아서 끝없이 나빠지기만

56) 런들 부인(Mrs. Rundle)은 베이커 스트리트에 있는 셜록 홈스의 하숙집 여주인인 허드슨 부인(Mrs. Hudson)의 선도자 격인 인물이다. 두 여자의 모델이 되는 실존인물은 부시빌라에서 코난 도일의 살림을 맡아 해줬던 스미스 부인(Mrs. Smith)이며, 런들 부인처럼 부시빌라의 지하층에서 살았다. 코난 도일은 자신의 편지에서 스미스 부인을 여러 번 언급했다.

하고 결코 좋아지는 법이 없다. 부인의 남편은 늘 '시내에서 근무 중'이었는데, 이것은 수위에서부터 은행 임원에 이르기까지 다양한 직업을 의미하는 융통성 있는 문구다. 부인에게는 아이가 셋 있는데, 그 불쌍한 아이들은 엄마의 기대에 부응하느라 분투하고 있다. 정확하게 아침 아홉 시 반이면 박박 문질러 닦아서 반짝반짝 윤이 나는 토실토실한 얼굴의 아이들이 종종걸음으로 학교에 가는 모습을 볼 수 있다. 그리고 오후 네 시 무렵이면 얼마나 끔찍하게 더러워진 모습으로 돌아오는지, 아이들이 지나간 뒤에도 한동안 우중충한 분위기가 남을 정도다. 아이들이 그날 학교에서 공부한 내용이 더러움에 비례한다면, 틀림없이 세 명의 작은 솔로몬이리라.

지금은 런들 가족의 일이 모두 잘 풀리고 있는 것 같다. 가족은 이 건물 지하층에 살고 있는데, 지하층의 구조는 기이한 형태로 나누어져 한 부분은 런들 가족이, 다른 부분은 하녀 두 명이 함께 사용한다. 1층에 사는 음악 교수 헤르 요한 레흐만 씨는 아침 일찍부터 밤늦게까지 그랜드 피아노를 치거나 바이올린을 켠다. 오래전부터 하숙하는 헤르 교수는 좋은 고객이라 할 수 있을 것이다. 그의 위층에 사는 나는 일주일에 2기니를 내는데, 그는 3기니나 낸다. 그리고 꼭대기 층에는 나이 지긋한 휴직 사관[57]이 산다. 그는 오랜 세월 자기 방식으로 굳어진 차분한 태도를 보이고 남에게 싫은 소리를 못 할 것 같은 인물이지만, 석 달에 한두 번 정도는 조금 명랑해져서 적절하지 못한 시간에 갈라진 목소리로 목청껏 옛날 노래를 불러대기도 한다. 이 노병은 하숙비로 1기니를 내므로 런들 부인의 일주일 수입은 6기니다. 하지만 부인은 집세와 세금이 엄청나고, 하녀들의 급여가 감당할 수 없을 정도이며, 고기 값이 너무 올라 파운드당 1실링이나 되어 남는 게 없다며 늘 우는소리를 한다.

떠돌이 생활은 사람의 영혼을 메마르게 한다. 여자들과 아이들을 자주 상대하는 사람은 그만큼 더 다감하고 쾌활해질 수 있을지도 모른다. 사람이 30년 동안 지구의 반을 떠돌아다니면서 6개월도 한 집에 머물지 않으면 삶에 윤기가 없어지고 채질 뿐만 아니라 성격에도 문제가 생긴다. 나 역시 평생 구르는 돌처럼 살아왔고, 설상가상으로 스스로 실패자임을 잘 알고 있다. 칼리지에 다닐 때에는 학생으로서, 애든버러 대학에서는 의학도로서, 런던에서는 문인으로서, 미국에서는 병사로서, 여러 나라를 돌아다닐 때에는 여행자로서, 그리고 남아프리카공화국

---

57) half-pay officer: 18세기부터 20세기 초까지 영국의 육군과 해군에서는 퇴직했거나 실제로 군 복무를 하지 않는 장교들에게 봉급의 반을 지급했으며, 이렇게 감소된 봉급을 받는 장교들을 '휴직 사관'이라 불렀다. 이에 빗대어 『네 개의 서명』에서 왓슨 박사는 자신을 '휴직 의사(half-pay surgeon)'라 불렀다.

의 케아프 주에서는 다이아몬드 채굴업자[58]로서, 언제나 나는 실패자라는 느낌을 지울 수 없었다. "하지만 자네가 얼마나 성공했는지 한번 생각해봐!"라고 내 친구들은 입을 모아 말한다. 내가 원하는 일을 하고 안정된 노후 생활을 준비하기 위해 재물을 충분히 모았음은 사실이지만, 그것이 과연 성공일까? 아, 인생을 다시 시작할 기회를 준다면, 나는 모든 것을 얼마나 더 잘해나갈 수 있을 것인가![59]

똑똑한 젊은이에게 문학은 어서 열어보라고 유혹하는, 대단히 맛있어 보이는 굴이지만, 그의 칼은 굴 알맹이에 닿기도 전에 부러져버리기 십상이다.[60] 두뇌가 명석하고 재기가 넘치는 젊은이여, 그대가 발산하는 광채를 잡으려고 잡지사들이 서로 싸우는 가운데 문학계의 창공을 훨훨 날아다니는 그대는 재능

---

58) 코난 도일은 스토니허스트(Stonyhurst) 칼리지에서 공부했고 에든버러 대학에서 의학을 공부했고 런던에서 작가가 되려는 꿈을 품었다. 그는 또한 북극과 서아프리카와 유럽 일부를 여행했다. 하지만 미국의 남북전쟁에 관심이 있었지만 미국에서 군인이었던 적은 없으며, 케이프 주에서 다이아몬드를 채굴한 적도 없다. 그럼에도 1879년에 에든버러의 주간 문예지 『체임버스 저널(Chamber's Journal)』에 발표한 첫 번째 단편 「사싸싸 계곡의 미스터리」는 남아프리카공화국의 다이아몬드 광산을 그 배경으로 하고 있다.

59) 원본 자체에 가로줄이 그어져 있음. 옮긴이.

60) 이것은 코난 도일이 단편을 써서 출판사에 보내고 출간을 거절당하기를 반복하던 시절에 오랫동안 품고 있던 감정이다. 셜록 홈스가 등장하는 첫 번째 작품 『주홍색 연구』를 출간해줄 출판사를 찾는 데 계속 실패한 그가 어머니에게 쓴 편지에서 이렇게 불평하고 있다. "여태까지 내 불쌍한 작품을 읽어준 사람은 (편집자 제임스) 페인밖에 없어요. 문학은 정말로 열기 힘든 굴 같아요."

이 모자라는 벗들에게 문학이 얼마나 곤혹스러운 직업인지 절대 모를 것이다. 좌절된 꿈, 가슴을 쥐어뜯게 하는 절망, 사람을 지치게 하는 기다림, 헛된 노력으로 점철된 비밀스러운 문학의 역사가 쓰였다면, 그것은 세상에서 가장 슬픈 기록이 되었을 것이다.

어느 집안에 어린 천재가 있는데, 그는 당차게 대중의 마음을 단번에 사로잡는 글을 써서 힘겹게 살아가는 집안 어른들의 무거운 짐을 덜어주겠다는 일념으로 첫 소설을 쓰기 시작한다. 그는 골똘히 생각을 정리하느라 이맛살을 찌푸리기도 하고 등잔 기름을 소비하면서 천천히, 그리고 공들여 한 장 한 장 글을 써내려 간다. 곧 원고가 형태와 내용을 갖춘다. 그가 온 가족을 모아놓고 글의 내용을 요약해서 들려주자, 여섯 살배기 어린 동생에서부터 여윈 손으로 기쁨의 박수를 보내는 쇠약한 노인에 이르기까지 가족이 모두 환호하면서 함박웃음을 터뜨리기도 하고 감격의 눈물을 흘리기도 한다. 여태까지 그처럼 훌륭한 소설은 결코 본 적이 없다! 그처럼 야비한 악당이나 그처럼 영웅적인 주인공 이야기를 들어본 적이 있는가? 그 전도유망한 작가는 자부심으로 얼굴이 상기된 채 마무리에 더욱 박차를 가하여 마침내 어느 멋진 날, 제3권의 결말을 완성하고 의기양양하게 의자에서 벌떡 일어난다. 그의 어머니는 언젠가는 소중한 유물로 대접받을지도 모르는 아들의 펜을 귀중품 보관 서랍에 넣어 고이 간직한다. 이제 누가 이 작품을 출간하는 영예를 안을 것인가? 물론, 최고의 출판사를 찾아야 한다. 돈푼깨나 있는 아무개 출판사는 평판이 매우 좋다. 그들이야말로 이런 작품을 출간하기에 적격이다. 그래서 가족은 원고를 잘 포장하고 겉면에 주소를 적은 다음, 도중에 배달 사고[61]가 일어나지 않게 만반의 조처를 하고 나서 등기우편으로 런던에 보낸다. 기분 좋은 기다림 속에 한 달이 지나간다. 그동안 가족들은 책의 수익금을 어떻게 쓸 것인지 이야기꽃을 피운다. 천재의 동생 프레디[62]의 학비에 충당할 수도 있고, 천재가 문학에만 전념할 생각이 아니라면 그가 마땅한 직업에 종사할 수 있게 준비하는 데 사용할 수도 있으리라. 이런저런 계획이 검토되고 재검토된다. 두 달째로 접어들자 가족들은 아침이면 혹시 우편물이 도착하지 않았나 싶어 서둘러 내려가 보고, 혹시 우체부의 발소리가 들리지

---

61) 바로 『존 스미스 이야기』 원고의 원본에 이처럼 배달 사고가 있었던 것으로 추정된다. 1883년에 우편으로 출판사에 보낸 원고가 분실되어 다시는 나타나지 않았던 것이다.

62) 코난 도일은 남동생 인을 염두에 두고 이 부분을 쓴 것 같다. 실제로 인은 1882년 여름에 형 집에 와서 함께 지냈는데, 코난 도일은 동생과 함께 사는 것을 기뻐하기는 했지만 경제적으로 어려웠던 시기여서 어린 동생을 양육하고 공부시켜야 한다는 책임감이 이따금 부담으로 작용했다. 작가 생활을 시작하는 어려움에 대한 이런 묘사는 대부분 자전적인 성격을 띤 것이며 『아서 코난 도일: 편지로 살펴본 그의 일생』에 포함된 그의 편지에도 그대로 적혀 있다.

않나 해서 온종일 귀를 쫑긋 세우지만, 런던에서는 아무 소식이 없다. 또 한 달이 지나간다. "편지를 써서 어떻게 되었는지 물어보는 게 좋지 않을까?"라고 아버지가 조심스럽게 말을 꺼낸다. "아니, 그럴 필요 없어요." 천재가 대답한다. "중요한 작품 출간을 추진하려면 그 사람들도 시간이 필요하겠지요." 두 달이 더 지나자 마침내 그들은 편지를 쓴다. 이들의 아침 식사 테이블에 올려진, 런던 우체국의 소인이 찍힌 두루마리 편지는 얼마나 대단한 존재였겠는가? "책, 아빠, 책!" 남자아이고 여자아이고 간에 어린 동생들이 전부 모여 떠들어댄다. 천재가 떨리는 손으로 두루마리 끈을 풀고 갈색 봉투를 찢은 다음, 낡을 대로 낡고 군데군데 찢어진 자신의 원고를 꺼낸다. 원고에 첨부된 간략한 편지에는 연필로 이렇게 적혀 있다. "____씨 귀하. 귀하의 원고를 이처럼 오래 가지고 있었던 것을 유감으로 생각합니다. 원고가 엉뚱한 곳에 놓여 있어서 처리가 지연되었습니다. 원고를 신중하게 검토한 결과, 이 작품은 저희 출판사가 출간하기에 적합하지 않다는 결론을 내리게 되었음을 알려드립니다." 순식간에 가슴이 납덩이로 변한 것 같은 천재가 메마른 목소리로 이렇게 외친다.

"걱정하지 마세요. 다른 출판사를 찾을 수 있을 거예요."

"물론 그렇겠지." 아버지가 억지웃음을 지으며 말한다.

"그럼, 난 학교에 못 가겠네." 여섯 살배기가 울부짖는다. "첫눈에 마음에 들기는 어렵겠지." 어머니가 테이블에 흩어진 쓸모없는 두루마리를 하릴없이 주워 들며 말한다. 저런, 이것은 그들이 처음 경험하는 대단히 힘겨운 상황인 듯하다. 그래도 다른 출판사에 원고를 보내 또다시 런던에서 우편물이 온다 해도 거기에도 역시 그 원고 뭉치가 들어 있어서 그들은 다시 한 번 쓰라린 아픔을 맛보게 될 것이다.

내가 글을 써서 빵과 치즈를 벌고자 애쓰던 젊은 시절에 — 반 페니어치 치즈는 엄청난 양의 빵에 해당했다 — 나는 절망의 늪에 빠지지 않으려고 끊임없이 나 자신을 격려했고, 언제나 첫 번째 수단이 실패할 때 기댈 수 있는 차선책을 마련해두고 있었다. 그런 점에서는 나와 똑같이 좁고 험한 길을 애써 나아가는 다른 많은 가난한 젊은이보다는 운이 좋았던 편이다. 그러나 나역시 퇴짜를 맞을 만큼 맞았고, 절망도 할 만큼 했다. 내가 보낸 글들은 이따금 이 나라 우편 제도의 우수성을 증명이라도 하듯 신속하고 정확하게 반송되었다. 만약 그것들이 종이 부메랑이었다면 한 치의 오차도 없이 정확하게 불쌍한 발송인에게 되돌아오지는 못했으리라. 불규칙한 궤도를 그리며 여러 출판사에 보내졌다가 반송되기를 반복하던 원고가 하나 있었는데, 나는 끊임없이 되돌아오는 그 원고를 보는 데 지친 나머지 끝내 그것을 불태워버렸다. 사반세기가 지난 지금도 그때 일을 생각하면 마음이 아프다.[63] 아, 마음으로 낳은 내 자식들이여, 강하고 튼튼한 녀석들은 스스로 자신을 돌볼 수 있을 터이니 힘없고 기형적인 녀석들에게 더 마음이 쓰이는 법이다! 작가는 언제나 자신의 성공작에 자부심을 느끼지만, 그 자부심은 실패작에 대한 사랑과 연민에 비하면 아무것도 아니다.

내 짧은 문학 경력에도 밝은 면이 있었다. 가끔 일이 순조롭게 진행되어 ―심지어 초창기에 쓴 글들을 포함하여― 내가 쓴 글 몇 편이 권위 있고 뛰어난 글들과 함께 같은 잡지에 실리기도 했다. 내 원고를 되돌려 보내면서 친절하게도 원고에 대한 자신의 견해를 적어 보낸 편집자들의 편지가 여러 편의 실패작을 보상해주기도 했다. 문단에서 대단히 중요한 위치에 있기에 무척 바쁜 나날을 보내면서도 시간을 쪼개 신인 작가들에게 조언과 격려를 해주는 어느 신사가 있었다. 그는 문학의 정원 전체를 관리하는 사람이어서 장래성도 없고 모양새도 좋지 않은 꽃나무들조차 가지를 치고 물을 주는 등 온화한 손길을 내밀었다. 그가 알아볼 수 없는 필체로 쓴 간략한 편지를 받을 때마다

---

63) 코난 도일은 1893년에 발표한 글 「나의 첫 번째 책」에서 이렇게 쓰고 있다. "8년 동안 50건의 원고를 출판사로 보냈는데, 이 원고들은 불규칙한 궤도를 그리며 종이 부메랑처럼 처음 출발한 장소로 되돌아오곤 했다."

나는 그의 친절에 감탄하고 감사했다.[64]

월터 스콧[65]이 목발과 지팡이에 관한 유명한 이야기를 하고 찰스 램[66]이 그보다 훨씬 더 단호한 견해를 밝힌 뒤에는 문학을 돈벌이 수단으로 보는 경향이 많이 줄어든 것 같다. 그러브 스트리트[67]의 다락방에 살면서 그저 굶지 않으려고 글을 쓰는 부류의 문인들이 이제는 없어졌으면 좋겠다. 문학으로 대단한 성공을 거둬 많은 수입을 올리는 사람이 아니라면 문학만으로 밥벌이하기는 절대 쉽지 않다. 내가 보기에 가장 비참한 처지에 있는 사람은 일반 대중에게 잘 팔릴 만한 수준에 조금 못 미치는 문학적 재능이 있는 사람이다. 그는 몇 번 실패해도 포기하지 못하고 저항할 수 없는 충동에 이끌려 계속 글을 쓰지 않을

64) 『체임버스 저널』의 공동 편집인이자 영국 최고의 문예지인 『콘힐』의 편집인이었던 제임스 페인(James Payn, 1830~1898)을 말한다. 페인은 1879년에 코난 도일의 첫 단편을 『체임버스 저널』에 실어줬고, 1883년에는 (비록 필자명은 밝히지 않았지만) 「J. 하바쿡 제퍼슨의 증언(J. Habakuk Jephson's Statement)」을 『콘힐』에 실어줬다. 『주홍색 연구』의 원고를 처음 읽은 페인이 그 작품을 '선정적인 싸구려 소설'이라고 혹평했음에도 후일 코난 도일은 페인에게 마지막까지 헌신적으로 대했다(1893년 코난 도일은 페인의 견해에 동조하며 단편 「마지막 사건(The Final Problem)」에서 당시 엄청나게 인기를 끌고 있던 셜록 홈스를 죽이기에 이른다).

65) Sir Walter Scott(1771~1832): 영국의 시인이자 소설가. "문학은 목발이 아니라 지팡이여야 하며 문학적 노력에서 얻어지는 소득은 경비로 사용되지 말아야 한다."라는 유명한 말을 남겼다.

66) Charles Lamb(1775~1834): 영국의 수필가이자 시인. 옮긴이.

67) Grub Street: 18세기에 가난한 삼류 문인들이 주로 모여 살았던 런던의 한 지역을 말하며, 그 거리 이름에서 유래하여 가난한 문인들의 생활을 지칭하기도 한다. 이를 토대로 1891년에 코난 도일의 친구 조지 기싱(George Gissing)이 『새로운 그러브 스트리트(New Grub Street)』라는 소설을 썼다.

수 없다. 그래서 그는 마법사가 그려놓은 마술의 동그라미 안으로 들어가려고 평생 수고하고 노예처럼 고되게 일한다. 이것은 정말 따분하고 짜증 나는 일이다.

런들 부인의 세 아이가 학교에서 돌아오고 있다. 커다란 창문 덕분에 방에서도 누운 채 거리가 내려다보인다. 아이들 이름은 디키, 토미, 모드이다. 내 기억이 맞는다면 디키가 가장 지저분하고, 토미는 가장 짓궂고, 여자아이인 모드는 가장 얌전하다. 저런, 세 아이 사이에 싸움이 벌어진 모양이다! 디키가 가진 무언가를 —토피 사탕[68]인 듯싶다— 다른 두 아이가 뺏으려고 한다. 디키는 용감하게 저항하지만, 두 남매의 연합 세력이 너무 강하다. 약탈에 성공한 토미와 모드가 전리품을 가지고 달아나지만, 토미가 혼자 독차지하자 결국 모드는 울음을 터뜨리며 토미를 비난한다. 와우, 이것이야말로 역사상 모든 전쟁과 국가 연합의 축소판 아닌가! 게다가 전지전능한 신의 눈으로 보면 이것도 국가 간 전쟁만큼이나 중요한 사건이리라.

나는 침대보를 갈아주려고 내 방으로 올라온 런들 부인에게서 이 싸움의 원인에 대해 들었다. 전쟁 당사자들 사이에는 얽히고설킨 문제가 있었고, 그것이 전쟁 자체를 정당화하지는 못

---

[68] 설탕, 버터, 물을 함께 넣고 끓여 만든 사탕. 옮긴이.

하더라도 전쟁의 원인을 설명해준다. 개전 이유는 토피 사탕이 아니라 1페니짜리 동전이었다. 하굣길에 길바닥에 떨어진 문제의 동전을 세 아이가 동시에 발견했다. 하지만 발 빠른 디키가 가장 먼저 동전을 주워서 제 맘대로 사탕을 샀다. 다른 두 아이가 동전을 함께 발견했다는 사실을 내세워 사탕을 셋이 똑같이 나누자고 제안했다. 욕심 많은 디키가 그 제안을 거절하자 두 아이는 합동으로 최후통첩을 보낸 다음, 결국 전쟁을 선포했다. 문제가 너무 복잡해서 토미의 행동에 변명의 여지가 없다는 정도 이상의 판결을 내리는 것은 내게도 힘에 부쳤다. 그러나 내 판결대로 되었음이 이내 분명해졌다. 지하층에서 들려오는 열광적인 박수 소리에 이은 끔찍한 울부짖음과 문을 탕! 닫는 소리로 미루어 토미가 부어터진 얼굴로 잠자리에 든 모양이다.

선량한 사람들이 '태생적 사악함'이라 부르기도 하고 '원죄'라 부르기도 하는 현상이 무엇을 의미하는지를 당신은 아는가? 아무것도 모르는 네 살배기 철부지가 세 살배기를 때린다거나 어린아이들이 대체로 작은 곤충이나 동물을 잡아서 못살게 굴며 놀기 좋아하는 이유는 무엇일까? 인정하기 괴로운 일이지만, 오리 새끼가 물을 좋아하게 되듯이 어린아이들은 계율과 처벌을 통해 충동을 억제하는 법을 배워서 완전히 통제하기까지는 잔인한 놀이에 마음을 빼앗긴다. 나는 그런 현상의 원인을 수십만 년에 걸친 미개한 인류의 역사에서 찾을 수 있다고 생각한다. 까까머리에 빽빽 울며 태어나는 이 세상 모든 아기는 셀수 없이 많은 야만인 세대의 직계 후손이며, 따라서 그들의 생득적인 행동 성향과 기이한 특성을 물려받은 존재이다. 문명화한 오늘날은 화려한 금빛으로 빛나지만, 원시시대부터 이어온 인류 역사의 짙은 암흑기 둘레를 장식한 테두리일 뿐임을 기억하라. 충동이 시키는 대로 따라간다면 아기는 팔다리가 넷이고 호흡기관이 의지와 무관하게 끊임없이 작동하듯이 타고난 본성으로 되돌아갈 것이 분명하다. 그러나 '이성'이라는 것이 아기에게 영향을 미치면서 기독교와 문명이 아기에게 접목된다. 그것은 송아지의 림프액이 아기의 팔에 주입되는 것과 마찬가지다. 정신을 단련시키는 것과 몸에 예방접종 하는 것은 똑같이 인위적인 과정이다. 만일 19세기의 어린아이가 무인도에 홀로 남겨진다면, 그 아이는 수천 혹은 수만 년 전에 블루리아스[69] 동굴에 살면서 돌 조각을 갈아 화살촉을 만들던 유스카리아족[70] 조상보다 도덕적으로나 지식으로나 조금도 나을 것이 없는 존재가 될 것이다.

---

69) 석회암과 이판암층으로 이루어진, 영국에서 흔히 볼 수 있는 지형이다. 옮긴이.

70) 고대 영국에 살던 켈트인의 한 종족으로, 남아 있는 유골의 체형으로 보아 키가 작고 가무잡잡하며 검은 머리에 검은 눈, 길쭉한 두개골이 특징이었던 것으로 추정된다. 옮긴이.

그렇다고 해서 용기를 잃을 필요는 없다! 고결한 본능이 사악한 본능보다 우세해지는 시기가 찾아올 것이다. 오래, 아주 오래 걸리겠지만, 그런 시기가 온다는 것은 알칼리 용액에 산을 계속 떨어뜨리면 결국 소금이 생긴다는 사실만큼이나 확실하다. 수백억 년에 걸친 빛과 진보의 역사가 수백억 년에 걸친 어둠과 죄악의 역사를 상쇄하고 나면 우리 후손은 필연적으로 높고 고결한 것만을 추구하는 성향을 타고날 것이다. 그런 행복한 시대가 오면 아이에게 아무것도 가르치지 않고 내버려 두더라도 그 아이는 조상으로부터 물려받은 천성에 따라 자비롭고, 깨끗하고, 악의 없는 삶을 영위하게 될 것이다. 그런 아이는 학습에 의해서가 아니라, 자신의 의지와 상관없이 타고난 충동으로 마치 새끼 고양이가 물웅덩이를 피하듯 악을 피할 것이다. 그처럼 아이들이 따로 가르침을 받지 않고도 옳은 행동을 하고 곤충의 다리를 뜯어내기보다 오히려 그 곤충이 제 갈 길을 가도록 도와주는 때가 오면 머지않아 황금시대가 도래하리라는 것을 알 수 있으리라.

우리의 교육법[71]은 아직 개선의 여지가 남아 있기는 하지만

---

71) 1870년에 제정된 영국의 교육법은 의무교육을 규정했다. 1893년에 발표한 코난 도일의 단편 「해군 조약(The Naval Treaty)」에서 셜록 홈스는 교육법에 따라 세워진 학교들에 대해 왓슨 박사에게 이렇게 열변을 토한다. "여보게, 이 학교들은 등대들일세! 미래를 밝히는 불빛이지! 각기 수백 알의 작은 씨앗이 담겨 있는 이 캡슐들에서 현명하고

대단히 훌륭한 법률이다. 미래의 영국인이 19세기의 법률을 살펴보게 된다면 그는 그 빈틈없는 조항들과 경탄스러운 법 집행에 크게 놀랄 것이다. 교육법이 다음 세대에 어떤 영향을 미칠 것인지에 대해서는 우리가 아직은 거의 알지 못하고 있는 것 같다. 맹세코 모든 직종에서 경쟁은 지금도 충분히 치열하다. 지금이라도 누가 직원을 구한다는 광고를 낸다면 몰려드는 지원자들로 도로가 꽉 막힐 것이다. 그러면 앞으로는 어떻게 될까? 아이들의 절반은 제 아버지의 직업에 종사하게 될 터이지만, 반갑지 않은 자식이 머릿속에서 펄펄 끓고 있는 나머지 절반은 울타리를 다듬거나 하수구를 치우는 일 따위에 일생을 바치려 들지 않을 것이다. 그래서 야망에 들뜬 그들이 아마 초만원인 곳으로 떼 지어 몰려가는 처참한 일이 벌어질 것이다. 교육받은 노동자란 이론적으로는 아주 훌륭하지만 교육이 시작되면 노동자는 사라지게 마련이다. 그렇기는 하지만 각 개인이 얼마나 많은 고통을 당하든, 한 나라의 지능 수준 향상이 그 나라 자체의 품격 향상임은 틀림없다. 최고의 교육을 받은 나라가 결국에는 가장 강한 나라가 될 것이며 각 개인의 행복이 공동체 사회의 행복을 가져오게 되리라.[72]

더 좋은 미래의 영국이 튀어나올 것일세."

72) 원본 자체에 가로줄이 그어져 있음. 옮긴이.

아아, 이제 또다시 콜히친제제를 먹어야 할 시간이다. 그러니 이제 진부한 이야기는 그만하고 현실 세계로 눈을 돌려야겠다. 뭐라도 써보라고 터너 박사는 말하지만, 발목이 덴 듯 화끈거리고 따가운데 내가 어떻게 읽어볼 만한 글을 쓸 수 있겠는가? 하지만 내일 증세가 호전되면 종이와 깃펜을 꺼내 노력을 좀 해봐야겠다. 종잡을 수 없고 앞뒤도 맞지 않는 이런 글이라도 많이 쓸 수만 있다면, 내게 아직은 무언가를 할 능력이 남아 있다는 의미가 아니겠는가. 아무것도 하지 않고 가만히 있는 것만큼 내가 싫어하는 것은 없다 ─ 노동을 제외한다면.

제2장

"요산이 너무 많아요." 터너 박사가 정색을 하며 말했다. "혈액이 심각하게 오염되었소."

"그렇다면 병이 심해졌다는 겁니까?"

"상태가 호전되진 않은 것 같군요." 그가 대답했다. "아주 조심해야 합니다. 그렇지 않으면 정말 심각한 상태가 될지도 몰라요. 팔목에 있는 그 붉은 반점은 뭐죠?"

"아, 뭐 별것 아닙니다." 내가 말했다.

"흠!" 어떤 의사들은 이 단음절어에 대단히 많은 의미를 담는다. "열도 높고."

대화가 우울해지기 시작했다. "열 이야기가 나온 김에 하는 말이지만…" 내가 화제를 바꾸었다. "지금 막 소의 탄저병[73]에 관한 파스퇴르 박사의 글을 훑어본 참입니다. 그분의 연구가 위

---

73) 탄저병을 뜻하는 단어 'splenic fever'에는 '열'을 의미하는 'fever'가 포함되어 있다. 옮긴이.

대한 가능성의 세계를 열고 있다고 생각하지 않습니까?"[74]

내가 적절한 화제를 꺼냈음이 분명했다. 내 주치의는 모자를 내려놓더니 평소 중요한 말을 시작할 때마다 하던 습관대로 어깨를 펴고 양손의 손가락 끝을 마주 댔다.

"스미스 씨." 그가 드디어 열변을 토하기 시작했다. "고맙게도 그분의 실험 덕분에 우리 의학계에 대혁신이 일어났지요. 그뿐 아니라 정밀과학의 한 분야인 미생물학을 의술에 활용할 수 있게 되었어요. 이건 내게 직업상 상당히 흥미 있는 주제입니다. 그 문제와 직접적인 관계가 없는 스미스 씨가 그렇게 생각하다니 정말 기쁘군요."

"나는 여러 분야에 골고루 관심이 있는 사람입니다." 내가 말했다. "게다가 질병을 뿌리 뽑는 데 어떤 방법이 사용될 것인지는 모든 사람에게 관계 있는 문제잖습니까."

"아, 그건 그렇군요." 의사가 말했다. "그렇지만 우리 과학자들은 통상 너무 많은 전문용어를 사용해서 전문 지식이 없는 일

---

74) 프랑스의 화학자이자 미생물학자인 루이 파스퇴르(Louis Pasteur, 1822~1895)는 탄저병 치료에 돌파구를 마련한 획기적인 연구로 당시 많은 논란의 대상이었던 자신의 백신접종과 면역학에 관한 이론을 증명했으며, 1885년에는 최초로 광견병 백신을 인체에 사용하기도 했다. 의사들이 파스퇴르의 세균감염설(germ theory)에 대해 열띤 논쟁을 벌이던 시기에 의학도였던 코난 도일은 월간지 『굿워즈(Good Words)』 1883년 3월호에 실린 「혈액의 생과 사(Life and Death in the Blood)」라는 글에서 『존 스미스 이야기』에 언급된 이 부분을 비롯하여 여러 가지 의학계의 쟁점에 관해 자신의 의견을 피력했다.

반인이 알아듣기는 쉽지 않거든요. '멸균한 약독화 바이러스 접종이 혈관 운동중추를 억제해 말초 및 구심성 마비를 보이는 변형된 악액질을 일으켰다.'[75] 이처럼 어려운 내용을 도대체 어떤 비전문가가 이해할 수 있겠습니까? 하지만 복잡한 전문용어 몇 개를 빼고 나면 탄저병에 관한 내용은 뜻밖에 아주 간단하지요. 1850년 '다벤'이라는 사람이 병든 소의 혈액에서 막대 모양의 미세한 생명체를 발견하고 그것을 '탄저균'이라 불렀답니다. 올스타인의 코흐[76]는 그 탄저균이 치킨 수프처럼 자양분이 많은 배양액 안에서 잘 번식한다는 사실을 발견했지요. 그러자 이번에는 파스퇴르가 탄저균을 오랜 시간 공기 중에 노출하면서 인위적으로 배양하면 그 세균은 악성을 잃어버리고 거세한 수송아지 정맥에 주입해도 미미한 증상밖에 일으키지 않는다는 사실

---

75) 당시에 발표된 어느 의학 문헌에서 인용되었을지도 모르는 이 문구는 코난 도일이 에든버러 대학에서 전문의 과정을 밟으면서 쓰고 있던 학위논문 「척수매독 환자의 혈관운동신경 변성과 교감신경계의 작용에 관한 연구(An essay upon the vasomotor changes in tabes dorsalis and on the influence which is exerted by the sympathetic nervous system in that disease)」의 주제와도 일치한다. 1885년 4월에 완성된 이 논문은 에든버러연구기록보관소(Edinburgh Research Archive)에 보관되어 있으며 온라인상으로는 www.era.lib.ed.ac.uk 에서 볼 수 있다. 1892년 발표된 장편소설 『도시 저편에(Beyond the City)』에서 코난 도일은 한 의사를 이렇게 묘사하고 있다. "발사자르 워커 박사는 의학계에서 대단히 저명한 인물이었다. 1859년에 발표된 첫 논문 「통풍체질」에서 시작하여 철저한 연구 끝에 1884년에 발표된 논문 「혈관운동 신경계 질환」에 이르기까지 그가 쓴 수없이 많은 글 목록과 그가 가지고 있는 자격증과 회원권 목록이 『의학 사전』의 지면을 가득 채우고 있지 않던가?" 통풍은 존 스미스가 앓고 있던 질환이고 두 번째 논문의 주제는 코난 도일 자신의 학위 논문을 알기 쉽게 풀어 쓴 것이다.

76) Robert Koch(1843~1910): 독일의 세균학자. 옮긴이.

을 알아냈어요. 여기서 지극히 중요한 실용적인 결론이 나오지요. 이렇게 하여 희석한 탄저균 용액을 정맥에 주입한 —의학 전문용어로는 '약독화 바이러스를 접종한다.'라고 말합니다만— 소는 탄저병에 절대로 걸리지 않는다는 사실이 밝혀진 겁니다."

"그 소는 파스퇴르 씨에게 영원히 감사해야겠군요." 내가 말했다.

"소보다는 우리가 더 감사해야지요." 터너 박사가 흥분하여 목소리를 높였다. "동물의 탄저병에 적용되는 면역 방법이 인체에 피해를 주는 모든 전염병에 똑같이 적용되거든요. 모든 전염병은 사람의 혈액 속으로 들어온 미생물, 즉 세균 때문에 생기지요. 그리고 전염병은 그 질병을 일으키는 세균에 어떤 악성이 있느냐, 혹은 그 세균이 우리 몸의 어떤 부분을 좋아하느냐에 따라 각기 다른 증상을 보입니다.[77] 시간이 흐르면 우리는 모든 질병의 약독화 바이러스를 확보하게 될 터이고 그것들을 이리저리 혼합하여 한 번의 접종으로 여러 질병에 대한 면역 효과를 얻을 수 있을 겁니다. 그러면 발진티푸스, 장티푸스, 콜레라, 말라리아, 광견병, 성홍열, 디프테리아, 홍역, 폐결핵과 같은

---

77) 코난 도일의 「혈액의 생과 사」에 포함된 다음 문구는 1966년에 개봉된 공상과학영화 「환상여행(Fantastic Voyage)」의 전조가 되었다. "인간이 자신의 몸을 1천분의 1인치 크기로 축소해서 살아 있는 인간의 동맥 속으로 뚫고 들어갈 수 있다면 그의 눈앞에는 얼마나 신기한 광경이 펼쳐지겠는가!"

세균성 질병은 사라지겠지요. 이 모든 게 루이 파스퇴르의 수고 덕분입니다. 신의 축복을 받을 만한 분이죠."

"이런." 내가 말했다. "선생님은 파스퇴르의 열광적인 지지자시군요."

"그렇습니다." 그가 상기된 얼굴을 두 손으로 쓸어내리며 대답했다. "게다가 이건 마음이 흐뭇해지는 주제예요. 우리는 지금 질병을 일으키는 미생물들, 즉 병원균들과 교전 중입니다. 이 전쟁에서 우리가 이기면 인류 전체가 촛불을 켜고 '테 데움'[78]을 불러야 할 겁니다.[79] 가느다란 실 모양의 이 미생물과 비교하면 피에 굶주려 정글을 헤매는 호랑이는 오히려 해가 없다고 말할 수 있어요. 언젠가 미생물들이 조물주라도 된 듯이 인간의 운명을 좌지우지하는 날이 올지도 모릅니다. 걸을 수 있게 되어서 내 실험실에 들르시면 미생물들을 보여드리지요. 내 실험실엔 코호의 결핵균[80]과 콤마 모양의 콜레라균, 그리고 그 밖

78) 원래 '주님을 찬미하라'라는 뜻을 지닌 라틴어이며, 여기서는 브루크너, 하이든을 비롯한 많은 작곡가들이 곡을 붙인 찬양의 노래를 말한다. 옮긴이.

79) 에든버러 대학에서 의학을 공부하던 시절, 코난 도일은 파스퇴르의 세균감염설에 대한 의학계 논쟁이 한창일 때 무균수술법을 내세워 최전방에서 분투하던 조지프 리스터(Joseph Lister) 박사를 지켜보았다. 후일 코난 도일이 그 경험을 토대로 쓴 의학 소설 『그의 첫 수술(His First Operation)』에서 한 등장인물이 이렇게 말한다. "그건 리스터의 소독용 스프레이야. 그리고 아처는 석탄산수를 애용하지. 헤이즈는 이 청결지상주의 집단의 리더이고. 이들은 모두 상대를 독약만큼이나 싫어해." 여기서 코난 도일은 '석탄산수를 애용하는 사람' 편을 들었다.

80) 1890년에 로베르트 코호의 폐결핵에 관한 연구의 영향을 받아 베를린으로 간 코난

에도 수십 가지 세균이 있습니다. 분명히 그놈들을 한번 보고 싶으실 겁니다."

왕진을 마치고 돌아가는 그 친절한 의사의 뒷모습을 보면서 '분명한' 것은 내가 그놈들과 거리를 두고 싶어 한다는 사실이라고 중얼거렸다. 나라면 무슨 일이 있어도 그런 흉측한 놈들을 집 안에 수집해두지는 않으리라. 나는 눈에 보이는 것에 내 이웃들만큼 신경을 쓰는 편은 아니지만, 진균성 증식물로 혈관이 막힐 위험을 무릅쓰고 질병 농축액을 들이마시는 짓은 너무 심하지 않은가 싶었다. 나는 절대로 내 주치의의 실험실에 가까이 가지 않을 것이다.

의사 단체들은 늘 위생에 유의하여 애초에 병에 걸리지 않게 하라고 끊임없이 홍보하는데, 그들의 이런 면은 대단히 갸륵하고 존경받아 마땅하다. 만약 그들이 사심 없고 고매한 사람들이 아니라면 남이야 병에 걸려 고생하든 말든 개의치 않고 치

도일은 자신의 연구 결과에 대한 보고서를 W. T. 스테드(1849~1912)가 정기적으로 발간하는 『리뷰 오브 리뷰스(Review of Reviews)』에 보냈다. 후일 자서전에서 당시의 베를린 여행은 충동적인 결정이었다고 술회했다. 하지만 『존 스미스 이야기』에 나오는 이 부분은 코난 도일이 코흐의 연구에 꾸준히 관심이 있었음을 보여준다. 아무튼, 코난 도일의 베를린 여행은 그의 생애에서 중요한 전환점이 되었다. 이 여행에서 그는 런던 중심부 개인 병원이 밀집한 거리인 할리가(Harley Street)에서 개업한 의사 맬컴 모리스(Malcolm Morris)를 알게 되었는데, 그는 코난 도일에게 "변두리에서 삶을 낭비하지 말고 큰물에서 놀아야 한다."고 충고했다. 사우스시로 돌아온 코난 도일은 즉각 병원을 정리하기로 마음먹었다. 후일 그는 "나는 새 사람이 되어 돌아왔다. (…) 내가 날개를 펼치자 내 안에서 뭔지 모를 힘이 느껴졌다."고 회고했다.

료비나 챙기려 들 것이다. 법률을 간소화하고 법률 제정을 막으려 드는 의회를 본 적이 있는가? 병에 걸리는 사람이 많으면 의사들에게는 유리한 법이다. 하지만 만약 의사들이 이처럼 더 중요한 행동 규범을 따르지 않고 자신의 이익만을 추구한다면 우리는 일반의료위원회가 전염병을 들여오고 세균을 퍼뜨리느라 분주하게 움직이는 동안 영국의사협회에 압력을 넣어 배수를 억제하고 하수구를 틀어막는 데 쓰일 기금 조성에 착수하도록 해야 할 것이다. 3만 명에 이르는 영국의 내과, 외과 의사는 대부분 아주 훌륭한 자선가들이므로 그들에게 살짝 귀띔만 한다면 그들은 흔쾌히 협조할 것이다.

아침 식사를 마치자, 런들 부인이 내 발목을 찜질해주겠다며 겨자를 엄청나게 많이 가지고 올라왔다. 이상하게도 여자들은 어떤 병이든 겨자로 치료하려 드는 경향이 있다. 딸꾹질에서부터 광견병에 이르기까지 누군가 몸에 이상이 생겼다는 소리가 들리면 남자들은 보통 브랜디 한 잔을 권하고 여자들은 겨자 그릇에 손을 뻗는다. 이번에는 런들 부인과 한동안 승강이를 벌이며 설득한 끝에 그 끔찍한 것을 내 발목에 붙이지 못하게 하는 데 성공했지만, 그녀는 내가 자신이 내민 구원의 손길을 뿌리쳤다고 여기고 있음이 분명했다. 사실, 내 발목 통증은 오늘 조금 줄어들었지만, 팔목이 이따금 따끔거리는데 혹시 이것도 통풍 증세가 아닌지 걱정스럽다.

몸이 아픈 사람이 그가 어디에 있든 늘 친절한 사람의 도움을 받게 된다는 것은 참으로 멋진 일이다. 이 세상에는 레위인보다 착한 사마리아인이 더 많다.[81] 나는 파나마에서는 말라리아에, 킴벌리에서는 학질에, 그리고 모나코의 하숙집에서는 장티푸스에 걸린 적이 있지만, 그때마다 친절한 기독교인의 도움을 받았다. 만약 성경에 나오는 그 사마리아인이 영국인이었다면 그는 "지금 2펜스를 드릴 테니 내가 다시 올 때 4펜스를 돌려주시오."[82]라고 말했으리라고 빈정거린 사람이 러스킨이었던 것으로 기억한다. 아무리 낙관적인 사람이라도 당시 병을 앓던 내게 결코 어떤 보답을 기대할 수 없었기에 나를 돌봐준 이들이 사심 없는 좋은 분들이었다고, 나는 확신한다.

내 주변에도 그런 분이 한 명 있지 않았던가? 킴벌리 인근의 윈터스 러쉬 광산에서 일할 때 광산의 두목으로 더 잘 알려졌던 콩키 빌 말이다! 그는 떡 벌어진 어깨에 턱수염을 기르고, 얼굴

---

81) 성경의 「누가복음」 10장 30-37절에 나오는 유명한 '선한 사마리아인' 이야기에서 나온 표현이다. 강도를 만나 초주검이 된 여행객이 있었다. 사회의 지도층인 제사장과 레위인은 그를 외면하고 지나쳤지만, 유대인들에게 늘 이방인 취급을 받던 한 사마리아인이 그를 주막으로 데리고 가서 돌봐준다.
82) 앞에 나온 선한 사마리아인과 비교하여 영국인들의 성향을 꼬집어서 말한 것이다. 옮긴이.

색은 자신이 즐겨 입는 셔츠만큼이나 붉고, 손이 양의 넓적다리만 한 사람이었다. 자선이란 참으로 이상한 식물과 같아서 예상 밖의 장소에서 싹트는 법이지만, 용감한 사람일수록 마음이 따뜻한 경향이 있음을, 나는 늘 보아왔다. 언제나 남의 반응에 전혀 개의치 않고, 할 말이 있으면 거침없이 내뱉던 그가 무슨 말인가를 입속으로 중얼거리며 굵은 손가락으로 작은 약병을 들고 적당량의 해열제를 내게 먹이려고 애쓰던 모습을 생각해보라. 아니면 몸을 가누지 못하던 내가 처음으로 자리에서 일어나 앉아 먹을 것을 달라고 했을 때, 기쁨에 겨워 흰 이를 드러내며 활짝 웃던 그의 얼굴을 생각해보라. 아, 어딘지도 알 수 없는 최전선에서 총에 맞아 죽은 내 오랜 벗 딕이여! 자네가 투겔라[83] 강둑 어디엔가 개처럼 묻혔을 때 언젠가는 싹이 터서 천사로 자라날 씨앗이 심어졌던 것은 아닌가!

인류가 잔인하고 타락한 존재이며 악을 추구하는 성향이 있다고 말하는 사람은 대체 누구인가? 나는 그렇게 말하지 않을 수 있어 정말 다행이다. 그렇게 말하는 사람은 불행하게도 인복이 없거나 비뚤어진 시선으로 주변 사람들을 바라볼 것이다. 어제 내가 주장했듯이 어린아이에게는 분명히 야만적인 놀이를 좋아하는 경향이 있지만, 남녀를 불문하고 어른이 되면 사정이

---

83) 남아프리카공화국 줄루족(Zulu) 마을을 가로질러 흐르는 강.

달라진다. 영화에 나오는 악당을 보고 환호하는 관객들이 그의 사악함에 동조하여 그런다고 생각하는가? 아니면 하층민 관람객들이 도둑이나 폭력적인 남편 같은 등장인물을 좋아하는 이유가 그들에게도 똑같은 본능이 있기 때문이라고 생각하는가? 검은 옷을 입은 친구들[84]의 말을 들어보면 그들이나 그들의 설교가 없었다면 모든 시민이 마귀가 되고, 국가는 대혼란에 빠지리라는 착각을 하게 될 지경이다. 그들은 끊임없이 이렇게 외친다. "사회면 기사를 보라!" 아, 그러나 인명 구조에 여념이 없는 구조선 기사나 휴먼 소사이어티[85] 메달과 앨버트 메달[86] 기사도 있지 않은가. 환자들에게 헌신하는 간호사들, 디프테리아 환자의 목에서 화농을 빨아내며 치료에 몰두하다가 자신도 그 치명적인 병에 걸린 젊은 의사에 관한 기사를 읽어보라. 이 모든 선행의 진정한 가치를 인정하지 않을 수 있을까? 불이 나면 반드시 용감한 사람이 나서서 화염을 뚫고 들어가 인명을 구하고,

---

84) 성직자들을 말한다. 옮긴이.

85) 지금은 '휴먼 소사이어티'를 미국의 동물보호단체로 알고 있지만, 이 용어는 영국에서 처음 사용되었다. 1774년 발족한 로열 휴먼 소사이어티(Royal Humane Society)와 1790년에 발족한 글래스고 휴먼 소사이어티(Glasgow Humane Society)가 있고, 동물보호단체로는 1824년 발족된 로열 소사이어티(Royal Society for the Prevention of Cruelty to Animals, RSPCA)가 있다. 여기서는 로열 휴먼 소사이어티나 글래스고 휴먼 소사이어티를 말하는 것 같다. 옮긴이.

86) 왕립예술가협회(Royal Society of Arts, RSA)가 빅토리아 여왕의 부군 앨버트 공을 기려서 인류 복지에 기여한 인물들에게 수여하는 메달이다. 수상자 중에는 넬슨 만델라 남아프리카공화국 전 대통령과 이론물리학자 스티븐 호킹 등이 있다. 옮긴이.

한 사람이 물에 빠지면 두 사람이 그를 구하러 뛰어들며, 광산에서 사고가 나면 광부 수십 명이 동료를 돕겠다는 일념으로 갱내에 남아 있는 유독가스를 무릅쓰고 갱구 안으로 들어가려 한다. 사회면 기사보다는 이런 기사를 읽는 편이 훨씬 더 정신 건강에 이롭다. 커다란 저울 양쪽에 각각 이 세상의 악과 선을 올려놓고 달아보면 분명히 악이 놓인 접시가 더 가벼워 위로 올라갈 것이다.

하지만 이것이 내가 하고 싶은 이야기 전부는 아니다. 나는 인구의 상당한 비율이 어느 정도까지는 완벽에 가까이 다가갔다고 감히 주장하고 싶다. 학식 있는 남자 중에는 완벽하거나 완벽에 가까운 수준에 도달한 사람이 많으며, 학식 있는 여자 중에는 더욱 많다.[87] 친애하는 젊은 신학자여, 내 말을 비웃거나 내 말에 고개를 가로젓지 말게. 자네보다 세상 경험을 더 많이 한 내가 아마도 자네보다는 편견이 덜한 눈으로 세상을 바라

---

87) 조금 뒤에 나오는 "오랜 세월 자네를 교육하느라 그토록 열심히 애쓴 자네의 사랑하는 어머니를 생각해보게."라는 코난 도일의 말은 자전적이라 할 수 있다. 그는 여성이 참정권을 가지게 되면 생길지도 모르는 가정불화를 우려하여 평생 여성의 참정권에 반대했지만, 몇몇 여성은 그의 삶에 강력한 영향을 미쳤다. 그중 가장 중요한 인물이 바로 찰스 도일이 술에 빠져드는 동안 남편을 대신하여 집안 생계를 꾸리고 아이들(성인으로 성장한 자녀 수만 일곱이었다)의 교육을 책임졌던, 아일랜드 태생의 어머니 메리 폴리 도일(Mary Foley Doyle)이다. 또한 코난 도일은 리스본에서 가정교사로 일하면서 봉급을 집으로 송금하다가 1890년에 인플루엔자에 걸려 요절한 누나 아네트(Annette)를 숭배하다시피 했으며, 그런 식으로 집안의 생계를 도왔던 점에 있어서는 그의 여동생 로티(Lottie)와 코니(Connie)도 마찬가지였다.

보고 있을 걸세. 자연의 여신이 나를 머리가 희끗희끗해진 50세가 될 때까지 살게 해줬으니, 직접 경험한 일에 관해서는 약간 독단적이 될 권리를 내게 부여한 것이 아니겠나. 지금쯤 자네는 완벽성의 문제는 내 말이 옳다는 것을 자신도 모르는 사이에 인정하고 있을 걸세.

자, 여기에 아무것도 쓰여 있지 않은 종이와 펜이 있네. 그 앞에 자리 잡고 앉게나. 오랜 세월 자네를 교육하느라 그토록 열심히 애쓴 자네의 사랑하는 어머니를 생각해보게. 어머니의 삶에서 자네가 기억할 수 있는 모든 일을 떠올려 보게. 인간은 천성적으로 대단히 약한 존재이며, 자네는 어머니를 누구보다도 잘 알 터이니, 어머니의 인간적인 약점을 가장 잘 지적할 수 있는 사람도 자네가 아니겠나. 그 종이에 자네가 어머니에게서 보았던 대표적인 약점들을 적어보게나. 뭐야, 벌써 손을 드는 건가! 좋아, 그렇다면, 다시 한 번 시도해보세. 총명하고 너그러운 젊은 숙녀, 자네 여동생들 얘기를 해보세. 동생들에게서 고쳐야 할 품성이 있다면, 그건 적을 수 있겠지. 역시 어쩔 줄 모르는 것 같구먼. 그렇다면, 자네가 아주 잘 아는 또 다른 숙녀가 있지 않은가. 아, 알겠네, 알겠어. 그녀를 건드리는 것은 그야말로 신성모독이란 말이지.[88]

88) 코난 도일은 한동안 사귄 적이 있는 엘모어 웰든(Elmore Weldon)을 염두에 두고

"맞아요." 젊은 신학자가 대답했다. "제 어머니와 누이들은…"

"다른 사람의 누이도 마찬가지일세." 내가 끼어들었다.

"정말 괜찮은 여성들이어서 행동거지나 생활 방식에서 고칠 점을 지적하기 어렵습니다. 하지만 그렇다고 해서 우리가 선생님의 주장과 같은 명제를 세울 수는 없지요."

"나는 그저 인류의 일부가 그렇다고 주장했을 뿐일세. 자네의 가족과 친척들이 완벽에 가까운 분들이라면 다른 이들의 가족이나 친척들 또한 마찬가지가 아니겠나."

"인간의 눈으로 보면 완벽할지도 모르죠. 하지만 신의 눈으로 보면 어림도 없지요."

"비판적이고 트집 잡기 좋아하는 사람이 그 사람들에게서 아무런 결점도 찾을 수 없다면, 자비로우신 하느님을 두려워할 이유는 더더욱 없지 않겠나."

인류는 점점 개선되고 있으며 그것도 빠르게 개선되고 있다. 오늘날 형사사건에서 유죄판결을 받는 건수는 우리 할아버지 시대와 비교하면 10분의 1이 채 되지 않는다. 대부분 악인은

이 부분을 썼는지도 모른다. 그의 어머니는 자신이나 아들을 대하는 엘모어의 태도에 부족한 부분이 있다고 느꼈고, 나중에 어머니의 견해에 동의하게 된 코난 도일은 엘모어와 절교했다. 1885년 그는 자신의 환자였다가 사망한 젊은이의 누이이며 '투이'라는 애칭으로 알려진 27세의 루이자 호킨스(Louisa Hawkins)와 결혼했다.

교육받지 못한 사람들이며 앞으로 교육받지 못한 사람들이 사라지면 형사상 기소 건수는 훨씬 더 적어지리라. 적절한 절차에 따라 입증된 아래 수치는 틀림없이 각성제처럼 우리의 피를 따뜻하게 데워줄 것이다.

연도	형사상 유죄판결 건수	교육받은 사람 수
1868	17,394	1,150,000
1884	12,564	3,700,000

영국의 모든 사람이 황금빛 글씨로 인쇄된 위 숫자를 액자에 넣어 방에 걸어놓고 우울해질 때마다 그것을 쳐다보고 기운 내야 한다. 나는 악마의 특징인 사악함과 무식함이 얼굴 전체에 나타나 있는, 잔인해 보이는 사람을 거리에서 종종 보게 되는데, 그럴 때면 걸음을 멈추고 깊은 관심과 호기심으로 그를 바라본다. 그러고는 혼자서 이런 생각을 한다.

'저런 유형의 인간들은 머지않아 큰바다오리나 도도새처럼 지구에서 사라질 것이다. 내 손자의 손자들은 절대로 저런 녀석들과 마주칠 일이 없겠지.'

하지만 인류학이나 골상학 연구 목적으로, 사악한 빌 사익스[89]가 어떻게 생겼는지를 후손에게 보여주려면 표본을 골라서 소금과 식초에 절여놓아야 할지도 모르겠다.

인류는 시간이 흐름에 따라 점점 더 빠르게 발전하는 경향이 있다. 우리는 산술적이 아니라, 기하급수적으로 발전한다. 태초부터 축적되어온 지식과 미덕을 주의 깊게 살펴보자. 구석기시대와 신석기시대 사이에는 8만 년 정도의 시간적 거리가 있지만, 그 어마어마하게 긴 세월에 인류가 배운 것이라고는 고작 돌을 쪼개어 사용하다가 갈아서 사용했다는 정도다. 그와 비교하면 나는 길지 않은 인생에서 얼마나 많은 발전을 목격했는가! 예술과 과학 분야에서 끊임없는 변화와 발전이 이루어져서 기차, 전보, 클로로포름, 전화가 등장했다. 지난 1천 년 동안의

---

89) Bill Sikes: 찰스 디킨스의 『올리버 트위스트(Oliver Twist)』에 등장하는 악랄한 인물. 아들 킹슬리가 의학을 공부하던 런던의 세인트 메리스 병원에서 1910년에 했던 강연 내용에 따르면, 의학도 시절의 코난 도일은 이 문제에 대해 이런 식으로 생각하지 않았다. '의술에 대한 로망'이라는 제목의 이 강연에서 그는 1870년대에 자신과 동료 의학도들이 의술에 대해 덜 정신적이고 더 결정론적인 견해를 가졌다고 털어놓았다. "우리는 담즙이 간에서 분비되듯이 마음과 정신도 뇌에서 분비되는 것으로 생각했습니다. 한 인간의 성향을 결정하는 것은 뇌의 중심부여서, 우리가 어떤 사람의 뇌에서 신성함을 관장하는 핵심 부분을 찾아 전극으로 자극하는 데 성공한다면 그는 성인이 될 것이지만, 만일 그 전극이 미끄러져서 잔인성의 핵심을 건드린다면 그는 빌 사익스 같은 악한이 될 것입니다. 그것이 우리 중 좀 더 앞서 나가는 친구들의 대략적인 견해였습니다. 이제 와서 되돌아보니 그런 견해는 이성이나 과학에서 개연성을 찾을 수 없는 선험적인 도그마에 대한 항의이며 반동이었음을 명확하게 알 수 있을 듯합니다. 도그마에서 벗어나면 영성을 통째로 잃게 되어 우리는 서로 거의 관계가 없는 그 두 가지를 혼동하게 되지요. 하지만 제 경험에 따르면, 도그마가 줄어들면 줄어들수록 영성이 늘어나더군요. 우리는 법칙에 대해 언급하면서 모든 것이 만고불변의 법칙에 따라 움직인다고 이야기했고 그것이 심오하고 결정적인 진리라고 생각했습니다."

발전을 앞으로 10년 안에 이룰 수 있다고 해도 지나친 말은 아니다. 그것은 우리의 지적 능력이 더 뛰어난 덕분이 아니라, 이미 우리 곁에 와 있는 계몽의 빛이 우리가 조금 더 쉽게 전진할 수 있게 도와주기 때문이리라. 원시시대 인간은 앞이 잘 보이지 않는 어둠 속을 응시하면서 느리고 불안정한 걸음으로 비틀거리며 걸었지만, 지금 우리는 비록 미지의 목표이긴 하지만, 눈부신 목표를 향해 뻗은 넓고 밝은 길을 힘차게 걸어가고 있다.

그러나 우리 이전에도 여러 문명이 있었고, 니네베[90]나 아스테카 문명이 영원하지 않았던 것처럼 우리의 문명도 영원할 수 없으리라고 악을 쓰며 주장하는, 일종의 자칼 같은 비관주의자들이 있다. 나는 어떤 고대 문명도 존재하지 않았다고 생각한다. 문명을 결정짓는 것은 거대한 건물이 아니라 위대한 정서다. 수없이 많은 벽돌과 회반죽, 아치형 구조물과 프레스코 벽화 따위가 도덕적 진보의 증거물은 아니다. 아무리 부유하고 아무리 부지런하게 돌을 쌓아 올렸다 하더라도, 전쟁에서 이기면 포로들을 잔혹하게 죽이고, 불쌍한 두 사람이 서로 죽고 죽이는 광경을 즐기고, 불길한 징조들을 신봉하고, 모든 악덕이 아무런 규제나 비난도 받지 않고 난무하게 내버려 두는 국가는 문명국이라 할 수 없다. 우리는 이런 미개국이 지구에서 사라진 사례

90) 고대 아시리아의 수도. 옮긴이.

를 숱하게 보아왔다. 오랜 옛날로 거슬러 올라갈수록 진정한 문명국을 찾기는 더 어렵다.

여기저기 흩어져 있는 고대의 사이비 문명의 중심지들은 지구의 아주 작은 지역에만 영향을 미쳤고, 사나운 미개인들로 완전히 둘러싸여 있다가 결국 그들에게 압도되었다. 하지만 그들과 달리 우리에게는 맞서 싸워야 할 위험이 없다. 우리에게 위협이 될 만한 적이 있다면 그것은 갑자기 현대 문명을 향해 맹렬하게 돌진하기로 마음먹은 변발한 존 차이나맨들[91] 정도일 것이다. 그러나 그들은 그러기는커녕 재빨리 변발을 싹둑 잘라 버리고 유럽 국가들과 보조를 맞췄다.[92] 어디를 둘러봐도 지식과 미덕의 증진을 위협할 만한 위험은 보이지 않는다. 이 아름다운 자매 쌍둥이는 점점 자라나서 영원히 번창할 것이다.

그렇다면 이 모든 발전은 어디로 향하고 있을까? 이 모든 발전의 끝에는 과연 무엇이 있을까? 최초로 도편에 상형문자를 새겨 넣거나 파피루스 조각에 세피아 물감으로 글을 휘갈겨 썼

---

91) 중국인을 비하하는 표현. 옮긴이.

92) 물론 중국이 실제로 이 길을 택하지는 않았다. 몇 년 후 코난 도일은 빌헬름 황제가 이끄는 독일과 영국 사이의 갈등이 점점 심각해지다가 결국 세계대전이 발발하는 상황을 목격했고, 그 자신도 방위군 소속 군인, 선전요원, 종군특파원, 역사가로서 그 전쟁에 참여했다. 전쟁이 끝난 뒤에도 그는 충분히 오래 살아남아서(1930년 7월 사망) 유럽에 볼셰비즘과 파시즘이 출현하여 전쟁의 승자들이 이룩한 것들이 무효가 되어버리는 상황도 지켜보았다.

을 때부터 인류는 끊임없이 그 문제를 자문해왔다. 맨 처음 그 문제에 의문을 품었던 이들보다 우리가 조금 더, 그것도 아주 조금 더 알고 있을 뿐이다. 우리는 나중에 우리 후손이 더듬어 볼 인류의 모든 발전을 나타내는 전체 그림에서 단지 3천 년에 해당하는 시간대를 알고 있을 뿐이며, 이것은 신의 섭리에 따라 전개된, 가늠할 수 없을 만큼 광대한 시간대와 비교하면 너무 작아서 심지어 제외해버린다 해도 표시조차 나지 않을 것이다. 하지만 적어도 미래의 인간이 기계에 관련된 어려움이나 자연발생적인 곤경은 쉽게 극복하리라 짐작할 수 있다. 또한, 그 인간은 지금 우리가 쉽고 편안하게 물을 헤쳐 나가는 것만큼이나 쉽고 편안하게 공중을 날아다닐 것이며, 그의 배는 물 위뿐 아니라 물속에서도 자유롭게 다닐 수 있을 것이다. 수많은 발명품 덕분에 삶은 더욱 윤택하고 쾌적해질 것이며, 예방약과 공중위생학의 경탄스러운 효과 덕분에 사고나 노령만이 인간의 사인이 될 것이다. 모든 국가가 건전한 상식을 갖추어 전쟁이 근절될 것이며, 교육과 지역사회의 환경이 향상된 덕분에 범죄가 믿기 어려울 정도로 줄어들 것이다. 종교는 형식을 버리고 진수만을 유지하여 전 세계에 하나의 보편적인 교리만 남을 것이며, 그 교리에 따라 누구나 위대한 조물주를 숭배하고, 보상을 바라거나 벌이 두려워서가 아니라 옳은 일을 사랑하고 그른 일을 싫어해서 미덕을 추구하게 될 것이다.

이 정도가 지금 예측할 수 있는 변화들이다. 그다음에는 어떻게 될 것인가? 이런, 아마도 그때쯤이면 원숙해진 태양계가 알아서 앞일을 선택하지 않겠는가. 혜안이 없는 우리는 모두 신의 섭리가 움직이는 방향으로 벽돌을 쌓아 올릴 뿐, 어떤 종류의 신전을 짓기 위해 일손을 보태고 있는지는 알지 못한다. 묘성[93]은 언제나 그 자리에 있지만 "개미는 묘성을 보지 못한다."고 페르시아의 시인 페리데딘 아타르[94]가 노래하지 않았던가. 현재로서는 우리가 건축가의 설계도에 참견하려 들지 말고 연장으로서 우리의 의무를 다해야 한다.

오늘 아침 나는 도대체 왜 이처럼 독단적이고 예언적이 되었는지 모르겠다! 아마 콜히친제제 탓인가 보다. 아니면 알칼리제제 탓인가? 병석에 누워 꼼짝 못 할 때 글쓰기에 마음을 붙인다는 것은 정말 멋진 일이다. 알다시피 글이 잘 써지면 건강하지 못한데도 글을 썼다고 자랑할 수 있고, 글이 잘 안 써지면 —그럴 가능성이 더 크지만— 병 탓으로 돌릴 수 있지 않은가.

---

93) 황소자리의 플레이아데스(Pleiades) 성단에서 가장 밝은 6~7개의 별. 옮긴이.

94) Ferideddin Attar(1145~1220): 중세 페르시아의 신비주의 시인. 니샤푸르에서 태어났으며 사나이, 루미와 함께 3대 신비주의 시인으로 알려졌다. 이 책 뒷부분에도 나오지만, 코난 도일이 관심을 보인 고대 페르시아의 6대 시인의 한 사람이기도 하다. 이 구절은 그의 걸작 『새들의 대화(The Conference of the Birds)』에서 인용되었다.

혹시라도 내게 이 장황하고 두서없는 글을 출판할 기회가 생긴다면, 아무리 냉혹한 비평가라도 발목 둘레가 20센티미터 넘게 부어오른 작자가 쓴 글을 혹독하게 비판하려 들지는 않으리라. 좋은 것은 모두 내 덕이고 나쁜 것은 모두 요산 탓으로 돌릴 수 있을 테니 말이다.

만약 내가 인간은 천성적으로 나쁘다는 견해를 택하고 싶다면, (그렇지 않아서 얼마나 다행언가!) 우선 하숙집부터 옮겨야 할 것이다. 얼굴을 창 쪽으로 향한 채 이 소파에 누워 있는 동안, 나는 거의 천사나 다름없어서 나중에 정말 천사가 되더라도 새로 배워야 할 것이 별로 없을 내 동료 인간들이 있다는 사실을 깨닫게 되었다. 만약 우아하고, 세련되고, 헌신적인, 이 여자다운 여자보다 더 훌륭한 존재가 있다면, 그는 틀림없이 지극히 고귀한 사람일 것이다.

그녀는 나이 든 아버지와 함께 길 건너편 집 2층에 산다. 내 방의 커다란 창문으로 나는 마치 존 러벅 경[95]이 유리장 안에 들어 있는 개미들을 관찰하듯이 두 사람의 일거수일투족을 빠짐없이 볼 수 있다. 그들이 옛날에 윤택하게 살았음은 분명하다.

---

95) Sir John Rubbock(1834~1913): 영국의 은행가이자 아마추어 과학자. 다윈의 옹호자이기도 하며, 곤충 관찰 기록서인 『개미, 꿀벌과 말벌(Ants, Bees and Wasps)』을 저술했다. 또한 약 2년간 고전 운동의 공동 창시자로 활동했으며, 여러 책과 자신이 평생 모은 장서에 대해 쓴 글을 모은 『인생의 즐거움(The Pleasures of Life)』(1887)은 코난 도일의 『마법의 문을 통하여』의 모델이 된 것으로 추정된다.

하이칼라에 얼굴이 독수리처럼 생긴 그녀의 아버지는 흰 수염을 기른 구식 외교관 스타일 인물이다. 주로 방에서 지내지만, 그는 그런대로 잘 어울리는 귀족적인 태도와 품위를 갖추고 있다. 사실, 그런 우아한 몸짓은 집 안에서보다는 외부에서 사회생활을 할 때 빛을 발하는 법이긴 하다. 그들의 거실에 변변한 가구는 없지만, 햇살이 방 안을 비출 때면 과거에 더 크고 더 호화스러운 저택에 놓여 있었음이 분명한 잡다한 장식품들과 장신구들이 보인다. 그녀는 이 모든 것을 정갈하고 깔끔하게 정리해뒀지만, 아무리 세심하게 손질해도 거무칙칙한 가구들과 말총으로 속을 채운 소파의 흉물스러운 모습을 가릴 수는 없다. 그녀는 소매에 흰 끝동을 두른 검은색 옷을 입고 시종일관 조용하지만 쾌활하고 참을성 있는 태도로 늙은 아버지가 거동하는 데 아무 불편 없도록 수발하려는 일념으로 아침부터 밤까지 분주하게 움직인다. 저런 여성들에게는 자신만의 생활이 따로 없다. 그들은 말하자면 하늘나라의 존재들이며 그들이 사랑하는 남자는 대단히 운 좋은 사람들이다!

　아니, 그녀는 예쁜 편은 아니다. 곤경과 힘든 일과 걱정에 시달리며 사는 여성들은 대체로 균형 잡힌 이목구비를 유지하지 못한다. 하지만 최고의 다이아몬드에 가장 소박한 세팅이 어울리듯이 가장 어진 이는 가장 검소한 환경에 파묻혀 있는 법이다. 서른 살이 된 여성의 이목구비가 아직도 완벽하게 균형 잡힌 상태로 남아 있다면, 그녀의 머리나 가슴에 결함이 있음이 분명하다. 내가 지켜보는 이 나긋나긋하고 우아한 몸매의 여성은 아버지에게 말을 걸 때면 창백하고, 다소곳하고, 기분 좋은 얼굴에 애정 어린 밝은 미소를 띤다. 그녀의 풍성한 머리카락은 갈색이지만, 햇살을 받으면 은은하게 빛나는 구릿빛을 띤다. 여성의 머리카락 —색깔이 아니라 양—과 성격의 관계를 아는가? 나는 그 두 가지가 정비례한다고 생각한다. 키가 크든 작든, 예쁘든 수수하든, 남을 위해 자신을 헌신할 줄 알고 인정이 넘치는 너그러운 여성은 머리카락이 풍성한 법이다. 숱이 적어 앙상한 머리채는 변덕스럽고 깊이가 없는 여성이라는 표시다. 터너 박사라면 머리숱은 전적으로 순환기 계통과 관련이 있다고 단언하겠지만, 내 생각에는 변함이 없다.

두 사람은 근근이 입에 풀칠하며 살지만, 그 어려운 살림의 고통을 감당하는 쪽은 그녀다. 아침 식사 때 그녀의 아버지는 보통 달걀을 곁들이지만, 그녀는 버터 바른 빵 한 조각을 먹기도 하고, 버터도 바르지 않은 빵 한 조각만으로 넘어가기도 하는 것 같다. 간소한 저녁 식사 식탁에서도 아버지의 쇠잔해지는 체력을 보강하려는 일념으로 그녀는 웬만한 음식은 모두 아버지에게 양보하고 거의 먹지 않는다. 그런 모습을 보면 잘 조리

되어 내 앞에 놓여 있는 맛있는 요리가 갑자기 혐오스럽게 느껴지기도 한다. 저 연약하고 섬세한 여성이 최소한의 음식조차 사양하고 있는데, 나는 풍상을 거친 늙은 몸의 응석을 받아줄 이런저런 요리에 탐닉하고 있다! 어떻게든 저들을 도와줄 방법을 찾아야겠다. 하지만 어떻게 도와줄 것인가? 그들에게는 방문객도 친구도 없다. 그렇지만 아마도 런들 부인이 그 집주인에게서 무언가를 알아낼 수 있으리라. 집주인들에게는 동종 업자 사이의 동지애 같은 것이 있지 않던가.[96] 부인을 불러서 한번 물어봐야겠다.

런들 부인은 두 사람에 대해 별로 많이 알지는 못했다. '올리버'라는 이름의 그 노신사는 시골 사립학교 교장이었는데, 많은 기부금 덕분에 재정이 탄탄하던 그 지역의 공립 중등학교가 그 사립학교보다 낮은 수업료로 학생들을 다 끌어가는 바람에 더는 버틸 수가 없었다고 한다. 빚더미에 올라앉은 학교는 결국 몇 년 전에 문을 닫았고, 관대한 채권자들 덕분에 그에게 남겨

---

96) 비록 오랫동안 적극적으로 활동하지는 않았어도 코난 도일은 1887년에 사우스시에서 프리메이슨 단원이 되었다. 그러나 이 원고를 쓸 무렵 그는 이미 프리메이슨 단원이 아니었다. 그럼에도 여기에 나타난 생각은 그의 작품에 종종 등장한다. 1891년에 발표된 단편 「보헤미아 스캔들(A Scandal in Bohemia)」에도 셜록 홈스가 왓슨 박사에게 이렇게 말하는 장면이 나온다. "마부들 사이에는 강한 공감과 동지애(freemasonry)가 있다네."

진 얼마간의 돈으로 그동안 근근이 연명할 수 있었다는 것이다.

"그리고 그 댁 따님은 아주 참한 처녀라고 주변에서 칭찬이 자자해요." 런들 부인이 말을 계속했다. "그처럼 구차한 생활에 익숙하지 않겠지만, 하도 씩씩하고 쾌활해서 전에는 풍족하게 살았다는 걸 아무도 눈치채지 못할 거예요. 요즘은 그림을 그리는데, 한 점에 5실링씩 받고 팔기도 한대요. 아무렴, 그 정도 가치는 충분히 있지요."

"그렇습니까?" 마침내 한 줄기 빛이 보이는 것 같아서 나는 부인에게 부탁했다. "런들 부인, 여기 이 1파운드 금화를 가지고 얼른 건너가서 그림 네 점을 그려달라고 하세요. 부인이 사는 걸로 해야 해요, 아셨죠? 내 이름을 말하면 절대 안 됩니다."

"지금 당장 갈게요." 런들 부인이 눈을 빛내며 대답했고, 5분 후 길을 건너는 모습이 보였다. 부인의 모습은 잠시 후 건너편 건물 2층 거실에 다시 나타났다. 부인은 지나치다 싶을 정도로 정중하게 머리 숙여 인사하고 나서 사람 좋아 보이는 커다란 얼굴 가득 미소를 띠며 말을 꺼냈고, 결국 부녀도 부인을 따라 미소 지었다. 부인은 이내 내가 부탁한 일을 마친 듯했다. 부인이 현관에 모습을 드러낼 때쯤 나는 그녀가 몸을 굽히고 갑자기 아버지를 포용하면서 감정이 격한 듯 키스하는 모습을 창문을 통해 보았다. 그것은 아주 순간적인 동작이었지만, 그녀를 에워

싼 구름을 뚫고 들어온 이 가느다란 빛 한 가닥이 가져다준 격려의 효과를 어떤 웅변보다도 더 잘 보여주고 있었다. 1파운드짜리 금화 한 닢이 잘만 사용되면 이처럼 큰 기쁨을 줄 수 있다는 사실이 정말 놀랍다.

오늘 아침 나는 사무엘 카터 홀[97]의 회고록을 뒤적이며 한 시간 정도를 아주 기분 좋게 보냈다. 이 책을 아직 읽지 않은 사람은 한번 읽어보라. 읽은 사람도 다시 읽어보라. 활자화된 자양 강장제라 할 수 있는 이 책은 어떻게 하면 80년이라는 세월이 은은한 광택을 내는 귀한 진주 목걸이처럼 시간의 끈에 아름답게 꿰어질 수 있는지를 훌륭하게 보여준다. 나는 이 책을 읽으면서 마치 집을 반쯤 지은 상태에서 더 웅장하고 멋진 저택의 설계도를 보고 나자, 짓던 집을 무너뜨리고 아예 다시 짓고 싶어진 사람처럼 나의 지난 50년을 지워버리고 다시 시작하고 싶은 충동을 느꼈다. 카터 홀 같은 사람이 죽으면 누가 숨죽여 속

97) 유명한 미술평론가이자 저널리스트인 사무엘 카터 홀(Samuel Carter Hall, 1800~1889)의 회고록 『긴 인생의 회고(Retrospect of a Long Life)』는 코난 도일이 이 원고를 쓸 무렵인 1883년에 출간되었다. 코난 도일은 그림이나 그 밖의 시각예술에 종사하는 예술가는 아니었지만 아버지와 삼촌, 할아버지 존 도일(John Doyle)이 모두 예술가여서 그들의 예술 세계에 익숙했다. 코난 도일이 동조한 홀의 예술옹호론은 당시에 상당히 영향력이 있었지만, 홀은 독실한 체하는 인물로도 유명해서 종종 많은 사람이 그를 풍자의 대상으로 삼았다. 예를 들어 그는 디킨스의 소설 『마틴 처즐위트(Martin Chuzzlewit)』에 나오는 인물 펙스니프(Pecksniff)의 모델이었던 것으로 추정된다. 모든 사람이 코난 도일처럼 그를 고결하게 본 것은 아니었다.

삭이고, 누가 저주스러운 상복을 입겠는가? 삶을 낭비한 이가 죽으면 그의 죽음을 애도하고, 가치 없는 삶을 산 이가 죽으면 그의 죽음에 눈물을 뿌려도 좋다. 하지만 자기 임무를 용감하게 수행한 카터 홀과 같은 사람이 임종을 맞는 침대 머리맡에는 꽃이 가득 넘치고 친구들이 몰려와 미소 지으며 축하하는 마음으로 그의 쇠약한 손을 잡아줘야 할 것이다. 그리고 그의 젊은 영혼이 그토록 오랫동안 갇혀 있었던 노쇠한 껍질에서 빠져나오면 개선의 노래로 영접해야 할 것이다. 세례식이나 결혼식에도 늘 웃음소리가 넘치지만, 고결한 이의 죽음만큼 즐거운 축제는 없다. 그것은 우리가 사는 이 세상에서 완전히, 명백하게, 그리고 더없이 상서로운 사건이다.

카터 홀의 회고록을 언급할 때 교구 주민에게 성경책을 선사하면서 속표지에 "저자 드림"이라고 적었다는 어느 얼빠진 시인 성직자의 일화를 잊을 사람이 어디 있겠는가. 그는 자신의 습작 시집을 지인들에게 증정하는 데 너무 익숙한 나머지 성경책에도 기계적으로 그런 헌사를 썼던 것이다. 사실, 많은 성직자가 정신을 바짝 차리고 연단에서 설교할 때에도 그와 비슷한 실수를 저지른다. 이들은 각자 황금빛 진리에 자신의 품질보증마크를 찍고 싶어 한다. "하느님의 자비가 있는 한, 이건 이렇고 저건 저렇고… 그리하여 그분의 정의가 이루어진다." 정신을 차리게, 내 성직자 친구들이여! 그 점에 관해 자네들은 어떤 정보 수단을 가지고 있는가? 도덕률에 대해 설교를 늘어놓는 것은 좋으나 제발 자네들의 도그마를 설교에 끼워 넣지는 말라는 말일세! 자네들은 모두 가지고 있는 성경책 한구석에 '판권 소유'라는 글귀를 적어놓고 싶어 하잖나. 의미가 모호하고 누구나 자기 나름대로 해석할 여지가 있는 대목에도 왜 자네들 주장만을 확신하는 체하는가?

아, 성공회 신앙의 모순이란! 이 세상 모든 진실한 것들의 이름으로 부탁하건대, 성공회 신앙은 성공회의 도덕률과 성과에 바탕을 둬야지, 제발 성서의 가르침에 바탕을 둔 것처럼 말하지 마라!

"아니요." 폰티포버스 박사[98]가 외친다. "우리는 정말 성서의 가르침에 바탕을 두고 있습니다."

"부디 말씀해주세요, 존경하는 박사님. 화체설[99]이 오류라고 생각하십니까?"

"역겨운 오류이지요, 오류이고말고요!"

---

98) 코난 도일은 교황을 의미하는 단어인 'Pontiffs'나 'Pope'와 발음이 비슷한 '폰티포버스(Pontiphobus)' 박사'라는 이름을 사용함으로써 교황, 즉 자신이 버린 로마 가톨릭 교회에 대한 혐오감을 암시한 것으로 보인다. 물론 로마 가톨릭 신앙을 버린 코난 도일이 폰티포버스 박사의 성공회를 받아들인 것은 아니었다.

99) 가톨릭에서 주장하는 성만찬에 대한 해석. 집례자인 사제가 축사하는 순간 떡과 포도주가 실제로 기독교인의 몸과 피로 변한다는 해석이다. 옮긴이.

"하지만 제가 잘못 알고 있는 게 아니라면, 그리스도께서 떡을 떼어 '이것은 내 몸이고 이것은 내 피니라. 이것을 행하여 나를 기념하라!'[100]고 말씀하셨잖아요. 박사님께서는 이 구절의 뒷부분은 실천하시면서 앞부분은 믿지 않으시는군요."

"그것은 축복받은 우리 구세주께서 비유로 말씀하신 겁니다." 박사가 단호하게 말한다. "그처럼 역겨운 교리를 우리에게 실제로 믿게 할 생각은 아니었지요."

"아, 그렇습니까. 그러면 박사님께서는 왜 신자들에게 세례를 하시나요?"

"그건 우리 구세주께서 '누구든지 물과 성령으로 다시 태어나지 않으면 하느님 나라에 들어갈 수 없다'[101]고 아주 명백하게 말씀하셨기 때문이지요."

"그러면 그 말씀은 진담이었을까요?"

"그렇지 않다고 믿을 만한 근거가 없습니다."

"그렇다면 박사님의 신조를 뒷받침하는 그분 말씀은 문자 그대로 해석하고, 그렇지 않은 말씀은 비유로 해석해야 한다는 거군요?"

"이것 보세요." 박사는 자신과 의견이 다른 사람에게 적나

---

100) 「고린도전서」 11장 20~25절. 옮긴이.
101) 「요한복음」 3장 5절. 옮긴이.

라하게 증오를 드러내며 말한다.

"아우구스티누스, 크리소스토무스,[102] 테르툴리아누스 같은 사람들은 149가지 이유를 들어…."

자, 자, 내 친구들이여, 이쯤에서 자리를 피하는 게 좋겠네! 그러나 자리를 뜨기 전에 이 존경하는 성직자에게 한 마디만 더 조언하기로 하자.

"존경하는 박사님, 그리스도께서 제자들에게 내린 가르침은 그 제자들을 대표한다고 자처하는 오늘날 모든 성직자에게도 적용되는 것 같습니다."

"확실히 그렇습니다."

"박사님. 그리스도께서는 '아내와 자식을 버리고 나를 따르리.'고 말씀하셨습니다. 그러면 부인 폰티포비스 여사와 아드님 폰티포비에 대해서는 어떻게 설명하실 겁니까? 아, 박사님, 박사님. 성공회의 영광을 위해 어떤 말씀을 하셔도 상관없지만, 솔직함을 빙자하여 신의 계시와 맞지 않는 말씀만은 하지 마십시오."

내가 그 성직자에게 독신 생활을 강요했다고 생각하지는 말기 바란다. 나는 어떤 주장을 고집한 것이 아니라 그들이 내세운 교리에 일관성이 없음을 지적한 것뿐이다. 이론상으로 보면

---

102) John Chrysostom(347~407): 안티오키아 태생의 초기 기독교의 교부이자 제37대 콘스탄티노폴리스 대주교. 옮긴이.

가족을 부양하지 않아도 되는 사람은 세속의 부담이 없기에 가장 유능한 교회의 종이 될 수 있다는 점에는 의문의 여지가 없다. 하지만 실제로 그것은 대단히 위험한 교리다. 독신 생활로 성자가 태어날 수도 있지만, 악마가 태어날 수도 있다. 인간은 천사가 될 수도 있고 짐승이 될 수도 있다. 인간의 영혼을 두고 동전 던지기 놀이를 할 권리가 과연 우리에게 있는가?

불행하게도 그리스도가 설파한 종교는 변질한 채 기독교인에게 전달되었다. 복음은 하느님에게서 나왔지만, 신학은 악마가 만들었다는 프라우드[103]의 말은 전적으로 옳다. 훌륭하오, 존 안토니, 당신은 용감하게도 정말 옳은 말을 한 거요. 극기하는 검소한 생활, 교화한 정신, 겸손하고 다정한 마음은 모두 천국에 속한 것이지만, 오늘날 교회가 내세우는 편협한 교리, 신조와 조항, 도그마, 혐오스러운 처벌, 파문 따위는 지옥의 무기고에서 나온 무기들이다. 종교는 말도 많고 탈도 많은 복음주의적 형식을 벗어버리고 기본 진리의 토대 위에 세워질 때 비로소 무의미한 논쟁을 끝내고 전 인류를 하나의 포괄적인 신앙으로 묶을 수 있을 것이다.

---

103) 존 안토니 프라우드(John Anthony Froude)는 칼라일의 전기를 집필한 영국의 저술가 제임스 안토니 프라우드(James Anthony Froude)와 다른 인물이다. 젊은 코난 도일은 옥스퍼드 운동과 로마 가톨릭 교회를 떠난 존 안토니 프라우드의 영향으로 교회를 멀리하여 어머니를 제외한 친인척과 불화를 일으키기도 했다.

책이나 교사의 도움 없이도 누구나 쉽게 이 기본적인 진리에 도달할 수 있다. 한 인간이 세상에 홀로 태어나서 혼자서도 보통 정도의 사고력을 습득할 수 있다면, 그는 외부의 도움 없이도, 비록 지금 우리 종교보다 정교하지 못할지는 모르지만 적어도 비판을 덜 받을 만한 종교를 가질 수 있다. 그렇게 혼자서도 잘 지내는 한 철학적 인간이 있다고 가정하고, 그가 결론에 도달하는 과정을 지켜보자.

그는 곧 모든 결과에는 원인이 있으며, 숲 속 어디에든 새 둥지가 있는 곳에는 그 둥지를 튼 새가 있음을 경험으로 알게 된다. 그렇다면 이 세상이 존재한다는 사실을 고려할 때 이 세상을 만든 존재가 있다는 사실에는 의문의 여지가 없을 터여서, 별이 총총한 하늘을 한번 올려다본 그는 그 존재에게 엄청나게 크고 무한한 능력이 있음을 깨닫는다. 이제 우리 주인공은 '전지전능한 조물주'라는 개념을 파악하게 된 것이다. 하지만 여기서 그치지 않는다. 봄이 되어 숲 속을 돌아다니다가 새, 짐승, 풀, 가릴 것 없이 모두 겨우내 누군가의 보살핌을 받았고, 그 누군가가 그들에게 필요한 모든 것을 예측하여 제공한 것을 알게 된 그는 이 세상을 창조한 이가 무한한 능력을 보유했을 뿐 아니라 무한히 자애로우며 그가 만든 것은 아무리 미세한 것이라도 그의 눈을 벗어날 수 없음을 깨닫게 된다. 가을에 수확을 앞

둔 풍성한 곡식과 만개한 꽃을 보고 조물주의 선한 본성을 파악한 그는 눈에 보이지 않는 조물주를 향한 경애심으로 가득 차서 자연스럽게 감사 기도를 드리게 된다.

자, 이제 우리 주인공은 눈앞에 선명하게 펼쳐지는 자연의 넓은 치마폭에 담긴 교훈을 제외하고는 누구의 가르침도 받은 적이 없으면서도 눈에 보이지 않지만 더없이 자비롭고 전지전능한 조물주에게 기도를 올리고 있다. 하지만 여기가 바로 우리 고독한 추론가의 정신교육에 대단히 중요한 지점이다. 자연은 때로 결코 자비롭다고 할 수 없고, 오히려 잔혹해 보일 정도로 악의적인 장면을 펼쳐서 조물주가 더없이 자애로운 아버지라고 생각하던 그는 심한 충격을 받게 된다. 번개가 어린 참나무를 쪼개놓거나 폭파하기도 하고, 한창 익어가는 곡식을 허리케인이 두들겨 패기도 하고, 얼음처럼 차가운 바람이 꽃밭을 엉망으로 만들고 그의 뼛속을 파고들기도 한다. 이렇게 매정하고 냉혹한 현상들을 어떻게 설명할 수 있을까? 애초에 조물주가 무한히 온유한 존재라고 생각했던 그는 이런 현상들을 어떻게 받아들여야 할까? 그럴 때 그가 추론하여 제시할 수 있는 설명은 두 가지다. 우선 본질적으로 사악한 또 하나의 영적 존재가 있어서 때로 세상일에 자기 존재를 드러낸다고 추측할 수 있다. 아니면 우리를 괴롭히는 이런 현상들이 실은 좋은 의도를 내포

하고 있으며, 어리석은 인간으로서는 도저히 알 수 없는 조물주의 원대한 계획에 부합하는 어떤 특별한 기능을 수행한다고 짐작할 수도 있다.

주변을 주의 깊게 살펴보며 여기까지 추론한 그는 이제 생각을 늘 미묘한 속삭임과 설득이 들끓는 내면의 의식 세계로 돌림으로써 마침내 그 나름의 종교를 가지게 된다. 그는 마음을 요동치게 하는 여러 생각과 충동이 있지만, 그 모든 것의 윗자리에 침착하고 완고한 판사인 이성이 자리 잡고 있음을 알게 된다. 이성은 그에게 자신의 성격에도 좋은 점과 나쁜 점이 있듯이 자연에도 좋은 현상과 나쁜 현상이 있다고 말한다. "불쌍하고 무력한 동물을 따뜻하게 대해주는 것은 좋은 일이다."라고 이성은 말한다. "너를 창조하신 조물주께서 그들도 창조하셨고, 그분은 네가 그들을 학대하는 것을 허락하지 않으시기 때문이다. 그분께서 그들을 배려하시는데 왜 너는 그러지 않는가? 같은 이유로 네가 동료 인간을 만나면 그들을 사려 깊게 대하는 것이 좋다. 무엇이든 과하면 병이 되므로 과식과 과음은 나쁘다. 게다가 병은 위대한 조물주께서 만드신 몸을 쇠약하게 하고 체력을 저하시킨다."

이제 우리 주인공은 종교적인 믿음뿐 아니라 도덕률을 세우게 되며, 천국이나 지옥이라는 개념 없이도 자신이 조물주의 손안에 있는 보잘것없는 도구임을 깨닫게 된다. 그는 보상을 바라서가 아니라 마음에서 우러나온 의무감에서 조물주의 의지라고 여겨지는 것이면 무엇에든 복종하고, 두려워하거나 의심하지 않고 주어진 의무를 다한다. 그리하여 그는 자신의 운명이 이미 예정되어 있으며 온유하신 아버지께서 당신의 불쌍하고 지친 일꾼을 가혹하게 다루지 않으시리라는 깊은 확신 속에서 살아가게 된다.

이것이 바로 기본적인 종교이고, 이런 종교를 가질 때 인간은 스스로 「미가서」에 나오는 다음 구절과 같은 믿음을 쌓게 될 것이다.

"여호와께서 네게 구하는 것이 오직 공의를 행하며, 인자를 사랑하며, 겸허하게 네 하느님과 함께 행하는 것 아니더냐."

이것이야말로 끔찍한 모습의 지옥이나 환한 빛이 가득한 천국, 원죄, 세례, 성찬 같은 것이 전혀 필요 없고 심지어 돌을 쌓아 올리거나 종을 울릴 필요조차 없는 단도직입적인 교리다. 이 교리의 장점은 그것을 이루는 부분들에 관해서 누구나 쉽게 진실성을 따져볼 수 있고, 실제로 따져보면 매우 진실해서 미래의 어떤 새로운 발견이나 과학이나 철학도 그 내용을 실질적으로 바꿀 수 없을 정도라는 것이다. 머지않아 이처럼 순수하고 단순한 교리로 돌아가라고 요구하는 대대적인 움직임이 있을 것이다. 옛 종교들은 대부분 죽었고 그중 몇몇은 이미 부패하기 시작했다.

칸트는 자신을 늘 경외심과 존경심으로 가득 차게 해주는 두 가지가 있는데, 그것이 바로 마음속의 도덕관념과 머리 위의 별들이라고 말했다. 또한, 장 폴 리히터[104]는 이렇게 말했다. "자연은 조물주가 있음을 보여주고 역사는 신의 섭리가 있음을 증명한다." 이 두 사람의 논평에는 모든 종교의 진정한 핵심이 담겨 있으며, 틀에 박힌 수많은 도그마나 요란한 형식을 동원하여 종교를 정의한다 해도 이보다 털끝만큼도 나을 것이 없으리라.

인간이 이름과 머리 색깔을 부모에게서 물려받듯이 종교도 물려받는다면 얼마나 좋을까! 하지만 그렇게 된다면 어떻게 발전이 이루어지겠는가? 나 같으면 이렇게 중대한 문제를 10대조 할아버지를 비롯한 조상에게 맡기지 않고 나 자신이 심사숙고하여 결정하겠다. 천문학, 지리학, 의학에서 의문이 생겼을 때 할아버지에게 도움을 청하려는 사람이 어디 있겠는가? 그런데도 가장 중대한 문제에서는 19세기 인간이 목까지 진흙 속에 파묻혀서 전진하거나 전진할 희망도 없이 꼼짝도 못 하고 있다. 이제 누군가가 그 수렁에서 빠져나와 좀 더 단단한 발판을 찾

---

104) 흔히 장 파울(Jean Paul)이라 불리는 독일 낭만주의 소설가 요한 파울 프리드리히 리히터(Johann Paul Friedrich Richter, 1763~1825)는 자연에 대한 사랑이 지극한 것으로 유명하다. 코난 도일의 두 번째 소설 『네 개의 서명』에서도 셜록 홈스가 동틀 무렵의 아름다운 광경에 대한 그의 표현을 인용하는 장면이 나온다.

으려고 애쓸 때가 되었다. 그렇지만, 아! 그런 일에 나선 사람들은 얼마나 힘겹게 저 무신경하고 몰지각한 인간들을 수렁에서 끌어내야 할 것인가. 나는 그들이 대부분 자신의 마음을 해방하는 데 만족하고 실러처럼 "어리석음에는 신들도 대적하기 어렵다."[105]고 외치며 그 짐을 벗어던질까 봐 두렵다.

"한 인간의 신념을 흔들어라!"[106] 이 우스꽝스러운 문구는 말도 안 되는 틀린 표현이라는 것이 자주 드러나지만, 속세에서는 끊임없이 유통된다. 인간의 신념을 흔들다니! 이런, 어떤 이의 신념이 흔들릴 수 있는 것이라면, 그 신념을 깊이 생각해보고 더 일찍 버리거나 좀 더 안정되게 강화할수록 그에게 이로울 것이며 다른 이에게도 그럴 것이다. 믿음이 약해서 한바탕 논란이 벌어질 때마다 차단막으로 가려줘야 한다면, 실제로 그 믿음이 과연 무슨 가치가 있겠는가? 이웃 사람이 한 시민에게 돈을 예금한 은행이 절대로 안전하지 않다고 귀띔해준다면 그 시

---

105) Against stupidity the very gods themselves fight in vain(독일어로는 Gegen die dummheit kämpfen die Götter selbst verfebens): 실러(Friedrich von Schiller, 1759~1805)의 유명한 비극 작품 『오를레앙의 소녀(The Maid of Orleans)』(1801) 3막 6장에 나오는 대사다. 프랑스 정기간행물의 열렬한 독자였던 어머니에게서 프랑스어를 배운 코난 도일은 에든버러 대학에 입학하기 전 오스트리아 펠드키르히에 있는 한 예수회 학교에서 일 년 동안 독일어를 배웠다.

106) 이 구절은 조지 버나드 쇼(George Bernard Shaw, 1856~1950)의 명언 "한 사람의 신념을 흔드는 것은 쉬워도 너무 쉽다. 한 사람의 마음을 다치게 하려고 그것을 이용하는 것은 악마나 하는 짓이다."에서 인용한 구절로 보인다. 옮긴이.

민은 뭐하고 대답하겠는가? 두 손으로 귀를 막고 신경질적으로 이렇게 소리치겠는가? "나보다 먼저 내 아버지가 그 은행과 거래했소. 그 은행에 대한 내 믿음을 흔들지 마시오!" 그 시민이 분별 있는 사람이라면 먼저 이웃 사람에게 고맙다고 인사하고, 그의 말 때문에 생긴 모든 선입견을 제쳐놓고 현재 그 은행의 상태가 어떤지, 그리고 그 은행에 맡겨둔 자신의 돈이 안전한지를 열심히 조사할 것이다. 온갖 요란한 반대 주장이 있지만, 인류가 어떤 종교를 가지느냐보다는 어디에 투자하느냐에 더 깊은 개인적 관심을 보이고 있음은 엄연한 사실이다. 사람들이 너무 게을러서 어떤 문제에 대해 아무런 의문도 품지 않을 때, 그들은 그 문제에 무조건적인 믿음이 있다는 평을 듣는다. 그들은 유머가 넘치는 어느 미국인[107]처럼 자기 스스로 생각할 때 가장 슬퍼진다는 것을 알고 있다.

그리고 400개나 되는 종파가 서로 다른 주장을 내세우며 싸우는 바람에 갈기갈기 찢긴 어떤 위대한 교리에 대해 간혹 어느 용감한 이가 반대하고 나서면, 진창에 빠져 꼼짝도 못 하던 불쌍한 인간들이 얼마나 큰 소리로 울부짖으며 그에게 야유를 퍼

107) 여기서 말하는 미국인이란 코난 도일이 매우 좋아하는 마크 트웨인(Mark Twain)을 의미하는 것으로 추정된다. 하지만 코난 도일은 마크 트웨인 외에도 많은 미국 작가의 글을 열광적으로 읽었으며 포츠머스 문학·과학 협회(Portsmouth Literary & Scientific Society)에 가입한 후에는 '유머가 넘치는 미국인들'을 주제로 강연을 해볼까 하는 생각도 했다(그 대신 그는 북극해를 주제로 그 협회에서 첫 강연을 했다).

붓던가! 저 위대한 근본적인 개혁자를 죽이고도 고결한 척 뽐내며 걷던 바리새인들처럼, 열심히 탐구하는 이를 깎아내림으로써 독실하다는 평판을 얻는 인간들은 얼마나 천박한가. 남아메리카를 여행하다가 모든 주민이 갑상선종에 시달리고 있어서 건강한 사람이 하나도 없는 한 마을을 발견했다는 두 유럽인의 이야기를 아는가? 갑상선종 탓에 혹이 생겨 기형이 된 이 불쌍한 주민은 두 여행자 주위에 몰려들어 가소롭다는 듯이 손가락질하며 이렇게 조롱 섞인 괴성을 질렀다고 한다. "저들에겐 혹이 없네, 저들에겐 혹이 없어!" 자신의 혐오스러운 기형에 너무도 익숙해진 그들에게는 건강한 사람들이 역겹고 괴기스럽게 보였던 것이다. 그와 마찬가지로 어려서부터 마음을 구속하고 가둬두는 바람에 종교적으로 마음이 중국 여성의 전족처럼 쪼그라든 사람은 자기 앞에 놓인 모든 것을 거리낌 없이 맛보고 위대하신 조물주가 주신 모든 재능을 남김없이 발휘하는 자유롭고 건강한 영혼의 소유자를 보면 조롱하고 위협한다. 파리의 조각가들이 사용하는 젖은 석고처럼 유연한 마음으로 모든 의문을 심사숙고하되, 일단 어떤 확신이 생기면 그것이 단단하게 굳도록 내버려 두라.

기독교의 위대한 창시자가 부활하여 영국에 와서 도도히 흐르는 강물과 북적이는 주변 광경에 깊은 흥미를 느끼며 서리 주에 있는 템스 강변길을 걷고 있다고 상상해보라. 그는 강의 양안에 탑이 솟아 있고 궁전처럼 으리으리한 건물을 보고 있는데, 그 거대하고 웅장한 건물의 아치형 문에서 나오는 멋진 마차에는 이제 막 상원으로 출발한, 나이 지긋하고 뚱뚱한 신사 한 사람이 타고 있다.

"이보시오, 저 커다란 집의 주인은 누구요?" 그리스도가 지나가던 행인에게 묻는다.

"캔터베리 대주교지요."

"그게 도대체 누구요?" 그의 질문이 이어진다.

"그분은 거의 2천 년 전에 십자가에 못 박혀 돌아가신 나사렛 예수를 영국에서 대표하는 분이랍니다."

그리스도는 셀 수 없이 많은 창문이 있는 그 아름다운 궁전을 올려다보고 자신이 30년 동안 살았던, 어둠침침하고 지붕이 낮은 목공소와 방랑 생활을 하다가 골고다 언덕 위의 십자가에서 최후를 맞이한 자신의 위태로웠던 삶을 되돌아볼 것이다. 그러고는 유연하게 굴러가는 마차를 바라보고 털북숭이 늙은 당나귀를 타고 예루살렘으로 향하거나, 시골길을 이리저리 돌아다니느라 다 떨어진 샌들을 신고 다니던 시절을 회상할 것이다. 저 유복해 보이는 사람이 어떻게 그를 대표한다는 말인가!

하지만 이것은 그에게 이상한 방향으로 발전한 기독교를 경험하는 출발점에 불과하다. 제방을 따라 요란스럽게 북을 치고 울부짖으며 내려오는 악대의 행렬은 또 무엇인가? 붉은 조끼를 입은 남자들과 탬버린을 든 여자들이 상기된 얼굴과 광신적인 눈빛으로 손을 흔들며 고함을 치기도 하고 비명을 지르기도 하면서 격렬하게 몸짓한다. 그리스도는 술에 취해 흥청거리는 무리이거나 정신병원에서 바람을 쐬러 나온 환자들이거니 생각하며 옆으로 비켜서면서 그중 한 사람의 어깨를 살짝 건드리며 누구냐고 묻는다.

"우리는 나사렛 예수의 병사들이고 그분의 추종자들입니다." 그가 큰 소리로 대답한다. "당신도 우리를 따라와서 구원받지 않겠습니까?"

이 말에 울부짖던 무리가 모두 그 온화한 얼굴의 이방인 쪽으로 몸을 돌리고 강제로라도 그를 데려갈 태세여서 깜짝 놀란 그는 마침 문이 조금 열려 있는 작은 벽돌 건물 안으로 황급히 들어간다.[108]

건물 안에서는 붉은 수염이 난 남자 하나가 선택받은 삼위일체설 신봉자들[109]의 간부 모임에서 설교를 하고 있다. 이 고귀

---

108) 이는 1865년에 감리교 목사 출신인 윌리엄 부스(William Booth, 1829~1912)가 런던의 빈민가에서 창립한 구세군에 대한 언급으로 보인다.
109) Chosen primitive Trinitarians: 12세기 말 프랑스에는 이런 명칭의 로마 가톨릭 교단이 있었던 것으로 추정된다.

한 방문객은 벽에 회반죽을 바른 소박한 예배당 한구석에 서서 귀를 기울인다.

"우리는 그리스도께 선택받은 사람들입니다." 딱딱한 표정으로 목사가 말한다. "아, 내 형제들이여. 어떻게 하면 우리가 그분께 충분히 감사드릴 수 있겠습니까? 우리는 신앙이 없는 사람들이나 이교도처럼 암흑 속에서 살지 않아도 됩니다. 우리는 저 위선적이고 심술궂은 가톨릭교도처럼 '미사'라는 이름의 우상숭배에 참여하지 않습니다. 우리는 넓은 잔디밭이 있는 집에서 좋은 옷을 입고 살지만, 손발이 묶인 채 구덩이로 던져질 영국성공회 신자가 아닙니다. 우리는 웨슬리파 교도나 침례교도와 같은 이단자가 아닙니다. 실제로 우리는 몇 명 되지 않지만, 하느님께서는 우리에게만 천국을 예약해주셨습니다…."

그리스도는 "그러니까, 내가 가르친 보편적 사랑의 교리가 고작 이렇게 변해버렸단 말인가!"라고 외치며 마음이 상해서 서둘러 그 자리를 떠난다.

오늘 오후에는 위층에 사는 퇴역 군인이 병문안차 내 방에 들렀다. 길고 날카롭게 생긴 얼굴에 희끗희끗한 머리, 오랜 야외 생활로 그은 피부, 그리고 무릎에 제자일 탄환[110]이 박힌 적

110) 1885년에 집필되어 1887년에 출간된 『주홍색 연구』의 제1장에도 왓슨 박사가 아

이 있어 다리를 살짝 저는 이 노신사는 온갖 경험을 하고 고난을 겪었는데도 소년처럼 쾌활하고 성격도 융통성 있어 보였다. 군인은 인류에 그다지 도움이 되지 않는 존재인데도 계급의식에서 비롯한 일종의 자부심이 있는 듯 느껴져서 나는 원래 군인을 좋아하지 않는 편이었지만, 다정한 회색 눈과 방해해서 미안하다는 그의 솔직한 말이 곧바로 내 마음을 사로잡았다.

"사람이 살다 보면 운이 나쁠 때도 있는 법이죠." 그가 말을 꺼냈다. "이럴 때 누군가가 들러서 격려해주지 않으면 마음에 병이 들지. 시가 좀 피워도 되겠소? 평생 피워온 담배라서 끊을 수가 없구려. 술도 마찬가지고. 그렇지만 예순한 살치고는 아주 젊다오. 기분도 젊고. 남들이 그럽디다. 안 그렇소?"

그는 자기 농담에 쌕쌕거리는 목소리로 웃음을 터뜨리고는 길고 여윈 다리를 죽 편 채 내 안락의자에 몸을 기대고 앉아서 푸른색 담배 연기를 머리 위로 내뿜었다.

프가니스탄에서 군의관으로 복무하던 이야기를 하는 장면이 나온다. "그 작전은 많은 병사에게 명예와 진급을 가져다줬지만 나에게는 오로지 불운이고 재앙일 뿐이었어. 그때 나는 우리 여단에서 막 버크셔 여단으로 소속이 바뀌었는데, 곧바로 하필이면 아주 치열했던 마이완드 전투에 참여하게 되었지 뭔가. 그 전투에서 어깨에 제자일(Jezail) 총상을 입었어. 총알이 뼈를 산산조각 내고 쇄골하 동맥을 스쳤더군. 부상당한 나를 한 잡역병이 지체 없이 짐 나르는 말 잔등에 올려놓고 안전하게 영국군 진영으로 데려갔지. 그의 헌신과 용기가 없었더라면 나는 꼼짝없이 이슬람 용사들의 수중에 들어갔을 거야(셜록 홈스 시리즈의 단편에서는 때때로 왓슨의 부상 부위가 다리인 것으로 나오기도 한다)." 그 전투에서 입은 부상으로 제대한 왓슨은 홈스와 알게 되고 그와 하숙집을 함께 쓰기로 한다.

"군대 생활을 하시면서 병자들을 여럿 보셨겠네요, 소령님." 내가 말했다.

"병자도 많이 보고 병도 많이 앓았소. 아프가니스탄 산악 지대에서는 아주 심한 이질에 걸렸고, 그 때문에 의병제대를 했지 뭐요. 시에라리온에서는 황열병에 걸렸고, 포트로얄에서는 말라리아, 상하이에서는 콜레라에 걸렸소. 내 장담하건대, 영국인은 다른 어떤 나라 국민보다도 다양한 질병을 경험한다오. 우리는 늘 대영제국의 풍부한 자원과 다양한 제품에 관해 떠들어대지만 어두운 면은 별로 이야기하는 사람이 없소. 영국이 사람을 만들고 대영제국이 그들을 소비하는 거요. 자연의 흐름에 따라 살았더라면 지금쯤 요크셔 주의 들판이나 서섹스 주의 낮은 구릉지를 걷고 있을 영국 젊은이들의 뼈가 인도와 아프리카의 무덤 속에 묻혀 있다오. '대영제국'이라는 거대한 기계는 영국인의 목숨으로 기름을 치지 않으면 제대로 돌아가지 않을 거요."

"그런 희생에는 그만한 가치도 있지 않습니까." 내가 말했다. "우리가 후손에게 물려줄 대영제국만큼 거대한 유산은 이 세상에 없으니까요."

"아니요." 소령이 심각한 표정으로 말했다. "빅토리아 여왕은 지금 지구 상의 어떤 군주보다도 많은 백성을 거느리고 있소. 하지만 그 백성은 여러 인종으로 이루어져서 그들을 강력하게 결속할 필요가 있지. 심장만 잘 버텨준다면 팔다리에 대해선 걱정할 필요가 없겠지. 하지만 만약 우리 이 작은 섬나라가 잘 못되면 대영제국에 심한 괴저가 일어날 것이고, 전체가 무너지는 걸 막으려면 그중 일부를 절단할 필요가 생길 거요. 나는 내 생전에 그런 날을 보고 싶지 않소. 대영제국을 건설하는 데 평생을 바쳤으니 내가 죽기 전에 그게 무너지는 꼴을 보고 싶지 않단 말이오."

이 일로 나는 사람을 경솔하게 판단해서는 절대로 안 된다는 교훈을 얻었다! 전에 이 동료 하숙인에 관해 별로 알지도 못하고 들은 것도 없으면서 그를 하찮게 여기고 그가 아무 목적도 없이 어영부영 사는 사람이라고 생각했다. 그러나 좀 더 자세히 알고 보니 그는 마음씨가 곱고 똑똑하며 고귀한 목적의식으로 충만한 사람이었다. 그가 단조롭고 외로운 삶에 활기를 불어넣고자 간혹 술을 좀 더 마시고 말을 좀 더 많이 하고 심장을 좀 더 빨리 뛰게 한다고 해서 어떻게 그를 탓할 수 있겠는가?

"대영제국 내에서 피가 서로 더 많이 섞이는 걸 보고 싶소." 잠깐의 침묵 뒤에 그가 다시 말을 이었다. "런던 거리에는 얼굴이 검은 사람이 좀 더 많아지고 인도의 시골에는 얼굴이 흰 사람들이 더 많아졌으면 좋겠단 말이오. 매년 똑똑한 인도 젊은이 천 명을 데려와서 영국 군대 임시 숙소에 수용하고, 같은 수의 우리 젊은이들을 인도의 차밭이나 인디고 농장에 보내 거기서 일하게 하는 거요. 그렇게 하면 국가 간의 결속을 다지는 데 도움이 될 거요. 인도인 연대를 영국의 수비대 병력으로 주둔시키는 것도 같은 효과를 내겠지. 의회도 마찬가지요. 칠흑 같은 검은색에서부터 갈색, 적색, 황색 등 다양한 피부색이 얼룩무늬를 이루고, 간간이 피부가 구릿빛인 사람을 수장으로 삼아도 좋겠지. 분별 있고 충성심 있는 사람이라면 피부색이 무슨 상관이 있겠소. 난 말이오, 우리 영국 군대가 전쟁터에서 인도인 지원군을 반갑게 맞이하는 모습을 자주 보아왔소. 그런데 우리 의회에서는 왜 그들의 도움을 똑같이 반기지 않는 걸까? 인도 아리아인 정복자들의 피부가 열대의 태양에 조금 그을렸다고 해서 잉글랜드 아리아인 정복자들이 그들을 동료로 받아들이는 걸 수치스럽게 여길 필요는 없지 않겠소. 이야기가 갑자기 옆길로 샜군. 용서하시오. 외로운 사람은 늘 마음속에 너무 많은 생각을 꽉꽉 눌러 담아두고 있어서 입을 열기만 하면 그 생각들이 거품을 일으키며 쏟아져 나온다오. 그래, 발목은 좀 어떻소?"

"가끔 날카롭게 쿡쿡 쑤시곤 합니다." 내가 대답했다.

"내 무릎도 그렇소. 우리는 동병상련할 수 있겠군. 요즘 같은 날씨엔 류머티즘에 걸리기 쉽소. 지금도 나는 2미터가 넘는 총을 바위에 걸쳐놓고 가늠쇠 뒤에서 눈을 반짝이던 그 아프리

디족[111] 젊은이의 모습이 눈에 선합니다. 그 나쁜 놈이 내게 총을 겨누는 걸 보고는 있는 힘을 다해 그쪽으로 달려갔죠. 그런데 그놈은 내가 이십 보 정도 떨어져 있을 때 토끼 사냥이라도 하듯 총을 쏘아댔다오. 그놈이 미처 달아나기 전에 우리 병장 하나가 그놈 가슴을 총검으로 찔렀소. 으, 전쟁은 나쁜 거요. 정말 나빠."

"그럼요." 내가 동의했다. "전쟁은 정말 나쁜 거라서 실제로 선제공격을 당한 경우가 아니라면 어떤 전쟁도 정당화될 수 없겠죠."

"자, 자…." 시가의 남은 꽁초를 벽난로에 던져 넣고 몸을 일으키며 노병이 말했다. "그런 건 정부 당국에서 결정할 사항이오. 그들이 잘못된 결정을 한다면 그 책임은 그들에게 있을 거요. 군대는 위에서 내려온 명령을 도덕적으로 따지지 않소. 정치인들이 실제 전투 장면을 본다면 그처럼 경솔하게 전쟁을 선포하지는 못할 거라는 생각을 종종 했다오. 우리야 카불로 가라는 명령을 받으면 가는 길에 일곱 가지 치명적인 죄악[112]이 있다고 해도 그리로 가야 하지. 게다가 전쟁과 역병은 신의 섭리

---

111) Afreedee: 보통 사용되는 철자는 'Afridi'이며 아프가니스탄에 거주하는 파스툰(Pashtun)족에 속하는 한 부족으로 종종 영국의 적으로 활동했다.
112) 기독교에서 말하는 7대 죄악. 교만, 질투, 탐욕, 분노, 식탐, 음욕, 나태. 옮긴이.

로 이루어지는 가지치기라고 할 수 있소. 인간이라는 나무는 가지치기를 잘 해줘야 더 잘 자랄 거요.[113] 아, 이건 그냥 내 개똥철학이라오. 잘 계시오. 내 얘기를 따분해하지 않는다면 당신이 잘 지내는지 보러 가끔 들르겠소."

---

113) 이는 '사회진화론'적인 표현이라고도 할 수 있다. 1870년대에 등장한 사회진화론은 찰스 다윈의 생물진화론이 사회 현상에 적용된 개념이다.

제3장

오늘 아침에는 악마가 내 발목을 놓아주고, 그 대신에 시뻘 겋게 달아오른 앞발로 내 팔목을 움켜잡아서 그 부분에 벌겋게 부어오른 자국을 남겼다. 밖에서는 마치 거대한 이불이 고이 잠 든 도시를 덮듯 두터운 층을 이루며 지붕 위에 자욱하게 내려앉 은 누르스름한 안개가 거리를 따라 느릿느릿 움직인다. 딱딱한 진흙, 질척질척한 진흙, 수분이 증발하여 표면에 껍질이 생긴 진흙… 이 모든 것이 을씨년스럽고 음울하다.[114] 오늘은 분별 있 는 질병이라면 절대로 따뜻하고 아늑한 인간의 몸 밖으로 나가 고 싶어 하지 않을 법한 날이다. 나는 이제 그다지 큰 고통 없이 방 안을 절름거리며 걸을 수 있는 것만도 다행이라고 자위하며 최대한 참을성 있게 기다려야 할 것 같다.

이 거리 건너편에는 내 기분을 우울하게 하는 빈집 한 채가

---

114) 이 구절은 찰스 디킨스의 소설 『황폐한 집(*Bleak House*)』의 유명한 시작 부분에 나 오는, 겉껍질이 딱딱하게 굳어진 진흙과 슬금슬금 움직이는 안개에 대한 묘사에서 착 안한 것으로 보인다.

있다.[115] 모든 인간은 천성적으로 사물 본래의 합목적성을 따지는 경향이 있어서 무익하고 쓸모없는 것을 보면 짜증과 분노를 느낀다. 아무 할 일 없이 빈둥거리는 사람, 문을 닫은 공장, 못쓰게 된 배, 사람이 살지 않는 집 따위에는 모두 혐오스러운 무언가가 있다. 이 집은 크고 휑한 두 유리 눈으로 건너편에 있는 나를 빤히 바라보고 있는데, 한쪽 눈에는 '세놓음'이라고 쓰인 카드 모양의 백내장이 생겼다. 내가 좀 더 부자라면 그 집 관리인에게 돈을 내고 그 빈 육체에 영혼을 집어넣었을 것이다.

안개가 걷히자, 맞은편 집에 사는 내 귀여운 친구가 작업을 앞두고 고민하는 모습이 간신히 알아볼 수 있을 정도로 시야에 들어온다. 이 가련한 아가씨는 마치 1천 파운드짜리 그림이라도 주문받은 것처럼 진지한 표정으로 조심스럽게 작업을 준비하고 있다. 그녀에게는 이젤과 캔버스, 물감과 붓이 있다. 물감과 붓은 그녀가 바로 전날 받은 대단한 주문을 위해 화구점에서 새로 장만한 것이다. 모든 그림 도구는 무척 깔끔하고 세심하게

---

115) 열성적인 셜록 홈스 애호가라면 1903년에 발표한 단편 「빈집의 모험(The Adventure of the Empty House)」을 기억할 것이다. 이 단편에서 코난 도일은 홈스를 부활시켜 다시 한 번 『스트랜드 매거진(Strand Magazine)』의 지면을 장식했다. 에드가 앨런 포의 애독자였던 코난 도일은 포의 작품 『어셔 가의 몰락(*The Fall of the House of Usher*)』에 나오는 어셔 가의 퇴락한 집에 대한 묘사를 염두에 두고 거기에 자신의 의학 지식을 더하여 이 대목을 썼을지도 모른다.

정돈되어 있다. 창가로 다가온 그녀는 걱정으로 가득 찬 머리를 두 손으로 감싸고 자리에 앉는다. 그녀의 고민은 무엇일까? 이 젊은 아가씨에게는 결정해야 할 중대한 문제가 있다. 틀림없이 런들 부인이 어떤 취향의 그림을 좋아하는지를 알고 싶어 할 것이다. 사실, 사람 좋은 런들 부인은 무리요[116]의 「성모 승천」이 들어 있는 헌 액자보다는 『그래픽Graphic』 부록에 있던 천연색 화보가 들어 있는 새 액자에 훨씬 더 감탄할 것이다. 하지만 지금 내 귀여운 친구는 그런 사실을 모르고 있다. 그녀는 틀림없이 내 하숙집 여주인을 열정적인 그림 감정가나 미술평론가쯤으로 생각할 것이다. 그렇지 않다면 자연의 여신이 만든 천연색보다 더 찬란한 색조를 자랑하는 대형 유화식 석판화를 절반 값에 살 수 있는데 왜 그림을 그려달라고 주문했겠는가. 이런, 이제 머리를 든 그녀가 두 눈을 떼지 못한 채 우리 집 정면을 응시하고 있다. 아하, 이 친구야, 네가 무슨 생각을 하는지 알겠어! 연기에 그은 이 거무칙칙하고 낡은 건물을 그려주면 집주인이 좋아하지 않을까 하고 생각하는구나. 하지만 그녀가 다시 불안한 표정으로 머리를 숙이는 것으로 보아 그 아이디어는 만족스럽지 못했음이 분명했다. '우물가의 소녀'나 '숲 속 풍경'이나

---

116) Bartolomé Esteban Murillo(1618~1682): 17세기 스페인을 대표하는 바로크 양식의 종교화가. 옮긴이.

'마을의 잔디밭'을 그릴까? 노인은 펼쳐 든 신문 너머로 초조하게 딸을 바라본다. 아마도 그는 노인다운 이기심으로 그녀가 절망하여 결국 그 일을 포기하고 소중한 금화를 돌려주게 될까 봐 걱정하고 있을 것이다. 하지만 마침내 그녀는 무언가를 생각해 내고 곧바로 일을 시작하여 동반자를 안심시킨다. 쓰다듬는 듯 길게 움직이는 그녀의 붓놀림으로 보아 풍경화인 것 같다.

그나저나 나는 그녀가 낚싯배나 그와 관련된 그림을 그리지는 않으리라고 믿는다. 배는 그림의 모델이 되기에 안성맞춤임에는 의문의 여지가 없지만, 5만 명의 화가가 5만 가지 스타일로 그린 5만 점의 배를 보고 나면 더는 보고 싶지 않을 정도로 배 그림에 물린다. 이제 배 그림을 볼 수 없다 해도 전혀 아쉬워하지 않을 것이다. 「폭풍우 속에 도착한 어선」[117]은 식민지를 돌아다니던 시절에 수집한 그림이다. 어김없이 갈색 돛과 수염을 기른 선원이 그려져 있으리라 예상하고 그림을 처음 본 나는 부부 싸움 장면을 그린 그림임을 알고 적잖이, 그러나 기분 좋게 놀랐다. 화면에는 대가 센 아내가 불운한 남편에게 프로 권투

---

117) Arrival of a smack in a storm: 이것은 화가가 두 가지 의미가 있는 단어들을 절묘하게 이용하여 붙인 기발한 제목이다. 'smack'이라는 단어는 '소형 어선'이라는 뜻 외에도 '강타'라는 뜻이 있고, 'in a storm' 역시 '폭풍우 속의'라는 뜻 외에도 '흥분하여'라는 뜻이 있으므로 이 그림의 원래 제목은 '흥분 속의 펀치 작렬' 정도가 된다. 옮긴이.

의 세계에서 말하는 '노우즈엔더'[118]를 하고 있었다. 화가의 아이디어는 참신했고 그림 솜씨는 단연 최고였다. 중간 부분을 매우 효과적으로 그렸으며 명암의 사용도 훌륭했다. 빛과 그림자, 특히 분노의 빛이 역력한 아내의 눈과 먼젓번 가격으로 남편의 눈 주위에 남은 거무스름한 멍 자국이 절묘하게 대비되고 있었다. 아내의 옷자락을 처리한 솜씨와 원근법과 단축법을 사용하여 남편 얼굴의 이목구비를 희미하게 처리한 솜씨는 전성기의 프라 안젤리코를 연상시켰다. 하지만 이런 장점들과 함께 사소한 단점 몇 가지도 눈에 띈다. 방 한가운데 있는 탁자는 너무 딱딱해 보이고, 부지깽이는 다소 뻣뻣한 감이 있으며, 벽난로 장식 위에 놓인 술병에는 술이 좀 부족한 것 같다. 그만 됐다. 나중에 통풍이 나으면 나는 어느 박식한 주간지에 미술평론가로 나서야 하리라.

식민지! 아아, 그것은 얼마나 많은 기억과 생각과 회한을 불러일으키는 단어인가! 그곳에는 슬픈 날과 행복한 날, 좋은 사람과 나쁜 사람, 호황을 누리던 시절과 빈곤한 시절에 대한 기

---

118) nose-ender: 코를 정통으로 가격하는 스트레이트 펀치. 『네 개의 서명』에서 셜록 홈스가 아마추어로서 자신과 상대한 적이 있음을 기억해낸 한 전직 프로 권투 선수는 이렇게 말한다. "아, 당신이 그때 재능을 낭비했던 바로 그 사람이구먼. 정말 재능이 아까웠지! 프로 권투 선수로 나섰더라면 큰 뜻을 이루었을지도 모르는데 말이야." 열성적인 아마추어 권투 선수였던 코난 도일은 1896년 섭정 시대의 삶을 그린 역사소설 『로드니 스톤(Rodney Stone)』을 집필했다.

억이 뒤엉켜 있다. 그곳에는 평탄한 삶이 존재하지 않는다. 행운의 여신은 쉬지 않고 카드를 뒤섞고 그럴 때마다 판세가 요동치며 흐름을 바꾼다.[119] 내가 아는 가장 좋은 사람과 가장 나쁜 사람은 남십자성 아래[120] 산다. 옛 잉글랜드의 가장 아름다운 꽃과 가장 보기 싫은 잡초는 바다를 건너왔다.

오스트레일리아에 골드러시가 일어났을 무렵[121]에는 내가 한창나이의 젊은이여서 그 무모하고 태평스러운 삶이 내 보헤미안 스타일의 자유분방한 기질과 딱 맞아떨어졌다.[122] 그런 종

---

119) 코난 도일의 생애 연구자 중에는 그의 작품에 나오는 이런 대목이 저자 자신의 가정에서 실제로 있었던 사건들, 심지어 가정 폭력 장면을 암시하는 것으로 짐작하는 사람들이 더러 있다. 하지만 그런 사건들이 실제로 있었다는 증거는 없으며 오히려 그 반대 증거들이 있다. 의사 생활 초기에 레지널드 래트클리프 호어 박사를 도와 일할 때 코난 도일은 버밍엄의 빈민가를 종종 방문했고 거기서 곽곽한 삶의 장면을 자주 목격했다. 그는 결혼 생활을 영위힘에 여성들이 일방적으로 약자여서는 안 된다고 생각했고 나중에는 이혼 절차를 더 쉽게 하고, 이혼하는 여성들의 권익을 보호하기 위해 세운 '이혼법률개혁협회(Divorce Law Reform Union)'의 회장이자 대변인이 되었다.

120) 남십자성(Southern Cross)은 봄철에 남쪽 하늘의 켄타우루스 자리 남쪽에 보이는 별자리로 북위 30도 이남에서만 볼 수 있어서 영국에서는 보이지 않는다. 여기서 '남십자성 아래'라는 표현은 북위 30도 이남에 위치한 대영제국 식민지들을 뜻하는 것으로 보인다. 옮긴이.

121) 오스트레일리아의 골드러시는 1851년 발라라트(Ballarat)에서 시작되었다. 당시 코난 도일은 이 현상에 깊은 흥미를 느꼈고, 그 결과 1891년에 발표된 셜록 홈스 시리즈 중「보스콤 계곡의 비밀(The Boscombe Valley Mystery)」에서는 발라라트의 골드러시가 배경이 되었다. 그뿐 아니라『네 개의 서명』에서도 왓슨 박사가 발라라트에서 지낸 적이 있었던 것으로 설정되어 있다. 그러나 코난 도일이 직접 그곳을 방문한 것은 그가 1920년에 오스트레일리아와 뉴질랜드에서 심령학 순회강연을 했을 때였다.

122) 젊은 시절의 코난 도일은 비록 의사이며 기독교적 행동 규범에 순응하며 살고 있지만 기질적으로 자유분방하다고 믿었다.『회고와 모험』에서도 그는 런던을 처음 방문하여 삼촌과 숙모와 함께 지내던 시절을 이렇게 술회하고 있다. "그들의 입장에서 나는 지나치게 자유분방했고 내 입장에서 그들은 지나치게 관습적이었던 것 같다." 그는 자

류의 삶을 견뎌내려면 젊은이다운 융통성이 필요한 법이다. 물 렁뼈가 모두 굳어서 딱딱해지면 전처럼 기민하게 주변 환경에 적응하지 못한다. 양을 치고 소를 모는 목동이나, 발라라트에 서 땅을 파서 번 돈을 들고 멜버른으로 달려가서 한 병에 1기니 짜리 술을 마셔대며 흥청거리는 광부 따위의 직업은 모두 몸에 좋지 않다. 그중에서도 단연 최악은 한두 주일 멜버른 중심부의 콜린스 스트리트를 이리저리 뽐내며 걸어 다니다가 양손에 가 득했던 돈이 다 떨어진 어느 날 아침 눈을 뜨고 주머니가 텅 빈 채 광산으로 돌아가거나 고향으로 갈 수단도 없는 자신을 발견 하는 경우다. 그렇게 되면 슬럼가에서 죽지 못해 살면서 요행을 기다리거나 믿을 만한 '새로운 친구'가 나타나서 일터로 돌아갈 돈을 빌려주기만을 기다리게 된다.

이처럼 가끔은 어쩔 수 없이 빈둥거리고 지내야 하는 신세 가 되었던 시절에 일어난 사건 하나가 아직도 생생하게 기억난 다. 당시 우리 패거리 네 명은 모두 빈털터리였고 밤이면 모두 커다란 빈 통 같은 것을 찾아서 그 속에 기어 들어가 잠을 자면 서 무언가 좋은 일이 생기기만을 기다리고 있었다. 우리 중 한 명은 잉글랜드의 좋은 가문 출신이어서, 식민지를 돌아다니는

신이 천성적으로 자유분방하고 사우스시에서 자유로운 삶을 살고 있다고 생각했고, 셜 록 홈스도 이런 태도를 보이는 인물로 설정했다. 그래서 왓슨 박사는 홈스가 "자유분방 한 영혼이어서 사회의 모든 형식을 몹시 싫어한다."고 묘사한다.

생활을 하면서도 귀족 특유의 느린 말투에다 외눈 안경을 썼으며 구레나룻을 길게 기르고 비록 낡고 올이 다 드러났어도 재단이 훌륭하고 유행에 뒤지지 않는 상의와 바지를 입고 다녔다. 어느 날 밤 우리 넷은 배도 고프고 기운도 없는 상태에서 모두 주머니를 탈탈 털어보니 싸구려 음식을 사 먹을 정도의 돈밖에 없었다. 우리는 몇 푼 되지 않는 그 돈을 잉글랜드 멋쟁이에게 건넸고, 그는 나머지 셋이 두근거리는 가슴으로 바깥에서 기다리는 동안 다짜고짜 대형 정육점 문을 열고 들어갔다. 우리의 대표는 외눈 안경을 고쳐 쓰고 지팡이를 흔들어대며 의기양양한 발걸음으로 으스대며 귀족에게나 어울릴 법한 태도로 최상급 쇠고기의 가격을 살펴보며 정육점 안을 이리저리 돌아다녔고, 그동안 가게 주인은 공손하게 그의 결정을 기다렸다.

"어이, 이 집에 1파운드에 2실링 넘는 고기는 없나?" 고객이 정색하고 물었다.

"저희 집에서는 최상급 고기가 그 가격인뎁쇼, 손님."

"그러면 어… 소 허파는 어떻게 팔지?"

"파운드당 4펜스입니다, 손님."

가게 주인이 깜짝 놀라며 대답했다.

"그러면 소 허파 3파운드만 달아주게."

우리 멋쟁이가 계산대에 1실링을 올려놓으며 말했다. 그가 포장한 물건을 들고 막 가게를 나서려는 순간, 경악한 주인이 소리쳤다.

"손님, 설마 그걸 드시려는 건 아니겠지요?"

"응, 내겐 개가 한 마리 있거든."

이렇게 설명을 마친 우리의 대표는 꾸러미를 들고 서둘러 정육점을 나와 눈이 빠지게 기다리는 배고픈 친구들에게로 돌아왔다. 그런 일이 있고 나서 "내겐 개가 한 마리 있다."[123]라는 말은 우리 중 누군가가 자신의 잘못을 다른 사람 탓으로 돌리고 싶을 때마다 즐겨 사용하는 일종의 은어가 되었다.

또한 우리가 멜버른 부두에 있을 때, 그곳에서 한 상선의 선원들이 싣고 온 감자 자루를 배에서 내리다가 귀공자 같은 우리 친구가 감자 자루 더미에 몸을 기대고 앉아 외눈 안경을 통해 작업 광경을 관찰하고 있는 모습을 보고 놀랐던 적이 있다. 그들은 이 화려한 차림의 귀족이 자신들의 작업에 호기심을 느

---

123) I have a dawg: 이런 상황에 대한 묘사는 코난 도일의 여러 작품에서 발견되지만 그중 눈에 띄는 것이 『로드니 스톤』이다. "아, 여위었지만 꼿꼿하던 그의 체격과 제법 멋을 부리며 호기롭게 지팡이를 휘두르던 그의 모습이 기억난다. 그는 추위나 배고픔 따위 탓에 의기소침해지는 법이 없었지만, 우리는 그가 추위와 배고픔에 시달리고 있음을 잘 알고 있었다. 그러나 그가 늘 자부심에 넘치고 세련된 태도로 말을 하곤 했으므로 아무도 감히 그에게 옷이나 음식을 권하지 못했다. 그 정육점 주인이 쇠갈비를 그에게 공짜로 줬을 때 앙상한 광대뼈 주위가 확 붉어지던 그의 얼굴이 지금도 눈에 선하다. 그는 그 쇠갈비를 받지 않고는 배길 수 없었지만, 성큼성큼 걸어 나가던 그가 오만한 표정으로 뒤를 힐끗 돌아보며 정육점 주인에게 이렇게 말했다. '주인장, 내겐 개가 한 마리 있어서 말이오.' 하지만 그로부터 일주일 동안 포식한 것은 그의 개가 아니라 루딘 씨였다."

껴 신분에 걸맞지 않은 장소에 나타났다고 생각했을 것이다. 그러나 그 젊은이가 주머니칼로 감자 자루 하나에 구멍을 내고 긴 상의 자락과 높은 모자 속에 감자를 잔뜩 쑤셔 넣고 달아났다는 사실을 나중에야 알게 되었을 그들은 그의 관심이 전혀 달갑지 않았으리라. 지난날 경험했던 이런 사건들이 다른 사람들에게도 재미가 있을지는 모르겠지만, 한 병약자의 일기장에 약간의 활기를 더하는 데에는 도움이 될 것이다. 제멋대로 살던 지난날 우리는 비록 예의범절을 곧이곧대로 지키지는 않았지만, 어떻게든 삶에서 많은 즐거움을 얻을 수 있었다. 유머가 넘치는 미국인의 현명하고 재치 있는 경구 가운데 "고결한 사람은 행복하다. 그러나 결코 대단히 행복하지는 못하다."라는 것이 있다. 하지만 이 경구와 균형을 맞추기 위해 한 마디 덧붙이자면, 고결한 사람은 자신이 진실함을 알고 있다. 그러니 결코 완벽하게 불행할 수는 없다.

'유머'라는 인간의 미묘한 자질이 도대체 무엇이며, 어떻게 생기는가를 정의하기란 대단히 어렵다. 나는 에머슨의 「코믹에 대한 에세이Essay upon the Comic」를 읽고 대단히 슬프고 우울해졌다.[124] 농담을 설명한다는 것 자체가 위험하다고들 하지만, 딱딱

---

124) 유머가 넘치는 미국 작가들의 글을 탐독했던 코난 도일도 이 문제에 관해서는 19세기 미국 최고의 사상가이자 수필가인 랠프 월도 에머슨(Ralph Waldo Emerson, 1803~1882)에 대해 잘못 알고 있는 것으로 보인다. 에머슨은 삶과 그 무거운 짐에 대

한 법칙에 따라 농담을 분석하고, 우리가 왜 웃어야 하는지, 그리고 언제 웃어야 하는지를 따지는 것은 서글픈 광기의 전주곡이라 할 수 있다. 그렇지만 한 인간의 고막에 어떤 말이 도달하자마자 그의 횡격막이 곧바로 격렬하게 경련을 일으키고, 온몸의 모든 근육이 부풀어 오르면서 얼굴이 흉측스럽게 일그러지는 등 상당한 소동이 벌어질 때 그와 그의 친구들이 이런 현상의 원인을 알고 싶어 하는 것은 지극히 당연한 일이다. 한 인간만이 유머 감각을 타고나고 나머지는 모두 지극히 근엄하다면, 그 유머러스한 인간이 갑자기 유쾌하게 떠들 때마다 모두 모여서 회의를 열고 임상 강의를 하느라 분주할 것이다. 그럴 때 웃음은 히스테리와 간질의 중간쯤 되는 신경 질환으로 분류되고, 그 환자에게는 아위와 브롬화칼륨이 다량으로 투여되어 그의 웃음 증세는 곧 치료되리라.

인체에서 농담이 효과를 나타내는 과정을 추적해보면 신기하기 그지없다. 눈이나 귀를 통해 들어간 농담은 시신경이나 청신경을 따라 뇌로 가고, 다시 남성의 절반, 여성의 열에 아홉에게는 없는 일종의 특수 기관인 유머 중추로 전달된다. 그런 다

해 대단히 진지한 태도를 보인 인물이었고, 1876년에 출간된 수필집 『문학과 사회적 목표(Letters and Social Aims)』에 포함된 수필 「코믹(The Comic)」은 인생에는 웃을 이유가 없다는 메시지를 독자들에게 전하고 있다.

음, 농담은 초당 약 45미터(러더퍼드[125]의 신경에너지 참조)라는 확인된 속도로 익살 신경 혹은 격막 신경을 따라 이동하여 가슴과 배를 나누는 횡격막이나 호흡 근육으로 간다. 이 큰 근육이 신경 자극에 반응하여 격렬하게 수축하기 시작한다. 이것이 바로 웃음이 나오는 과정이다.

"위스키를 살 돈조차 없는 가난한 사람들이 수두룩한데, 수천 파운드가 교육비로 낭비되고 있다."고 외치는 정치인의 말을 듣거나, "글래드스턴 씨가 자신의 배boat와 다리bridges를 태워버렸다."라고 써야 할 문장을 "글래드스턴 씨가 자신의 상의 coat와 반바지bleeches를 태워버렸다."라고 쓴 신문 기사를 읽으면 웃음이 나온다. 이런 반응을 보이는 이유는 누군가가 갈비뼈 사이를 갑자기 손가락으로 씨르면 움찔하면서 몸을 비트는 것처럼 이런 말과 기사에 우리가 예기치 못한 참신한 특성이 있기

125) William Rutherford(1839~1899): 신경에너지의 속도 측정법을 실험했던 생리학자인 윌리엄 러더퍼드는 에든버러 시절의 코난 도일에게 가장 깊은 인상을 남긴 교수였다. 후일 코난 도일은 『회고와 모험』에서 턱수염이 아시리아인처럼 가슴까지 내려오고, 엄청나게 큰 목소리에 넓은 가슴, 그리고 특이한 매너가 있는 러더퍼드 교수를 떠올리며 『잃어버린 세계』의 챌린저 교수를 창조했다고 술회했다. "우리는 그에게 매력과 경외심을 동시에 느꼈다."고 코난 도일은 쓰고 있다. "그는 때때로 강의실에 미처 도착하기도 전에 강의를 시작하곤 했다. 그래서 그의 책상 위에 아무것도 놓여 있지 않은데도 '정맥에는 판막이 있지.'라고 말하는 그의 우렁찬 목소리가 들려오기도 했다. 생체 해부 시간이면 그는 무자비하게 메스를 휘둘렀다. 고통 없는 최소한의 생체 해부는 필요하며, 그것이 고기를 음식으로 먹는 것보다는 훨씬 더 정당하다는 것이 평소의 내 생각이지만, 법이 좀 더 엄격해져서 러더퍼드 교수 같은 사람들의 무자비한 생체 해부가 제한을 받게 되었을 때 나는 무척 기뻤다."

때문이다. 다른 예를 들자면, "모레까지 미룰 수 있는 일을 내일까지만 미루지 마라."는 클레멘스 씨[126]의 말에는 분명히 우리를 킥킥거리게 하는 대담하고 파격적인 요소가 있다. 에머슨은 「코믹에 대한 에세이」에서 이런 기습적인 요소를 인정한다. 태도는 늘 엄숙했으나 글에서는 진정한 유머를 즐겨 사용했던 칼라일은 인간의 그런 자질을 '깊은 내면과의 동조'라고 정의했는데, 이는 이해할 수 없을 정도로 미묘한 표현이다.

　　칼라일은 정의하는 데 별로 능하지 못했다. 그는 천재성을 '고난을 감내하는 무한한 능력'[127]이라고 정의했고, 그 정의가 항간에 자주 인용되지만, 내 생각에 그것은 완전히 잘못된 정의며, 오히려 천재성이 아닌 것에 대한 정의로는 대단히 명쾌하고 간결한 것이다. 내 평생에 천재의 범주에 들어갈 만한 사람[128]은

126) 새뮤얼 클레멘스(Samuel Clemens, 1835~1910)는 '마크 트웨인'이라는 필명으로 더욱 유명하다. 코난 도일은 자신이 미국 여행(1894년 3개월에 걸친 미국 순회강연을 말함) 중에 한 기자에게 "마크 트웨인과 마주치는 행운을 누리지 못했다."고 한탄한 적이 있다. 그러나 1907년 클레멘스가 옥스퍼드 대학에서 주는 명예박사 학위를 받으려고 영국을 방문했을 때 코난 도일은 미국 대사 화이트로 리이드(Whitelaw Reid)가 클레멘스를 위해 베푼 런던 만찬회에 참석했다.

127) 『주홍색 연구』에는 홈스가 미소를 지으며 이렇게 말하는 장면이 있다. "천재성은 고통을 감내하는 무한한 능력이라고들 하지. 그건 대단히 잘못된 정의지만, 탐정 업무에는 딱 들어맞는 말이라네." 칼라일의 이 정의는 『프리드리히 대왕의 생애(Life of Frederick the Great)』에 나온다.

128) 이 범주에 속하는 인물로 코난 도일은 에든버러 대학 시절 자신의 교수였던 조셉 벨(Joseph Bell) 박사를 떠올렸을 것으로 추정된다. 벨 박사는 의사로서뿐 아니라 형사 사건 재판의 법의학 증인으로도 놀라운 관찰과 추론 능력을 발휘했는데, 코난 도일은 셜록 홈스의 추리 방법의 모델을 그에게서 발견했다고 공개적으로 인정했다. 코난

한두 명밖에 보지 못했지만, 그들의 특징은 다른 사람이라면 숱한 고난과 노력 끝에 간신히 이르는 결론에 그들은 직관적이고 본능적으로 도달하는 능력이 있다는 점이었다. 천재성이란 어느 모로 보나 유전적으로 타고나는 정신적 재능이다.

유머란 무엇인가? 그리고 천재성이란 무엇인가? 여기서 세 번째로 훨씬 더 중대한 어려운 문제가 등장한다. 본능이란 무엇인가? 우리가 이 문제의 답을 분명히 알게 되면 상당히 많은 자연의 비밀에 접근할 수 있는 만능열쇠를 얻게 될 것이다.

배우지 않아도 병아리는 부리로 모이를 쪼기 시작하고, 사냥개는 사냥감을 쫓아 달리기 시작하고, 아기는 무엇이든 입에 넣고 빨기 시작하는 이유는 무엇일까? 비록 우리가 본능대로 무심코 살다 보니 본능의 존재를 의식하지 못하지만, 이것은 대단히 불가사의한 문제다. 아무도 병아리나 개나 아기에게 앞으로 어떻게 하라고 말해주지 않지만, 그들은 자연스럽게 제 부모가 했던 대로 정확하게 행동하기 시작한다. 각기 홀로 세상에 태어났음을 고려하면, 그 어린 생명체는 자연의 여신에게서 받은 신체기관을 어떻게 사용해야 하는지를 전혀 몰라야 한다. 그

도일은 환자를 한 번 힐끗 보고도 전체 병력과 가정환경을 파악하던 벨 박사의 능력을 설명하면서 "그의 직관력은 그야말로 놀라웠다."고 말했다.

런데도 그 생명체가 어떤 지식을 가진 것은 그가 어떤 계열을 이루는 생명체 중 하나이고, 조상과 대단히 밀접하게 연결되어 그의 경험은 조상의 경험과 다름없기 때문이다.

그러면 본능이란 도대체 무엇일까? 에드윈 아널드[129]는 자신의 수필에서 "본능은 기억이다."라는 함축성 있는 표현으로 이 문제에 답했다. 본능은 기억이다. 사냥감을 쫓는 개는 새로운 개가 아니라 제 어미의 삶에서 뻗어 나온 가지이고, 그 어미는 또 제 어미의 삶에서 나온 가지이며, 그런 식으로 셀 수 없이 많은 기간을 이어온, 즉 여러 세기를 살아온 존재다. 하등동물의 삶을 관찰하면 이 이론이 옳다는 것을 분명히 알 수 있다. 미세한 무색의 젤리 조각인 아메바는 가운데가 갈라져서 두 개의 새로운 아메바가 생기는 방식으로 번식하며, 이 두 어린 아메바가 제 어미의 크기가 되면 다시 가운데가 갈라져서 번식하는 과정이 반복된다. 이 단순한 유기체는 영원히 존재할 것이며, 오늘날의 아메바는 선사시대 아메바의 후손일뿐더러 그것과 동일한 생명체임이 명백하다. 아메바는 죽을 수 없다. 그러므로 그보다 좀 더 복잡한 고등동물도 발생 방식이 좀 더 복잡할지는 모르지만, 영원히 존재할 것임은 그에 못지않게 명백하다. 출생

---

129) Sir Edwin Arnold(1832~1904): 영국의 저널리스트이자 시인. "본능은 기억이다." 라는 말은 1896년 출간된 수필집 『동양과 서양(*East and West*)』에 포함된 「인도의 우파니샤드(The Indian Upanishads)」에서 인용한 것으로 보인다.

후 처음 몇 년의 기억이 얼마나 흐릿하고 불완전한지를 생각해 보면 우리가 전생을 기억하지 못한다고 해도 전혀 놀랍지 않다.

아널드의 이론은 가장 하찮은 존재—이 우주에 하찮은 존재가 있을 수 있다면—에도 얼마나 큰 중요성을 부여했는가! 뒷마당을 긁고 다니는 닭은 —비록 작고 텅 빈 머리가 그저 벌레를 찾고 낟알을 쪼아 먹느라 바빠서 끊임없이 되풀이되는 삶을 의식할 수는 없겠지만— 어제오늘의 생명체가 아니라 시간의 여명기에 부화하여 시간의 끝까지 삶을 이어갈 운명의 원시시대 가금류다. 벌레를 찾거나 낟알을 쪼아 먹는 동작 하나에서도 닭이 전생의 경험에서 왔다고 설명할 수밖에 없는 지식이 있음을 명백히 알 수 있다.

이 주제에 관해 그랩 로빈슨[130]은 어느 흥미로운 저널에서 이렇게 주장했다.

"우리가 아득한 옛날부터 끊임없이 존재해왔다고 가정해야만 앞으로도 영원히 존재하리라는 것을 확신할 수 있다. 어떤 것도 갑자기 창조되어 영원히 존재할 수는 없다."

그의 주장에 일리가 있으며, 거기에 아널드의 이론이 더해지면 훨씬 더 고차원적인 생각으로 이어질 수 있을 것이다. 하

---

130) Henry Crabb Robinson(1775~1867): 영국의 저널리스트 겸 변호사이자 골동품 수집가. 그의 사후에 출간된 방대한 양의 『일기, 회고 및 서간(*Diary, Reminiscences and Correspondence*)』(1869)은 영국 낭만주의를 주도한 인사들에 대한 귀중한 자료다.

지만 이쯤에서 또 다른 주제로 넘어가야 할 것 같다. 그러지 않으면 우리는 미궁에 빠질지도 모른다.

과학의 여신이 능력을 발휘하여 무엇이 맞고 무엇이 틀렸는지를 확실하게 결정해줬으면 좋겠다. 숫자와 통계만 잔뜩 내세우며 과거의 이론을 믿는 사람들을 경멸하고, 자신이 주장하는 이론을 미심쩍어하는 기색이 보이는 사람들에게 달려들어 폭행이라도 할 태세인 과학계의 불량배들을 나는 좋아하지 않는다. 과학자 친구들이 확실히 아는 내용과 의문의 여지가 있는 내용을 구분하여 두 가지 목록을 만들 수는 없을까? 그렇게 되면 인쇄업자는 두 번째 목록을 계속 수정하여 인쇄하느라 종이를 다 소진할지언정 첫 번째 목록을 인쇄하는 큰일을 맡지 않으려고 할 것 같다. 나로 말하면 내 뇌에 어떤 세입자가 들어오든 별로 신경 쓰지 않으며, 그가 막 편안하게 자리를 잡으려는 참에 쓸모없다는 것을 알게 되어 퇴거시켜야 해도 역시 신경 쓰지 않는다.[131]

---

131) 뇌를 하나의 다락방으로 보는 이 관점(brain-attic viewpoint)은 『주홍색 연구』에도 사용되어 셜록 홈스는 왓슨에게 이렇게 말한다. "인간의 뇌는 본래 비어 있는 작은 다락방과 같아서 그 안에 어떤 가구를 집어넣을지를 잘 선택해야 한다네. 바보는 온갖 종류의 잡동사니를 닥치는 대로 집어넣어서 정작 유용한 지식은 들어갈 자리가 없어지거나 잘해야 다른 것들과 뒤섞여서 필요할 때 찾아내기 어렵게 되지. 하지만 숙련공은 자기 뇌라는 다락방 안에 어떤 것을 채워 넣을지를 대단히 신중하게 결정하는 법이야. 그는 일하는 데 도움이 될 만한 도구들만을 골라서 받아들이고 일단 받아들인 여러 가지 도구를 모두 완벽하게 정리해두지. 그 작은 다락방이 신축성 있는 벽으로 둘러싸여 있어서 얼마든지 넓어질 수 있다고 생각한다면 큰 오산이야. 결국 새로운 지식을 더할

이제 태양을 예로 들어보자.[132] 나는 젖먹이 시절부터 태양이 엄청나게 큰 불덩어리여서 다른 모든 불과 마찬가지로 우리를 따뜻하게 데워준다고 생각해왔다. 성인이 된 후에도 어릴 때 배웠던 내용을 주장하고 증명하는, 엄청나게 많은 과학 논문을 읽었다. 그래서 나는 태양의 무게, 그에 해당하는 연료의 양, 연료의 예상 지속 기간, 연료가 완전히 소진되었을 때 발생한다고 예상되는 현상을 알고 있으며, 그뿐 아니라 눈부시게 밝은 수소, 헬륨 등 태양을 이루는 물질에 대한 선명한 묘사들을 기억하고 있다. 나는 이 모든 내용을 취합하여 요점을 정리하고 나서 일람표를 만들어 내 기억의 칸막이 안에 저장해두고 있다. 이 모든 것의 끝은 무엇일까? 일전에 현대 과학에 정통한 어느 친구에게 우연히 이런 이야기를 늘어놓은 석이 있다. 그는 마치

때마다 전에 알고 있던 지식을 잊어버리게 되는 때가 오거든. 그러니까 쓸모없는 정보가 유용한 정보를 밀어내지 못하게 하는 것이 무엇보다도 중요해요." 1891년 발표된 단편 「다섯 개의 오렌지 씨앗(The Five Orange Pips)」에서도 역시 셜록 홈스가 뇌를 다락방으로 보는 견해가 드러난다(홈스가 시종일관 이처럼 박식했던 것은 아니다. 『주홍색 연구』에서 홈스는 출처를 밝히지 않고 칼라일의 말을 인용했는데, 그 전에 왓슨이 이렇게 말한 적이 있다. "내가 토머스 칼라일의 말을 인용했더니 홈스는 더없이 순진하게 그가 도대체 누구이고 무슨 일을 한 사람이냐고 물었다네.").

132) 위의 주석에 나오는 홈스의 발언은 지구가 태양 주위를 자전한다는 것을 홈스가 알지 못하며 그런 일에 관심도 없다는 사실을 알게 된 왓슨의 실망에 대한 반응이다. 홈스의 말을 듣고 난 왓슨이 "하지만 태양계가 있지 않은가!"라고 항의하자 홈스는 이렇게 대답한다. "그게 도대체 내와 무슨 상관이란 말인가? 자네는 우리가 태양 주위를 돈다고 말했네. 하지만 우리가 달 주위를 돈다고 해도 나나 내 일은 조금도 달라질 것이 없지 않은가."(당시에 왓슨은 아직 홈스가 말하는 일이 무엇인지를 알지 못했다.)

내가 칼롭테루스 그라실리스나 그와 비슷한 신기한 화석이라도 되는 양 흥미로운 표정으로 나를 바라보았다.

"그러니까 아직도 태양이 불타고 있다고 믿는 사람이 있군 그래." 그가 말했다.

"나는 늘 그렇게 생각해왔어." 내가 전에 없이 소심해져서 대답했다.

"이런, 이 친구야." 그가 다정하게 설명을 시작했다. "그건 이미 한참 전에 틀린 것으로 밝혀진 이론이야. 만일 자네 말대로 태양이 불타고 있다면 누가 그 불꽃의 세기를 너무 세지도 약하지도 않고 적당하게 조절하고 모든 표면이 골고루 타게 하는 거지? 그리고 불타고 남은 재는 도대체 어디 있나? 어디에 산소가 있어서 그 불꽃이 끊임없이 타오르겠나? 그리고 또…."

"그렇다면 저 열은 어디서 온다는 말인가?" 내가 외쳤다.

"아, 이런! 앞서 가는 과학자들은 대개 태양이 지구의 대기에 전기적인 영향을 미쳐서 열이 발생한다고 생각한다네. 갈바니 전지는 철사를 뜨겁게 데우지만, 그 자체는 뜨거워지지 않지. 태양도 마찬가지야. 불이 발산하는 열은 유리를 통과하지 못하지만, 태양열은 통과하지 않나. 그것만 봐도 두 가지가 전혀 다르다는 걸 알 수 있지. 자네가 태양이 불타고 있다고 생각한다는 걸 행여 다른 사람들이 알지 못하게 주의하게. 안 그러면 그 사람들은 자네가 도대체 어디에 처박혀 있다가 나왔는지 의아해할 테니."

"이건 말도 안 돼." 내가 분개하여 항의했다. "태양에 연료가 몇십억 톤쯤 남아 있을지를 계산하고, 불이 꺼지지 않게 돌봐줄 누군가가 필요할지도 모른다는 생각에 자다가도 놀라서 깨고, 내가 태양을 위해 무슨 일을 할 수 있을지를 생각하느라 부산을 떨며 지냈는데, 태양이 눈부시게 빛나는 빙산이라니⋯."

이 일은 태양계에 대한 내 믿음을 통째로 흔들었다. 그 일이 있은 후 나는 태양을 결코 예전처럼 생각할 수 없었고, 앞으로 도 그럴 것이다.

그렇기는 하지만, 과학의 여신이 좀 더 겸허하고 좀 덜 독단 적이라면 자신을 따르는 추종자들이 그처럼 충격 받게 내버려 두지는 않았으리라. 우리가 각자 다락방에 로스 경[133]의 망원경 을 갖춰두고 과학의 모든 내용을 일일이 관찰하여 확인할 수는 없지 않은가. 과학자들이 어떤 학설이 정립되었다고 발표하면 우리는 그것을 그대로 받아들이는데, 몇 년 지난 뒤에 다시 그 것이 아니라고 한다면, 조롱당한 듯한 느낌이 들 것이다. 지금 우리는 확인된 사실만으로 이루어진 아주 좁은 토대 위에 서 있

---

133) 로스(Rosse) 백작 3세인 윌리엄 파슨스(William Parsons, 1800~1867)는 1845년 19세기 최대의 반사 망원경인 리바이어선(Liviathan)을 만든 아일랜드의 천문학자다.

으며, 저 멀리 아무도 손대지 않은 방대한 과학의 세계가 어둠 속에서 어렴풋이 모습을 드러내고 있다. 엄청난 가능성을 내포한 전기, 자연을 통째로 지배하며 중력처럼 보편적으로 존재하는 불가해한 현상인 자기, 인간 내부에서 육감이 개발될 수 있음을 시사하는 최면술을 보라. 각 분야에서 제2의 뉴턴이 나올 수 있다. 빛은 무엇이며 열은 무엇인가? 그 자체로는 빛을 발하지 않지만, 우주 전체에 존재하면서 빛을 전도하는 저 오묘한 탄성매질彈性媒質은 무엇인가? 자연의 여신이 자신의 벽돌을 만드는 데 쓰는 특별한 점토에는 우리가 전혀 모르거나 고작 일부밖에 알아내지 못한 여러 가지 요소가 있지 않겠는가? 인류가 이런 문제들을 모두 밝혀낸다 해도 지식의 바다 가장자리를 조금 엿본 정도에 불과하리라.

우리에게 친근한 인체의 구조에 관한 연구에서도 그 분야에 기울인 엄청난 노력에 비하면 정확한 정보는 한심할 정도로 적다. 생리학은 밝혀낸 사실보다 정의된 전문용어가 더 많은 학문이다. 박식한 교수들은 때로 어떤 기관이 무엇으로 이루어져 있는지를 밝혀내고 그것이 어떤 기능을 하는지를 추정하기도 한다. 하지만 그 기관을 움직이는 원동력에 관해서는 만족스러운 답을 제시하지 못한다. 듣기 좋은 말과 근엄한 표정으로 얼마나 열심히 우리의 무지를 감추든, 삶의 가장 일상적인 현상들은 여전히 우리에게 수수께끼로 남아 있다.

우리가 '잠'이라는 현상을 얼마나 아무 생각 없이 받아들이며, 잠의 원인에 대해 얼마나 완벽하게 무지한지를 생각해본 적이 있는가? 인도의 각기병, 수마트라의 라타[134] 같은 희귀한 질병이나 행동을 연구하는 데 그처럼 많은 시간을 들이는 우리 과학자들이 정작 인간이 자기 삶의 3분의 1을 깊은 잠에 빠진 상태로 보내는 이유에 대해 연구할 시도조차 하지 않는 것은 얼마나 이상한 현상인가! 흥미로운 일이지만, 우리는 친숙한 모든 것을 경시하는 경향이 있다. 얼굴에 발진이 돋고 배에 가스가 찬 의사가 윗배의 통증을 더는 참을 수 없게 될 때까지 서재 책상 앞에 앉아서 에디슨이 앓던 비늘증[135]에 관한 40쪽짜리 소책자를 저술한다. 이럴 때 그가 수많은 동료 인간도 흔히 겪는 자신의 통증을 먼저 살펴보리라고 생각하겠지만, 그는 100년에 한 번 나타날까 말까 하며, 아무도 잘 모르는 그럴듯한 질병 연구에 몰두한다. 의학 주간지 중에서 아무것이나 한 권 집어 들고 훑어보라. 그러면 그 지면이 대부분 식성이 평범한 사람이라면 절대 걸릴 리 없는 질병들에 관한 기사로 채워져 있음을 알

134) latah: 놀라움, 충격 따위로 발작을 일으켜 타인의 행동이나 말을 충동적으로 모방하는 행동 유형을 의미하는 정신의학 용어. 옮긴이.
135) 피부가 건조하여 고기비늘 모양으로 갈라지고 각질 증식이 일어나는 피부병.

게 될 것이다.

어쨌거나 이 '잠'이라는 문제는 우리 연구가 얼마나 피상적인지를 보여주는 상징적인 예라고 생각한다. 우리에게 허용된 시간 중 그처럼 많은 부분을 의식불명 상태로 보내는 이유는 무엇일까? "그것은 자연의 여신이 휴식해야 하기 때문이다. 그것은 몸의 원기를 회복시키기 위한 것이다. 그것은 우리가 깨어 있을 때보다 뇌혈관을 흐르는 혈액의 양이 적기 때문이다. 그것은 활동과 휴식이 서로 떼려야 뗄 수 없는 관계에 있기 때문이다." 정말 그렇다. 우리는 잠이 들기에 잠을 잔다. 박식한 친구가 옆에서 도와주지 않아도 나는 결국 어렵게나마 그런 결론에 도달했을 것이다.

이제 나는 왜 우리가 잠드는지를 설명하려 한다. 움직이거나 생각하거나 심지어 단순히 존재하는 상태에서도 우리 몸 안에서는 끊임없이 화학적 변화가 일어나며, 혈액이 근육이나 신경의 노폐물을 씻어낸다. 순환기로 들어가는 노폐물 속의 복잡한 화학물질 중에는 사람을 졸리게 하는 마약 성분의 독소가 있다. 이 독소는 세포조직이 변하는 과정에서 조금씩 생기지만, 12~16시간이 지나면 고유의 효과를 낼 만큼 축적된다. 아편, 클로랄, 알코올은 이 독소의 생성을 돕고, 녹차나 커피는 이 독소의 작용을 중화한다. 우리가 잠들면 몸이 완전한 휴식 상태에 들어가므로 이 독소를 함유한 조직 노폐물이 거의 생성되지 않고 기존에 축적되어 있던 노폐물이 ―피부와 콩팥을 통해― 몸 밖으로 배출된다. 그리하여 원기를 회복하고 상쾌한 상태로 잠에서 깬다. 잠자는 사람 특유의 냄새를 의식한 적이 있는가? 그것은 피부에 있는 모든 구멍이 이 미묘한 화합물을 내뿜기 때문에 나는 냄새다. 거기에 독창적이고 새로운 이론이 있다! 그게 무엇일까? 그 독소가 우리를 잠들게 하는 이유는 무엇일까? 이런, 그것은 물론 ―나중에 내게 시간이 한두 주일 더 남게 되면 그때 알려주기로 하겠다.

오늘은 아무래도 줄렙 박사[136]가 나타날 것 같지 않은데, 내 병을 그다지 중시하지 않기 때문이리라. 이제는 나 혼자서도 슬슬 몸을 추스를 수 있을 성싶지만, 그래도 신문에서 말하듯이 '통상적이고 공식적인 경로'를 통해 완치될 수 있다면 더욱 만족스러울 것이다. 게다가 그가 없는 동안 이 작은 일기장을 소일거리로 삼을 수 있긴 하지만, 그는 상냥하고 말이 많은 편이며 그의 말은 대개 기억해둘 만한 가치가 있다. 어쨌든 집주인

---

136) Dr Julep: 스미스는 주치의 터너 박사를 느닷없이 '줄렙 박사'라고 부르는데, '줄렙'이라는 단어는 원래 술이나 약이 든 시럽을 의미하므로 주인공이 주치의를 빈정대거나 은근히 헐뜯고자 이런 이름으로 부르는 듯하다.

의 남편이 "선생님, 마누라가 파스닙[137]을 드실 건지 순무를 드실 건지 알아오라는데요."라고 말하며 한 번 불쑥 왔다 갔을 뿐, 나는 오늘 완전히 홀로 버려져 있었다. 그러나 나는 길 바로 건너편으로 정신적인 유람을 떠나 햇살을 타고 위대한 계약에 따라 그림 작업이 진행되는 작은 방 안으로 미끄러져 들어가는 것을 위안으로 삼는다. 이제 그녀는 그림 한 장을 완성했고, 두 번째 작업도 상당히 진행되었다. 그런데 막상 저 그림들이 내 손에 들어오면 어떻게 할 것이냐는 문제에 생각이 미치자, 갑자기 당혹스러워졌다. 저 그림들을 윌리엄 블레이크나 도레나 드 뇌빌의 그림 옆에 거는 것은 적절하지 않으리라.

장황하고 두서없는 이 글을 써나가는 도중에 이따금 순회도서관에서 빌린 책 두 권을 펼쳐 들기도 했지만, 도무지 독서에 몰입할 수 없었다. 그 책들에는 인습적인 남주인공에게 반한 인습적인 여주인공이 역시 인습적인 수많은 사건의 방해를 받아 끝내 뜻을 이루지 못한다는 고리타분한 내용이 담겨 있다. 예를 들어 머리카락에 컬을 만드는 데 쓰는 종이, 양가죽 장갑 같은 것들에서 풍기는 분위기가 잘 묘사되어 있다. 하지만 충동에 휘둘리기도 하고 전혀 예기치 못한 말이나 행동을 하는 등 뜨거운 피가 흐르는 인간의 모습은 찾아볼 수 없다. 장담하거니와 이

---

137) 배추 뿌리같이 생긴 채소. 옮긴이.

책들의 저자인 두 신사를 거실로 초대해서 자신이 쓴 책의 등장
인물과 똑같이 말하는 사람과 대화하게 한다면, 그들은 상대를
자신이 만나본 사람 중에서 가장 현학적인 인간이라고 매도할
것이다. 이 책들에서 아무 대목이나 골라 예를 들어보자.

"아, 모티머 양." 조지 스티븐이 스코틀랜드 스타일의 베레모를
들어 올려 인사하며 외쳤다. "당신의 눈은 태양이고 당신의 미소
는 당신 주위의 모든 사람에게 활력을 주는 온기입니다."

활자화된 상태에서도 이 말은 상당히 딱딱하게 느껴지지만,
이런 식의 말을 들으면 어떤 젊은 여성도 견디지 못할 것이다.

"이보게." 대령이 자신의 잔을 채우며 말했다. "우울한 전망을 떨
쳐버리고 서로 의지해서 앞으로 어떤 일이 벌어지든 그에 대해
확고한 해결책을 찾기로 하세."

대령의 말은 아주 듣기 좋은 내용이지만, 그다지 자연스럽
지는 않다.

실제 대화에서는 긴 문장이나 괄호가 들어간 문장이 좀처럼
사용되지 않는다. 평범한 사람은 대부분 특출하게 언어를 구사

하는 능력을 갖추지 못했으며, 멋진 비유나 행복한 암시를 섞어 말하는 것은 엄두도 내지 못한다. 그것은 우리가 방에 들어갈 때 춤추며 들어가지 않고 그냥 걸어서 들어가는 것과 마찬가지다. 일상 대화에서 사용하는 문장은 대부분 단어 몇 개로 이루어지며, 더 자세히 말하고 싶을 때에는 여러 개의 토막 난 짧은 문장들로 말하지, 접속사를 써서 문장을 부풀려 한 다스나 되는 상자가 차곡차곡 들어 있는 차이니즈 박스처럼 만들지 않는다. 여기에 나이 지긋한 시골 지주가 전도유망한 아들과 대화하는 장면을 소설가와 속기사가 각기 묘사한 글이 있다. 이 두 글을 비교해보면 실제 대화는 작가가 정성 들여 손질한 대화보다 훨씬 더 상쾌하고 활기 있음을 알 수 있을 것이다.

　　노인은 방으로 들어서는 아들을 엄격한 표정으로 힐끗 본 다음 말을 시작했다.

　　"존, 네 행동은 네 어머니와 내게 엄청난 고통을 줬다. 네가 대학에 다니는 동안에 진 빚을 일전에 갚아주면서 다시는 내 도움을 바라지 말라고 하지 않았더냐. ─나는 그 결심을 바꾸지 않을 것이다. 네 행동에 대해 정상을 참작할 수 있도록 내게 말하고 싶은 것이 있느냐?"

　　"아, 아버지." 젊은이가 대답했다. "남자가 세인트 레저, 더비, 옥스 경마장에서 불운하게도 잘못된 말에 돈을 걸게 되면 적자를 면치 못하잖아요. 그런데 모두들 지브라는 확실히 우승하리라고 했단 말예요."

"존, 나는 네가 어쩌다가 그런 저속한 취미에 빠졌는지 도무지 이해할 수가 없구나. 게다가 네 판단력도 결코 좋다고 할 수 없어. 지브라의 어미가 위기의 순간에 늘 무너지던 뷰티풀이라는 사실을 모른단 말이냐? 그놈 때문에 200파운드를 잃어서 나는 똑똑히 알고 있지. 캐라이던이 우승하긴 했지만, 경마 일정표를 보고 그놈도 질 가능성이 크다는 걸 의심할 사람이 있겠느냐. 그랜담이 케임브리지를 이겼어. 하지만 승마는 명예롭지 못한 취미이니 그만둬야 한다. 경마 말고 도대체 또 어디에 돈을 쓴 거냐? 틀림없이 여자가 관련되어 있겠지?"

"그렇지 않아도 제가 관심을 두고 있는 여자가 하나 있다고 말씀 드리려던 참이었어요, 아버지."

"세상에! 네 뻔뻔한 말에 애비는 깜짝 놀랐다. 너는 우리 집안 평판은 전혀 신경 쓰지 않는 것 같구나. 그래, 대체 어떤 여자냐?"

"이름은 화니 데이비스예요, 아버지. 담배 가게 주인 몰리 데이비스 아주머니의 딸이죠."

"뭐라고! 이 철부지 건달 같은 놈! 애비의 옛 애인 몰리의 딸과 어울려 다니기 시작했단 말이냐! 그런데 몰리는 어때 보이더냐? 이런, 네 빚을 갚으러 케임브리지에 가면 잠깐 들여다봐야겠구나."

다음은 속기로 작성된 기록이다.

"딱하구나, 딱해, 존! 네 어머니 생각도 나와 같다. 일전에 내가 다시는 너를 도와주지 않겠다고 말했잖니. 난 절대로 도와주지 않을 거야. 그래, 뭐 할 말이라도 있나?"

"운이 나빴어요, 아버지." (잠시 침묵) "남자가 레저, 더비, 옥스 경마장에서 돈을 잃으면 경제적으로 타격이 크잖아요. 그런데 지브라는 확실할 것 같았어요."

"저런, 취미라는 게 저속하긴! 존. 대체 어쩌다 그런 취미를 들였는지 모르겠구나. 게다가 판단력도 형편없고. 지브라 어미는 뷰티풀이야. 그놈은 마음이 약해. 내가 잘 알지. 그놈 때문에 200파운드나 잃었잖아. 여기 이 캐라이던을 봐라! 하지만 경마 일정표를 보면 이놈도 질 수 있다는 걸 금세 알 수 있지. 그랜담이 케임브리지를 이겼어. 경마는 좋지 않은 취미야. 그만둬야 해. 경마 말고 뭔가 또 있지? 틀림없이 여자도 있는 것 같은데?"

"여자가 하나 있어요, 아버지."

"이런 뻔뻔한 놈! 집안 망신이야. 그런데 그 애가 대체 누구냐?"

"화니 데이비스예요. (잠시 침묵) 담배 가게 몰리 아줌마 딸이죠."

"뭐라고, 이런 망할 놈. 하필이면 왜 몰리 데이비스의 딸이냐! 그래, 몰리는 어떻게 지낸다던? 네 외상 갚으러 갈 때 꼭 몰리한테 들러봐야겠다."

작가는 대단히 훌륭한 솜씨로 문법에 맞게 문학적으로 작업을 마무리했지만, 내 생각에는 속기사가 대화를 훨씬 더 생생하게 그려낸 것 같다.

소설가가 이런저런 주제에 관해 자기 의견을 피력하느라 이야기에서 벗어나는 것은 비예술적일 뿐 아니라 무례한 일이기도 하다. 조지 엘리엇, 빅토르 위고, 새커리,[138] 위다[139] 같은 작가들에게 다소 그런 면이 있다. 어떤 극작가가 자기 작품을 공연하는 무대로 뛰어 올라가서 배우들의 연기를 중단시키고 관객에게 실증철학이나 유프라테스 계곡의 철도 이야기를 늘어놓는다면 어떻게 되겠는가? 철학과 철도는 각각 훌륭한 토론 주제이며, 적절한 장소라면 누구나 기꺼이 들을 준비가 되어 있다. 하지만 그 주제에 관해 토론을 시작하기 전에 먼저 연극의 제5막을 마치고 극장의 커튼부터 내리는 편이 옳으리라. 이와 마찬가지로 어떤 작가가 별도의 부록에서 속마음을 털어놓는

---

138) William Thackeray(1811~1863): C. 디킨스와 함께 19세기 영국 문학을 대표하는 소설가. 『허영의 시장(*Vanity Fair*)』, 『헨리 에즈먼드(*Henry Esmond*)』, 『펜더니스 이야기(*The History of Pendennis*)』, 『뉴컴 일가(*The Newcomes*)』 등의 작품을 남겼다. 옮긴이.

139) Ouida(1839~1908): 프랑스인 아버지와 영국인 어머니 사이에서 태어난 영국의 여류 소설가. 멜로드라마풍의 소설로 유명해졌으며 특히 『플랜더스의 개(*A Dog of Flanders*)』(1872)가 유명하다. 옮긴이.

다면, 아무도 반대하지 않을 것이다. 하지만 독자가 작품의 등장인물에 공감하려는 순간에 끼어들어서 자기 의견을 늘어놓는다면, 이야기 자체를 망칠 위험이 있다. 그렇게 되면 그의 작품은 멋진 모자이크처럼 철학, 실용 정보, 신학 등 여러 분야의 지식을 조각조각 붙여놓은 일종의 종합백과사전은 될지 모르지만, 결코 좋은 소설은 될 수 없다.

또 한 가지 중요한 주제로 도덕, 그렇다, 도덕이 있다! 우리는 부도덕한 이야기를 좋아하지는 않지만, 도덕을 초월한 이야기는 좋아한다. 소설에서 도덕은 샴페인 병 속에 든 약만큼이나 어울리지 않는다. 왜 악덕은 반드시 패배해야 하고 미덕은 반드시 승리해야 하는가? 실제로 우리가 사는 세상에서는 꼭 그렇게 되지만은 않는다. 우리가 신의 섭리보다 더 고상한 척하겠다는 것인가? 착한 친구가 궁지에 빠지고 오히려 악당이 행운을 누리는 것을 보고 분개한 적이 없는 사람이 있을까? 그런 상황은 사물 본래의 합목적성에 대한 우리의 관념에 거슬리지만, 여전히 사실임에는 변함이 없다. 우리는 궁지에 빠진 착한 친구에게는 비록 보이지 않는 곳에서라도 어떤 보상이 이루어져야 한다고 본능적으로 생각하지만, 작가는 그런 문제를 미해결 상태로 방치한 상황을 있는 그대로 그리는 데 만족해야 할 것이다. 그렇게 하지 않는다면 연애소설도 편파적이고 부자연스러울 수밖에 없다.

소설에서 젊고 씩씩하고 잘생긴 남자 주인공이 둔하게 움직이는 악당을 때려눕히는 장면은 통쾌하다. 하지만 실제 삶에서는 흔히 그 악당이 다시 일어나 똑같이 보복한다. 여주인공을 봐도 평범한 인간에 불과한 가엾은 처녀가 감당할 수 없는 혹독한 역경들을 모두 겪고서도 더없이 깨끗하고 순진한 모습으로 나타나는 기적 같은 일이 일어난다. 하지만 예술이 먹히지 않는 이 거친 세상에서 소박하고 인정 많은 사람은 절대로 성공할 수 없다. 그런 사람은 비참한 삶을 살다가 정신병원에서 숨을 거두기도 한다.[140] 하지만 그런 대단원은 영국 평론가들이 흔히 쓰는 표현을 빌리자면 '도덕성이 의심스러운 취향'일 것이다. 이 개화된 사람들은 이 세상을 있는 그대로가 아니라 이상적인 모습으로 그려야 한다고 주장한다. 이들이 주장하는 원칙을 미술에 적용한다면 그 효과는 아주 놀라우리라. 그러면 수많은 일몰을 봤지만, 자신이 생각하는 이상적인 일몰을 본 적이 없다고 말하는 나이 어린 화가에게는 무한한 가능성이 있지 않겠는가.

아니, 소설을 판단하는 기준은 재미다. 독자를 몰입시키고

---

140) 이 구절은 아마도 코난 도일의 주치의가 부친 찰스 도일의 삶의 궤적에 대해 품었던 불안을 그대로 반영한 것으로 보인다. 찰스 도일은 알코올중독증이 악화되는 바람에 블레레노(Blaireno)라 불리는 애버딘셔(Aberdeenshire)의 보호시설을 시작으로 몇몇 정신병원을 전전하다가 1892년에 스코틀랜드 덤프리스(Dumfries)에 있는 크릭튼(Crichton) 왕립병원에서 사망했다.

팍팍한 세상살이에서 멀리 떨어진 가상의 세계로 인도하는 소설은 좋은 소설이라 할 수 있지만, 재미를 제공해야 한다는 가장 기본적인 조건을 충족하지 못한 소설은 아무리 작가의 글솜씨가 좋고, 아무리 독창적인 생각이 담겨 있다 해도 실패작에 불과하다. 그런 소설은 여전히 주목할 만한 책이고 훌륭한 문학작품일는지는 모르지만, 등장인물에 대한 독자의 공감이 약해지는 순간, 좋은 연애소설로 자리매김할 자격을 잃는다. 이런 기준뿐 아니라 '처음부터 끝까지 독자의 관심을 사로잡고 놓아주지 않는 힘'이라는 기준으로 판단할 때 지금 우리 시대에 가장 훌륭한 소설 세 편은 모두 한 작가의 작품들이다. 『파울 플레이*Foul Play*』, 『돈뭉치*Hard Cash*』, 『지금도 늦지 않다*It is Never Too Late to Mend*』[141]는 순회도서관에서 가장 손때가 많이 묻는 책들이다. 이야말로 대중의 취향을 여실히 보여주는 대단히 공정한 기준이 아닌가. 이 세 작품과 역시 같은 작가의 『수도원과 벽난로*The Cloister and the Hearth*』, 위다의 『두 깃발 아래*Under Two Flags*』, 르 파누의 『사일러스 아저씨*Uncle Silas*』 후반부, 그리고 페인의 『대리인*By*

---

141) 바로 다음 문장에서 코난 도일은 이 세 소설을 쓴 찰스 리드(Charles Reade, 1814~1884)의 또 다른 작품 『수도원과 벽난로』를 빅토리아 시대 다른 작가들이 쓴 소설 몇 편과 함께 '순수하게 이야기를 전개한 작품의 좋은 예(fine examples of pure storytelling)'라고 평했는데, 이들 중 어떤 작품도 『바스커빌 가문의 사냥개(The Hound of the Baskervilles)』나 공상과학 소설 『잃어버린 세계』만큼 '순수하게 이야기를 전개한 작품의 좋은 예'로서 명성을 오래도록 누리지는 못했다.

Proxy』첫 권은 순수하게 이야기를 전개한 작품의 좋은 예로 이 시대 우리 문학계를 대표할 만하다.

나는 단편소설을 어느 정도 감정할 줄 안다고 자부한다. 포도주 맛을 감정하는 와인테스터가 커다란 텀블러가 아니라 작은 리큐어 잔을 사용하듯이, 한 작가의 진정한 풍미는 짧은 작품에서 가장 잘 맛볼 수 있다. 그렇지만 일급 단편을 쓰는 작가는 아주 드물어서 겨우 열 손가락으로 꼽을 수 있을 정도다. 어떤 작가가 세 권짜리 소설을 쓸 수 있을 정도로 기가 막히게 좋은 소재를 생각해냈을 때, 그 소재로 30쪽짜리 단편을 쓸 만도 하지만 그렇게 하지는 않는다. 아마도 그럴 만한 경제적 여유가 없기 때문이라는 생각이 든다. 그렇지만 둘 중에서는 단편이 더 좋은 예술이리는 것이 내 생각이다. 어떤 보석이든 다른 것들보다 더 영롱하게 반짝이려면 성분도 순수해야 하거니와 무척 섬세한 커팅이 필요하다. 단편도 불필요하게 군더더기를 넣을 여유가 없으며 단어 하나하나가 무언가를 표현해야 한다. 단편은 농축된 힘으로 가득 차 있으면서도 편안하고 자연스러운 흐름을 유지해야 한다. 단편과 장편 중 어느 한 분야의 대가가 다른 분야에서는 결코 성공하지 못하는 것을 보면 예술적인 단편을 쓰는 일이 장편소설을 쓰는 일과 얼마나 다른지를 알 수 있다.[142] 최고의 단편이라 할 수 있는 두 작품인 「황금벌레The Gold-Bug」와 「모르그 가의 살인The Murders of the Rue Morgue」을 쓴 포의 경우 장편소설 집필은 아예 시도조차 하지 않았다. 브렛 하트[143]는 극도의 비통함을 탁월하게 묘사한 단편 「로어링캠프에 찾아온 행운Luck of Roaring Camp」과 「테네시의 단짝Tennessee's Partner」을 썼지만, 장편소설 『게이브리얼 콘로이Gabrial Conroy』는 독자들에게 그다지 좋은 평판을 얻지 못했다. 하지만 로버트 루이스 스티븐슨은 최고의 단편을 쓰면서 장편소설에도 여전히 탁월한 솜씨를 발휘하는 몇 안 되는 작가 중 한 사람이다. 그의 소설 『해변의 별장Pavillion on the Links』은 공포의 극치라 할 수 있는 단편 「지킬 박사와 하이드 씨The Strange Case of Dr. Jekyll and Mr. Hyde」 못지않게 뛰어난 작품이다. 게다가 그는 매너와 성품 또한 뛰어나다.[144]

---

142) 『마법의 문을 통하여』에서 코난 도일은 이 주제를 다시 다루고 있다. "나는 지극히 훌륭한 단편의 수가 지극히 훌륭한 장편소설보다 훨씬 더 적다고 생각해요. 조각상보다는 카메오를 만들 때 더 정교한 솜씨가 필요하지요. 하지만 무엇보다도 이상한 점은 두 가지 솜씨가 서로 별개이고 심지어 서로 적대적이기까지 하다는 거예요. 어느 한쪽에 솜씨가 있다고 해서 다른 쪽에도 솜씨가 있는 것은 결코 아니거든요."

143) Bret Harte(1836~1902): 미국 작가. 1900년대 초 캘리포니아의 골드러시를 소재로 한 소설로 유명하다. 옮긴이.

144) 코난 도일은 후일 단편 작가로 대단한 성공을 거두지만, 여기서는 자신에게 엄청나게 큰 영향을 미쳤던 선배들에게 찬사를 보내고 있다. 포에 대해서는 "모든 시대를 통틀어 가장 독창적인 단편 작가"라고 찬사를 보낸 적이 있으며, 또 다른 미국 작가인 브렛 하트는 『주홍색 연구』에서 사용한 회상 기법에 강한 영향을 미쳤다. 스티븐슨의 말년에 서신을 주고받으며 가까이 지내기도 했던 그는 이 선배 작가의 작품을 아주 좋

도그마가 류머티즘성 통풍의 증세에 속하는지는 잘 모르겠지만, 내 글의 마지막 몇 쪽을 훑어보니 도그마 증세가 심하게 드러나는 것 같다. 끔찍한 날씨와 독방에 감금된 생활이 판별력에 악영향을 끼친 모양이다. 하지만 나로 말하면 비록 언젠가는 마음이 텅 비어버릴 수도 있겠지만 여태까지 독서나 대화를 통해 새로운 것을 받아들이지 않고 이미 내 마음에 있는 것만으로 만족하며 살아왔다.

　마음에 지식을 쌓아두지 않고 그때그때 필요에 따라 즉흥적으로 채우면서도 대단히 박식하고 재미있다는 평을 듣는 사람들이 있다. 그런 식으로 지식을 채우는 사람은 그것을 내보일 때 아주 조심스럽게 재주를 부려야 할 것이다. 그렇지 않으면 곧바로 다른 사람들에게 들통 날지도 모른다. 그는 다른 사람들의 대화에 휩쓸리지 말고 대화를 자신이 원하는 방향으로 교묘하게 이끌어가야 한다. 이런 계략이 너무 지나치게 뻔히 들여다보였던 경우가 기억난다. 당시 나는 깡마르고 재주가 많은 '퍼거슨'이라는 친구와 함께 킴벌리에서 돌아오는 길이었다. 케이프타운에 잠시 머무르던 중에 내 아버지와 안면이 있는, 남아프리카공화국 전 총독이 우리를 만찬에 초대했다. 광산에서 여러 해를

아했다. 스티븐슨의 『해변의 별장』에 대해서는 그 작품의 저자가 스티븐슨인 줄 알기 전부터(이 작품은 1880년에 익명으로 『콘힐』에 게재되었음) "정말 멋진 작품이다. 내가 여태까지 읽은 소설 중 가장 강렬하다."라고 감탄했다.

보헤미안처럼 보냈던 퍼거슨은 느닷없이 문명화된 생활 양식에 따라 행동해야 한다는 데 겁을 먹고 전전긍긍하고 있었다.

"만찬에 숙녀들도 참석하나?" 그가 물었다. "내가 거실에서부터 만찬 장소까지 여자를 에스코트해야 하는 건가?"

"아마 그럴걸." 내가 대답했다.

"여자들에게는 대체 무슨 말을 해야 하지?" 그가 심란한 표정으로 소리를 질렀다. "나는 사교계에서 써먹을 만한 화제를 몰라. 극장이라든지 드레스라든지 여자들이 흥미를 보일 만한 화제를 하나도 몰라. 내가 아는 거라곤 광산이나 흑인 얘기뿐이야. 그러니 큰 실수 없이 만찬이 끝나기만을 바랄 수밖에 없군."

"아이고, 이 친구야." 내가 그를 달랬다. "걱정하지 마. 자네가 가진 책 중에서 몇 권 훑어보고 한두 가지 화제를 준비해 와. 조금만 알고 있어도 유쾌한 대화 상대가 될 수 있어."

숙소로 돌아간 퍼거슨은 자기 책 중에서 지식이라고 내세울 만한 내용이 담긴 것이라곤 기구 비행에 관한 역사책밖에 없음을 깨달았다. 하지만 그는 이 책을 처음부터 끝까지 열심히 정독했다.

만찬 날이 되자 그 친구는 가장 좋은 옷을 차려입고 이 독특한 지식으로 중무장한 상태로 나타났다. 모두 거실에서 만찬이 준비되기를 기다리는 동안, 그는 프랜시스 라나라는 예수회 신자가 역사상 처음으로 얇은 구리 막 안을 진공상태로 만든 공 네 개를 띄워서 공중 비행을 구상한 사람이라는 이야기를 꺼냈다. 그는 자신이 에스코트하는 여성과 계단을 내려가면서 에든버러 출신 블랙이라는 사람이 수소를 넣은 자루를 공중에 띄웠다는 일화도 들려줬다. 수프가 나왔을 때 그는 우리에게 1783년 7월 5일 프랑스인 조셉 몽골피에가 동생과 함께 아노네에서 가열한 기구를 어떻게 공중에 띄웠는지를 열심히 설명했다. 생선 요리가 나오자 블랑샤르 부인[145]이 기구에 불이 붙는 바람에 땅으로 추락하여 사망한 사고를 장황하게 설명했고, 해리스 중위와 그보다 손아래였던 새들러도 역시 같은 운명을 맞았다는 이야기도 했다. 쇠고기 요리가 나왔지만, 퍼거슨은 준비한 이야기를 계속했다. 커다란 나사우 열기구가 영국 복스홀 정원에서 이륙하여 18시간 후 나사우 공국의 봐일부르크에 착륙한 이야기도 했고, 나다르의 거대한 기구에는 21만 5,363세제곱피트가 넘는 가스가 주입되고, 35명이 넘는 병사를 태울 수 있었다고도 했다. 후식이 나올 무렵에는 1865년 영국 벨파스트에서 콕스웰의 기구가 이륙 직후 고장을 일으켜 많은 부상자를 낸 사고에 대해 설명하고 있었다. 다시 여자들과 어울리게 된 그는 여전히

---

145) Sophie Blanchard(1778~1819): 프랑스의 기구 비행가 장 피에르 블랑샤르의 부인으로 남편이 사망하고 나서 남편 대신 여러 차례 기구 비행을 했다. 옮긴이.

씩씩하게 1863년 글레이셔와 콕스웰이 울버햄프턴에서 고도 11킬로미터 상공까지 올라갔다가 희박한 공기로 거의 목숨을 잃을 뻔했던 일화도 들려줬다. 그리고 드디어 밑천이 바닥나자 입을 다물었는데, 만일 질문이 나오거나 누군가가 좀 더 이야기해달라고 청했더라면, 그날 저녁 내내 쉬지 않고 계속 말해야 했을 것이다. 그래도 그는 대화에 능한 사람이라는 평판을 얻기에 충분할 정도로 말을 많이 했다.

"자네 친구는 아주 멋진 사람이군, 정말 멋져." 헤어질 때 사람 좋은 호스트가 내게 말했다. "그 친구는 분명히 위대한 열기구 조종사일 거야. 조만간 우리 또 모이세. 정말 그를 다시 한 번 만나고 싶다네."

하지만 그렇게 되지 않아서 천만다행이었다. 그는 벼락치기로 머릿속에 쓸어 넣었던 지식을 일주일이 채 안 되어 모두 잊어버려서 열기구에 관해서는 미적분학만큼이나 무지해졌기 때문이다.

인간은 모든 지식을 머릿속에 담아두고 있을 수 없다. 작은 다락방 같은 우리 뇌는 신축성 있게 늘어나는 벽에 둘러싸인 것이 아니라서 새로운 지식이 쌓이면 이전 지식을 잃어버린다. 새로운 생각이 과거의 생각을 밀어낸다. 따라서 불필요한 지식을 뇌에 넣어두지 말아야 하며, 이미 뇌에 축적된 모든 내용의 목록을 만들어서 필요한 지식을 즉시 최대한 활용할 수 있게 잘 정리해두는 것이 대단히 중요하다. 최우선은 자기 직업이나 전문 분야에 관한 지식이다. 이 분야에 관해서는 새롭고 정확한 정보를 얻기 위해 끊임없이 공부해야 하며, 어떤 하찮은 사실도 빠짐없이 기억해둬야 한다. 그다음 분야는 취미다. 직업과 취미는 몸과 그림자의 관계와 같아서 늘 곁에 있되, 결코 두드러지지 않는다.[146] 문학이든 그림이든 정원 가꾸기든 도예든 음악이든, 혹은 수없이 많은 종류 중 다른 어떤 것이든 우리는 취미를 가져야 하며 그 취미가 본업을 능가하지 않게 하되, 잘 알고 있어야 한다. 그 밖의 다른 분야에 대해 모두 잘 알기를 바랄 수는 없지만, 최소한 기본 내용은 알고 있어야 한다. 각각의 사항에서 권위자는 누구인지, 어떤 책을 찾아보면 되는지 정도는 알아야 한다. 그러므로 보통 사람이 페르시아의 시에 대해 많이 알거나 하피즈, 피르다우시, 페리데딘 아타르와 같은 페르시아 시인들에 대해 통달할 필요는 없지만, 윌리엄 존스 경과 폰 하멜 프루그스탈 남작이 이 분야의 대단한 권위자라는 정도는 알아야 한다. 그것을 알고 있다면 필요할 때 서가에서 즉시 페르시

---

146) 코난 도일은 아마 자신의 취미가 스포츠라고 공언했을 것이다. 그는 열렬한 크리켓, 권투, 축구광이었으며, 그 외에도 평생 여러 가지 스포츠를 즐겼다. 그의 소설에는 이 스포츠나 스포츠 세계에서 나온 비유적 혹은 암시적인 표현이 자주 등장한다.

아에 대한 책을 찾아낼 수 있을 것이다.[147] 그와 마찬가지로 불교에 관해 정통할 필요는 없지만, 적어도 생틸레르[148]와 에드윈 아널드가 자신의 부족한 지식을 보충하는 데 도움이 되는 작가라는 정도는 알아야 한다. 우리는 어디를 가든 이것저것 모두 가지고 다니고 싶어 하지는 않는다. 하지만 무언가가 꼭 필요할 때 그것이 곧바로 손에 닿는 곳에 있다는 것은 얼마나 멋진 일인가.

독자들이 나처럼 따분한 날을 보내야 한다면 틀림없이 지겨워서 어쩔 줄 모를 것이다. 아! 다리를 쭉 뻗고 신선한 공기를 들이마시고 싶다. 질식 상태에 있는 이 거대한 도시에 신선한 공기라고 할 만한 게 있다면 말이다.

---

147) 코난 도일은 단편 「신랑의 정체(A Case of Identity)」(1891)에서 하피즈의 말을 인용했다. 그 작품에서 홈스는 왓슨에게 이렇게 말한다. "자네도 '여자에게서 환상을 빼앗는 것은 호랑이에게서 새끼를 빼앗는 것만큼이나 위험하다.'는 페르시아 속담을 알고 있을 걸세. 그런 속담을 만들어낸 하피즈는 호라티우스만큼이나 양식 있고 견문이 넓었나 보이." 코난 도일의 또 다른 작품 「클룸버의 미스터리(The Mystery of Cloomber)」(1889)에는 윌리엄 존스 경과 폰 하멜 프루그스탈 남작이 페르시아에 대한 권위자로 언급되어 있다. 하지만 하피즈 작품을 번역한 것으로 유명한 엘리자베스 T. 그레이 2세(Elizabeth T. Gray, Jr.)에 따르면, 「신랑의 정체」에 나오는 속담은 하피즈가 만든 것이 아니며 본문에서 코난 도일이 언급한 어떤 페르시아 시인도 그 저자가 아니라고 한다.

148) Jules Barthélemy-Saint-Hilaire(1805~1895): 19세기에 불교에 관한 책을 여러 권 집필한 프랑스의 철학자·정치가·언론인·수필가. 그는 다른 주제에 관해서도 많은 저서를 남겼다.

길 바로 건너편 창문에는 블라인드가 내려져 있고 흐릿한 등불 아래 이젤만이 마치 유클리드 기하학의 제5명제를 새겨놓은 목판처럼 꼿꼿이 서 있다.[149] 오늘 작업이 끝난 것이다. 위층에서는 퇴역 군인이 오락가락하면서 무언가 무거운 물건을 끄는 소리가 들린다. 전에도 마치 외국 근무 명령이라도 곧 떨어질 것처럼 커다란 군용 트렁크에 짐을 싸는 장난을 할 때마다 이런 소리가 들렸다. 머리가 희끗희끗한 그가 진지한 표정으로 이런저런 물건이 이번 작전에 꼭 필요할 것인지를 따져보느라 가끔 동작을 멈추고, 짐 꾸러미에 버클을 채우고 끈으로 묶어 고정하는 모습을 능히 상상할 수 있다. 아래층에서는 헤르 레흐만이 오늘 일을 마친 듯 대형 피아노 뚜껑이 닫히는 소리가 들린다. 잠시 후 방문이 열리고 해맑은 얼굴 셋이 나타나더니 삼중창으로 내게 취침 인사를 한다.

"잘 자라, 귀여운 녀석들. 너희도 잘 자렴."

온 세상이 졸린 눈을 깜박이며 잠자리에 들려 한다. 나도 잠자리에 들어야겠다.

---

149) 코난 도일은 수학자를 자처하지는 않았으나 유클리드 기하학의 다섯 번째 명제(기하학에서는 공준이라는 용어를 쓰지만)에 대해서는 얼마간의 흥미를 느꼈다. 『네 개의 서명』에는 왓슨이 『주홍색 연구』에 대해 언급하며 "자네는 거기에 낭만주의를 가미하려 했지 않나. 그래서 마치 유클리드의 제5명제에 연애소설이나 사랑의 도피 따위를 끼워 넣으려던 것처럼 되어버렸지."라고 말하자 홈스가 짜증을 내며 이렇게 대답하는 장면이 있다. "탐정 업무는 정밀과학일세, 아니 정밀과학이어야 하지. 그러니 정밀과학에 못지않게 냉정하고 침착하게 수행해야 하는 거야."

제4장

    통풍이 나를 떠나고 있다. 마치 산봉우리에서 안개가 걷히 듯 그놈이 내게서 서서히 물러나고 있음을 느낀다. 온몸에 퍼져 있는 혈관에는 지금 따뜻하고 신선한, 건강한 피가 활기차게 흐른다. 건강을 되찾을 때의 기쁨을 생각하면 병도 앓을 만한 것 같다. 그래도 나는 여전히 힘이 없고 나른하다. —나를 이처럼 축 처지게 한 나쁜 병아, 꿰져라. 위대한 통풍 군대의 이름으로! 발가락이 퉁퉁 부어오른 모든 대대 병사들의 이름으로!—나는 과거와 미래의 모든 저주를 아우르는 에널퍼스 주교의 위대한 언어로 그놈을 저주한다.[150] 자애로운 토비 삼촌[151]조차 내가 그

---

150) 로렌스 스턴(Laurence Sterne)의 대표작『트리스트럼 샌디(Tristram Shandy)』에 인용된 에널퍼스 주교의 저주. 프랑스 태생의 에널퍼스 주교(Bishop Ernulphus, 1040~1124)는 한때 캔터베리 대성당의 부원장으로 재직하다가 나중에 로체스터 대성당의 주교가 된 인물로 그의 길고 포괄적인 저주의 말이 '텍스투스 로펜시스(Textus Roffensis)'라는 고문서에 기록되어 전한다.『스타크 먼로의 편지들』에도 이 저주에 대한 언급이 나온다. "그들의 이름을 밝힐 수는 없어요."라고 스타크 먼로 박사가 말한다. "장문으로 이루어진 에널퍼스의 저주가 비밀을 폭로하는 사람의 머리 위로 쏟아질 것이기 때문이지요."

151) Uncle Toby:『트리스트럼 샌디』에 나오는 주요 인물로 주인공인 트리스트럼 샌디의 삼촌이다.

런 놈에게 이 엄청난 무기를 사용하는 데 반대하지는 않으리라.

오늘 아침, 나는 기분이 무척 좋아져서 줄렙 박사를 위해 간단한 두뇌 게임을 준비했다. 여러 의료 당국이 서로 다른 견해를 보이는 영국 약전에 관해 박사와 내가 한두 번 이야기를 나눈 적이 있었기에 우선 그 사실을 사행시로 써보았다.

> 물약과 알약으로 사람의 모든 병을 쉽게 치료할 수 있다고
> 의사들은 입을 모아 말하지만
> 아아, 어떤 알약과 물약을 쓸지는
> 제각각 생각이 다르다네.[152]

"환자가 엉터리 시로 주치의를 희롱하다니." 줄렙 박사가 항의했다. "그건 바로 환자의 몸이 회복되고 있다는 아주 확실한 증거요."

---

152) 코난 도일은 평생 자기 나름대로 습작 시를 쓰는 일을 즐겼다. 하지만 의학도 시절에는 그가 반드시 알아둬야 하는 의학 지식을 운문으로 만들면 암기에 도움이 될 거라는 부친의 조언에 따라 그런 종류의 운문을 많이 만들어서 자기가 가진 책의 여백에 적어놓았다. 그런 운문들이 적혀 있는 알프레드 베어링 개로드(Alfred Baring Garrod)의 『약품학과 치료학의 진수(The Essentials of Materia Medica and Therapeutics)』(Longman, 1877)가 현재 텍사스 대학교에 소장되어 있다. 예를 들면, 키니네의 약효에 대해 코난 도일은 이런 글을 지었다. "귀에는 소리, 눈에는 번쩍이는 불빛 / 구토, 두통, 욕지기, 발진이 생기고 / 갈증이 나면서 배가 안 고프며 심장 박동이 느려지고 / 그러다가 마른침을 더 많이 삼키게 되면 / 그는 심장 발작으로 사망한다 / 이는 사후(死後) 분석으로 밝혀진다."

"아니, 그게 뭔지 설명하지요, 선생님." 내가 원망 섞인 말투로 대답했다. "어제는 와보시지도 않고, 제게 너무 소홀한 것 아닌가요."

"이런, 스미스 씨." 그가 진지하게 설명했다. "어제는 병원에서 근무해야 하는 날이었소. 스미스 씨 병세가 호전되고 있다는 건 이미 알고 있었지요."

"제가 바라는 건 선생님의 처방전이 아니라 곁에 잠시 있어주는 겁니다." 내가 솔직하게 털어놓았다. "그러니 오늘은 두 배로 제게 시간을 내주셔야 합니다. 어제는 온종일 몹시 외롭더군요. 뭐 10분 정도 늦게 봐준다고 선생님 환자들 상태가 특별히 더 나빠지기야 하겠습니까? 우선 상의부터 벗으시고, 시가에 불도 붙이시고 그 안락의자에 좀 앉으세요."

"고맙소." 그가 사과[153]처럼 티 없이 건강해 보이는 작고 불그스레한 얼굴에 환한 미소를 지으며 말했다. "담배는 피우지 않겠소. 하지만 기쁜 마음으로 잠시 머물도록 하지요."

"오늘 아침에는 제가 선생님께 문제를 하나 드리지요." 안락의자에 앉는 그에게 내가 말을 꺼냈다. "온종일 집에만 처박

---

153) 사과는 코난 도일이 작품 속에서 인물을 묘사할 때 즐겨 사용하는 비유다. 셜록 홈스가 나오는 단편 「검은 피터 사건(The Adventure of Black Peter)」(1904)에도 이런 문장이 나온다. "사과처럼 혈색 좋은 뺨에 보송보송한 흰 구레나룻이 있는 남자가 맨 처음 들어왔다."

혀 있으니 밤에도 잠이 깊이 안 들어요. 그래서 밤에는 쓸데없이 이상한 생각만 하게 됩니다. 이건 선생님의 전문 분야인 것 같아서 꼭 물어봐야겠다고 생각했지요."

"말씀해보시죠." 그가 반쯤은 흥미롭다는 듯이, 그리고 꼬치꼬치 캐묻는 환자들을 대할 때 의사들이 흔히 드러내는 약간 잘난 척하는 태도로 재촉했다.

"이 세상 거의 모든 죽음의 원인이 감염에 의한 질병, 극단적인 기후에의 노출, 건강하지 못한 생활 습관, 유전적인 체질, 이 네 가지 중 하나라는 데 동의하시지요?" 내가 물었다.

"뭐, 그중 하나가 아니더라도 폭력에 희생되거나 늙어서 죽는 것 정도를 생각할 수 있겠지요." 그가 대답했다.

"바로 그렇습니다. 그렇다면 사람이 늙어서 죽는다는 사실은 인생의 어느 시점이 되면 모든 걱정과 근심과 의무와 즐거움이 우리 몸에 너무 버거워져서 몸이 더는 지탱하지 못하게 된다는 것을 의미하겠지요."

"말씀하신 대로입니다."

"그럼, 이제 유전적으로 아무 결함이 없는 완벽한 체질을 물려받은 사람이 있다고 가정해봅시다. 만일 그 사람이 세균에 감염되거나 어떤 식으로든 병에 걸릴 가능성이 전혀 없는 환경에 놓인다면 어떻게 될까요?"

"글쎄요…." 줄렙 박사가 골똘히 생각에 잠겨 턱을 어루만지며 대답했다. "그처럼 완벽한 면역이 가능하고, 모든 유해 환경을 사전에 차단할 수만 있다면 그 사람은 아마 늙어서 자연사하겠지요."

"그렇지만 그의 삶에서 모든 골칫거리를 전부 제거할 수 있다면 말이에요…." 내가 집요하게 다시 물었다. "그에게 아무 걱정도 불안도 감정도 없이, 모든 일이 아무 어려움 없이 술술 풀리게 할 수 있다면, 그가 늙어서 자연사하는 데 얼마나 걸릴까요?"

"하지만 그런 일이 가능할 것 같지는 않은데요." 줄렙 박사가 반박했다.

"가능합니다. 제가 아주 세밀한 부분까지 생각해봤습니다. 이 실험의 핵심은 우선 완벽하게 건강한 대상을 고르는 데 있습니다. 친가와 외가의 조부모가 모두 원기 왕성하게 살아 있는 시골 아이를 택해야겠지요. 건강에 더없이 좋은 상소에 집을 한 채 지어서 그 아이가 살기에 가장 적합하게 꾸민 다음, 그 아이를 그 집에 가두는 겁니다. 그 집 안에는 널찍하고 환기가 잘되는 방이 여러 개 있어야 하고, 그 아이가 오락가락하며 운동할 수 있는 긴 복도가 있어야겠지요. 그 집 안으로 들어가는 공기는 멸균 공기 정화기를 통해 걸러야 합니다. 저는 그런 장치가 있는 것으로 알고 있는데요." 이 대목에서 그가 고개를 끄덕였다. "그렇게 되면 공기를 오염시키는 해로운 세균이 절대로 집 안으로 들어올 수 없겠지요. 그런 식으로 그 아이를 모든 감염으로부터 완벽하게 차단하는 겁니다. 물과 음식 역시 비슷한 방식으로 정화해야지요. 식사량도 아주 세심하게 조절하고, 식사에 걸리는 시간에도 주의를 기울이고, 음식도 충분히 잘 씹어 먹도록 철저히 감독합니다. 일, 운동, 오락, 수면에 소비되는 시간도 일정하게 정해주고, 일과가 견디지 못할 정도로 단조롭지 않게 이따금 적절한 변화를 주지요. 온수 파이프를 사용하여 실내 온도를 일정하게 유지하고, 배수에도 아무 문제 없게 신경을 써야겠지요. 자, 이제 제가 알고 싶은 건 이 아이가 얼마나 오래 살 수 있는지, 그리고 이 아이가 자라서 죽을 때 사망 원인은 무엇이 되느냐는 겁니다."

"이런, 그 모든 것이 가능하다면 70년 정도는 족히 살 수 있을 것 같군요." 그가 말했다. "그러다가 몸의 어느 기관이 기능을 멈추게 되어 사망하겠지요."

"과연 그럴까요?" 내가 항의했다. "그 아이에게는 감정이나 골칫거리도 없고, 생계를 유지하거나 즐거움을 누리기 위해 애쓸 필요도 없단 말예요. 정작 그런 것들이 일보다도 더 기운을 빠지게 하는 법이잖아요. 제 생각엔 숨이 넘어가는 순간까지 노익장을 과시하면서 두 배는 더 오래 살 것 같은데요."

"나는 그보다 우울증에 걸릴 확률이 더 높다고 봅니다. 아니면 어느 멋진 날 아침, 그 집 현관문이 열려 있고 죄수가 달아나 버렸다는 걸 알게 될지도 모르지요. 비록 해롭더라도 자유로운 공기를 마시고 싶어 할 테니까요."

"그건 뭐, 아무래도 좋은, 사소한 문제지요." 내가 단호하게 말했다. "일전에 선생님은 언젠가 백신을 접종해서 모든 질병을 예방하는 때가 올 거라고 하셨죠?"

"그건 내 확고한 믿음이오." 그가 말했다. "만일 유행하는 질병의 종류가 변하지 않는다면 말이오. 하지만 아시다시피 질병의 종류는 끊임없이 변하고 있습니다. 몇 세기 전에 흔했던 질병이 지금은 자취도 없이 사라졌고, 지금 흔한 질병이 머지않아 자연스럽게 사라질 수도 있지요. 과학의 여신이 그놈에게 딱히 결정적인 한 방을 날리지 않더라도 말입니다. 세계는 끊임없이 발전하고 있어서 중세의 인간이 아구창, 볼거리, 백일해에 걸리지 않았던 것처럼 지금 우리는 흑사병이나 발한증에 걸리지 않지요. 인류는 그런 질병들을 정복하고 이차 공격에도 절대 흔들리지 않게 방어를 해뒀습니다. 그렇다면, 새로운 질병들은 어떻게 생기느냐. 아, 그 질문에는 답을 못 하겠군요. 그것들은 잔혹할 정도로 넓은 가능성의 바다에서 나오니까."

"선생님은 인간의 체형이 미묘하게 변함에 따라 유행하는 질병의 종류도 변한다고 생각하시는 것 같군요."

"그럴 가능성이 크지요." 그가 수긍했다. "분명히 인류는 아직 발전의 정점에 도달하지 않았습니다. 엄청나게 긴 세월이 흐른 뒤에는 인류가 너무 변해서 그때의 인간과 지금의 인간을 비교하는 것은 교육받은 영국인과 침팬지를 비교하는 것과 마찬가지가 될 거요. 지난 수천 년 동안만 해도 인간의 외모가 많이 변했잖소. 물론 내면의 변화는 그보다 훨씬 더 크지만. 고대의 인간은 지금보다 두개골이 더 크고 뇌는 더 작았지요. 눈썹 위가 불룩 솟았고, 머리숱도 더 많았고, 얼굴은 더 검었고, 송곳니가 돌출되어 있었지요."

"그럼, 앞으로는 어떻게 변할까요?" 내가 또 물었다.

"글쎄요, 다윈은 ―그분에게 평화가 깃들기를!― 우리 후손에게는 두발도 치아도 없을 거라고 말하고 있소. 꽤 장사가 될 만한 도로마다 치과 간판 수가 얼마나 많은지 세어보거나, 극장 2층의 원형 관람석에서 1층 무대 앞 일등석에 앉은 청년들의 머리를 내려다본다면 인간의 두발과 치아가 정말 심각한 상태임을 알게 될 거요. 나는 때로 인간의 체형 변화는 둘 중 하나로 이루어지리라 생각해요. 뇌가 커지면서 근육이 없어지거나, 근육이 발달하고 뇌가 없어지는 거지요. 앞으로 이런 변화가 진행될 기간 전체와 비교하면 우리 수명이 너무 짧아서 미래의 변화를 예측할 수 없다는 건 엄연한 사실이지요. 이 세상이 존재해왔다고 알고 있는 전체 기간에서 80년이 차지하는 비율보다 하루 24시간 중 몇 초가 차지하는 비율이 더 높지요. 그런데 한 인간이 낮에 불과 몇 초 동안 살고, 그의 자식도 마찬가지고, 그의 몇 대 후손도 마찬가지라면, 그들의 경험을 모두 합쳐봐야 밤에 일어날 현상을 어떻게 예측할 수 있겠소? 인간의 모든 역사와 지식을 총동원해도 앞으로 우리 세계에 어떤 운명이 기다리고 있을지는 알 수 없지요. 그런 문제에 대해 독단적인 견해를 가진다는 것은 위험한 일이지요. 만일 인간이 성게의 직계 후손이라면 인류 발전의 사슬 반대쪽 끝에는 무엇이 있을지를 누가 장담할 수 있겠소."

"한쪽 끝에 성게가 있다면 반대쪽 끝에는 반신반인이 있지 않겠어요?" 내가 답을 제시했다. "그 거대한 사슬은 순수한 물질에서 시작해 한 단계 올라갈 때마다 투박함을 조금씩 벗어버리면서 점점 상승하여 결국 진정한 영성에 이르게 되겠죠. 우리가 어떤 영광스러운 목적지를 향해 올라가는 건 알 만하지만, 각각의 영혼에 어떤 기능이 주어지는지, 그리고 영혼이 육체를 떠난 후에는 어떻게 되는지 궁금합니다. 영혼이 정말 육체를 떠나서 존재할 수 있다면 말입니다."

"영혼은 목적을 달성하기 위한 수단이오." 그가 설명했다.

"잿빛 씨앗에서 줄기가 싹트고 꽃이 피고 나면 그 씨앗은 어떻게 되지요?"

"그러니까 우리가 '영혼'이라고 부르는 것은 그 자체로는 아무 가치가 없고, 영적 발전을 얼마나 이루었는지를 보여주는 지표일 뿐이란 거군요."

"말씀하신 대롭니다." 박사가 흐뭇한 표정으로 말했다. "세계 역사상 어느 시기에든 그때까지의 영성, 교양, 미덕 면에서 인류가 달성한 수준의 평균치를 보여주는 인간의 영혼이 있을 거요. 이 평균 영혼은 잠깐 하락할 때도 있지만, 전체적으로는 대대로 꾸준히 상승하지요. 그리고 완전무결한 상태에 도달할 때까지 계속 상승하리라고 나는 믿소. 유리병에 기름과 물을 넣으면 물과 기름이 두 층으로 깨끗히 분리되잖소. 그와 마찬가지로 선과 악이 뒤섞이면 선은 올라가고 악은 가라앉지요. 인류가 지고선에 도달한 다음에는 어떻게 될 것인가, 바로 그것이 우리가 당면한 문제가 될 거요. 다시 말해 열심히 노력한 도제가 장인의 반열에 오르는 경우가 간혹 있듯이 창조주가 인류를 동반자로 받아들일 것인지, 선과 신이 같은 의미가 될 것인지, 뭐 그런 문제 말이오. '선인과 신의 차이는 수명뿐이다.'라는 세네카의 명언은 알고 있겠지요?"

"제가 지금 발만 괜찮다면 벌떡 일어나서 악수를 청했을 겁니다, 선생님." 내가 말했다. "조금 표현이 다르지만, 제 생각을 저보다 훨씬 더 명확하게 말씀하셨어요. 저는 우리 인류가 창조와 창조주에 대해 좀 더 넓고 희망적인 견해를 가져야 한다고 생각하거든요. 악으로 기울기 쉬운 성향이나 그런 성향에 맞서지 못하는 연약한 마음은 머리카락 색처럼 유전적이고 본성의 한 부분인데, 개인적인 장단점을 토대로 그를 판단하는 것은 말도 안 되죠. 우리는 모두 공통의 목표를 향해 나아가고, 때가 되면 한 사람도 빠짐없이 그 목표에 도달하리라고, 저는 확신합니다. 품성이 고귀한 사람은 더 빨리 도달하겠지만 단 한 사람도 실패하지 않고 이르든 늦든 누구나 그곳에 도달할 겁니다."

"아마 곧 그렇게 되겠지만 아직은 아닙니다." 눈을 빛내며 말을 끝낸 줄렙 박사는 벌떡 일어나 모자를 썼다. "모든 일은 서두르지도 않고 쉬지도 않으며[154] 정해진 대로 흘러가죠. 하지만 이 세상이 성숙하려면 아직도 엄청나게 긴 시간이 필요할 거요. 죽음조차 우리에게 아무것도 가르쳐주지 않아서 우리는 그저 위대한 완성의 순간이 올 때까지 새로운 겉모습과 새로운 물질의 결합체로 묵묵히 앞으로 나아갈 뿐이지요. 그리고 어떤 일을 하든, 어떤 형태로 이 지극히 중요한 목표에 기여하든, 우리

---

154) ohne hast und ohne rast: 존 바우링 경(Sir John Bowring)이 쓴 같은 제목의 종교 시에서 인용한 것으로 추정할 수도 있지만 그보다는 괴테의 명언을 인용한 것 같다. 셜록 홈스는 "괴테는 늘 간결하고 함축적인 글을 쓴다."고 말한 적이 있다.

는 똑같이 고귀한 임무를 수행하는 거지요. 시간이 흐름에 따라 물질이 끊임없이 변하는 과정에서 우리 몸을 이루는 분자나 그중 일부가 문고리나 항아리를 만드는 데 쓰인다면, 우리는 지금처럼 위대한 목표에 당당히 기여하고 있는 거요. 자연의 여신 앞에서는 하찮은 것도 없고 위대한 것도 없소. 이 원대한 문제를 풀어나가는 과정에서는 창유리 한 장 깨지는 것도 인간의 죽음만큼이나 중대한 사건이오. 그건 그렇고, 스미스 씨의 이 대단히 흥미로운 문제를 이쯤 해두고 나는 인제 그만 가봐야겠소. 무리하게 움직이면 안 된다는 걸 명심해요. 식사는 담백하게 하고 되도록 술은 마시지 마시오. 충분히 휴식을 취하고 약도 잘 챙겨 드셔야 합니다. 아직은 다 나았다고 생각하면 안 됩니다. 자, 그럼 잘 게시오!"

안녕히 가시오, 명랑한 의사 선생, 잘 가요! 신을 몰록[155]이나 악마처럼 두려운 존재로 보지 않는 사람을 볼 때면 내 영혼은 기쁨으로 가득 찬다. 그가 내 방에 상쾌한 공기를 몰고 온 것처럼 느껴진다. 지고선의 근원을 두려워해야 하고, 우리가 이해하지도 못하는 것을 사랑해야 한다는 어리석은 교리는 지나칠 정도로 오랫동안 우리 모두를 짓눌러 온 숨 막히는 악몽이

---

155) 성경에도 자주 언급되는 이교의 신으로 아이를 제물로 바치며 섬겼다 한다. 비유적으로 큰 희생을 요구하는 존재를 뜻하기도 한다. 옮긴이.

다. 이 세계를 구성하는 모든 것은 하나의 아름답고 조화로운 무늬를 이루면서 정교하게 서로 엮여 있으며, 비록 지금은 우리가 너무 작은 일부밖에 보지 못해서 이 어마어마하게 큰 무늬가 전체적으로 얼마나 균형 잡힌 모습인지를 파악할 수 없지만, 언젠가는 이것이 완성되어 우리도 그 진가를 알아보고 각자가 어떻게 기여했는지를 깨닫는 날이 올 것이다. 그때가 되면 악덕과 죄와 고통은 그 빛나는 무늬를 더 또렷이 부각하는 어두운 배경에 불과하리라.

'죽음'이란 불쾌한 단어이지만, 내 경험—실제로 나는 수많은 죽음을 보아왔다—에 따르면 죽음은 대체로 그다지 고통스러운 과정이 아니었다. 인간이 치명적인 병에 걸려 죽음에 이를 때까지 느끼는 고통을 다 합쳐도 생인손[156]이나 턱에 난 종기로 생기는 고통보다 더 적은 경우가 흔하다. 목격하는 사람에게는 엄청난 공포감을 불러일으키는 죽음이 사실 당사자에게는 그다지 큰 공포감을 주지 못한다. 어떤 사람이 급행열차에 치여 산산조각이 나거나 4층 창문에서 떨어져 바닥에 널브러져 있을 때, 불운하게도 하필 그 자리에 있던 사람들은 엄청난 공포에 휩싸인다. 하지만 고인이 혹시 되살아난다면 죽음의 순간을 기

---

156) whitlow: 손가락 끝에 종기가 나서 곪는 병으로, 골수를 침범하는 통증이 심한 화농성 감염이나 고름집을 말한다. 옮긴이.

억할 수 있을 것 같지 않다. 물론 암이나 몇몇 복부 질환처럼 사망에 이르기까지 상당히 고통스러운 병이 더러 있지만, 여러 종류의 열병, 중풍, 다양한 원인에 의한 패혈증, 폐질환을 비롯하여 사실상 대다수 심각한 질환은 그다지 심한 고통을 수반하지 않는다.

30년 전쯤, 나는 왕립 에든버러 병원[157] 어느 병동에서 척수 질환 환자가 지짐술[158] 시술을 받는 모습을 본 적이 있다. 고통을 덜어주는 마취 과정도 없이 뜨겁게 달궈진 인두가 환자의 등을 파고들었는데, 그 끔찍한 장면과 살이 타면서 내는 역겨운 냄새 때문에 나는 속이 메스꺼워 곧 쓰러질 것만 같았다. 하지만 놀랍게도 환자는 몸을 움찔거리지도 않았고, 표정 하나 달라지지 않았다. 나중에 물어보니 그는 그 시술이 하나도 아프지 않았다고 했다. 집도의의 설명도 환자의 답변과 일치했다. '환자의 신경은 순간적으로 완벽하게 파괴되므로 고통이 뇌에 전달될 시간이 없다.'고 했다.

그런 일이 있고 나서 나는 지나치게 혹독하고 고통스러워 보이는 자연의 다른 현상들도 그것을 직접 겪은 당사자의 증언

---

157) Royal Edinburgh Hospital: 코난 도일이 의학도로서 조셉 벨 박사의 조수로 일했던 병원이다.

158) 뜨거운 물건, 전류 등이나 그 밖의 물질을 써서 조직을 파괴하는 시술법. 옮긴이.

을 들어보면 상당히 다르게 여겨지리라는 생각을 자주 했다. 데이비드 리빙스턴이 사자 발톱에 갈기갈기 찢긴 채 누워 있는 모습은 틀림없이 엄청난 공포감을 불러일으키지만, 그는 당시 다른 감정이 아니라 '깊은 감동'을 느꼈다고 기록했다. 갓 태어난 아기와 막 숨이 넘어간 사람이 각자의 경험을 비교할 수 있다면 아기가 더 커다란 고통을 느꼈으리라고, 나는 확신한다. 이 세상에 첫발을 들여놓는 아기가 그저 자신의 숙명에 세차게 항의하려고 이도 나지 않은 입을 벌리고 첫울음을 터트리지는 않았을 성싶다.

"자연의 여신 앞에서는 하찮은 것도 없고 위대한 것도 없다."고 줄렙 박사는 말한다. 다소 역설적으로 들리지만, 그의 말을 자세히 분석해보면, 그렇게 말한 의도를 알 수 있다. 내 생각에 그는 크든 작든 이 세상 모든 존재가 어떤 목표를 향해 나아가고 있으며, 그 목표가 엄청나게 존엄하고 중요해서 다른 모든 것은 부차적이고 대수롭지 않다고 말하고 싶은 것이다. 우리가 어리석고 하찮게 여기기 쉬운 사소한 존재에도 위대해 보이는 존재 못지않게 본질적인 중요성이 있다. 창조주의 원대한 계획에서 보자면 달팽이가 자갈길에 남기는 점액에도 은하수만큼이나 분명한 역할이 있으며, 인간의 손톱이나 발톱도 자연의 여신이 소유한 창고에 재고로 기록되어 있는 품목이어서 그것을 깎는 작업도 목성과 그 위성들의 운동만큼이나 정확하게 여신의 계산에 따라 이루어져야 한다. 피스톤 옆에 있는 작은 나사들은 하찮게 보이지만 그것들을 모두 없애버리면 엔진이 어떻게 되겠는가?

이 문제를 조금 더 파고든다면 자연의 여신은 아무리 큰 물체도 작은 물체와 정확하게 똑같은 방침과 규칙에 따라 처리한다는 걸 알 수 있다. 예를 들어 밤하늘에 떠 있는 수백만 개의 별은 중력이 작용하지 않는 진공상태에서 같은 수의 모래알이 뿌려졌을 때 놓여 있을 상태와 똑같은 위치에 정확하게 자리 잡고 있다. 나는 눈의 결정체를 현미경으로 관찰하고 곧이어 —몇몇 천문학자가 미래 세계를 이루는 소재가 되리라고 주장하는— 성운을 망원경으로 관찰한 적이 있다. 극히 미세한 바늘 모양의 얼음과 형언할 수 없을 정도로 큰 수증기 덩어리는 놀랄 만큼 모양이 일치했다. 자연의 여신은 이 두 가지를 크기만 달리하여 똑같은 모양으로 만든 것이다. 기회가 있다면 우선 아령형 성운을 보고, 솜털 같은 눈 결정체를 본 다음 우리 몸의 근육을 형성하는 근원섬유를 관찰해보라. 그러면 자연의 여신이 얼마나 똑같은 모양을 반복하여 만들기를 좋아하는지, 그리고 모든 창조에는 얼마나 놀라운 통일성이 있는지를 알게 될 것이다.

점심을 차려주러 올라온 런들 부인은 많이 회복된 내 모습을 보고 반색하며 기뻐한다. 그녀가 부양할 아이가 셋이나 딸렸다는 불리한 조건을 안고 인생을 경주하는 과부[159]라는 사실은 이미 언급했다. 이 가엾은 여자의 얼굴은 조금 험하고 주름이 매우 많아서 마치 원래 더 넓었던 피부에 고의로 잔주름을 조록조록 잡아놓은 것처럼 보이지만, 이것이 놀랄 일은 아니다. 그 잔주름 하나하나는 그녀가 겪은 생생한 고난의 기록이다. 마치 로빈슨 크루소가 기둥에 날짜와 요일을 새겨놓듯이 사악한 운명이 그녀의 얼굴 전체를 손톱으로 할퀴어 이런저런 기록을 남겨놓았다. 그 암울한 기록을 낱낱이 읽어낼 수 있는 이가 있다면, 그는 이런 사소한 일로도 얼굴에 주름이 생기나 하고 실소할지도 모른다. 물론 정말 슬픈 일도 틀림없이 있었을 것이다. 지하층에 걸려 있는 10년 전 사진 속 그녀의 얼굴은 어린아이 얼굴처럼 매끄럽지만 평생의 반려자가 갑자기 세상을 떠났을 때 첫 주름이 생겼다. 운명의 여신이 주름살을 늘리는 데 한번 재미를 붙이면 놀랄 만큼 빠른 속도로 많이 만들어서 사소한 걱정거리도 주름살이 된다. 그녀 눈 밑의 잔주름 하나는 그럴듯해 보이던 한 젊은 하숙인이 한 달을 묵고 나서 하수구 쇠창살 한

---

159) 저자는 앞부분에서 런들 부인에게 남편이 있다고 했으나, 여기서부터는 과부로 설정하는 모순을 보인다. 옮긴이.

개, 벽돌 여섯 장이 들어 있는 25킬로그램 무게의 낡은 상자 하나만 달랑 남기고 사라진 날 생겼다. 그 옆에 있는 잔주름은 어린 메리[160]가 성홍열에 걸리자 1층 앞쪽 방에 붙박이로 살던 하숙인이 감염을 겁내 다른 집으로 이사했을 때 생겼다. 석탄값이 올랐을 때에도 잔주름이 하나 생겼고, 소령이 뒤쪽 계단에서 굴러 떨어졌을 때에도 하나, 그리고 내가 이 집으로 이사하기 전, 요한 레흐만의 제자라는 남자가 바이올린 연습하는 소리가 비명 같기도 하고 통곡 같기도 하여 온 동네 사람들이 신경을 곤두세웠을 때에도, 2층에 살던 사람이 이 소음을 근절하지 않으면 당장 나가겠다고 선언했을 때에도 하나씩 생겼다.

얼마나 기막힌 고통의 기록인가! 당시에는 그녀에게 몹시 생생하고 심각했을 고통 하나하나가 그물 세공 같은 주름에 연대순으로 기록되어 있다. 일상생활의 이 끔찍한 압쇄형[161]은 그녀를 찍어 눌러서 그녀의 혼을 빼놓았다. 기쁨이라고는 찾아볼 수 없이 불안해 보이는 두 눈에서부터 하도 써서 닳고 구부러진 손가락 끝에 이르기까지, 불평도 제대로 할 줄 모르는 이 가엾고 어리석은 여자의 육체는 이승이 더 높은 어딘가를 향해 올라

---

160) 1장에서는 런들 부인의 어린 딸 이름을 '모드'라고 했지만 여기서부터는 '메리'로 바뀐다. 옮긴이.

161) peine forte et dure: 무거운 것으로 죄인의 몸을 눌러 죽이거나 고문을 하는 형벌로 영국에서는 1772년에 폐지되었다.

가는 과정에 잠시 머무르는 단계에 지나지 않는다는 이론에 항의하는 살아 있는 표본이다. 만일 그녀를 도구로 써서 이승이 모든 것이자 궁극적인 것임을 증명하려고 든다면, 창조란 창조주의 형편없는 장난에 불과할 것이다.

여자들이 자기 인생에서 가장 슬펐던 일을 이야기하기 좋아하는 것을 보면 참으로 신기하다. 신분이 얼마나 비천하든 남자는 과거의 슬픔을 남에게 숨기는데, 여자는 자기 말을 들어주는 사람이면 누구에게나 그것을 털어놓는다. 일단 아문 상처는 건드려도 아프지 않기에 여자들은 불행했던 과거의 기억을 곱씹으면서 어느 정도 정신적인 만족을 느끼는 모양이다. 남편의 갑작스러운 죽음이 런들 부인의 삶에 얼마나 큰 충격이었던지, 그녀는 지금도 내 점심을 차리느라 식탁보를 깔 때면 그때 일을 상세하게 늘어놓곤 한다.

"그날 아침, 남편하고 싸웠죠." 오늘도 그녀는 그 이야기를 꺼낸다. "그이가 문을 하도 세게 닫아서 바로 전 주에 이탈리아 장사꾼에게 2, 3펜스 주고 사서 모자걸이 옆에 세워 뒀던 테라코타 조각상이 넘어졌지 뭐예요. 정말 예쁜 조각상이었죠. 나중에 남편 장례식이 끝나고 나서 저 길모퉁이에 가게가 있는 실내장식업자 메이슨 씨가 부서진 조각들을 모두 모아 붙여서 새것처럼 만들어줬는데, 그만 왼팔을 잘

못 붙여서 조금 부자연스럽고 뒤틀린 모습이 되어버렸죠. 어쨌든 그날 내가 막 저녁상을 차렸을 때 남편과 같은 회사에 다니는 브라우닝 씨가 사륜마차를 타고 우리 집 현관문 앞에 나타났어요. '남편이 몹시 아파요, 런들 부인.' 그분이 말했죠. '어서 저와 함께 가보셔야 할 것 같은데요.' 하느님 맙소사! 그다음에 벌어진 일은 모두 꿈이거나 무슨 책에 나오는 이야기 같아요. 수심이 가득했던 그 친절한 신사분 얼굴도 그렇고, 덜거덕거리던 바퀴 소리도 그렇고, 차창이 쿵쿵대며 흔들리는 소리를 들으면서 한동안 마차를 타고 가던 일도 그렇고! 그러고는 좁은 문으로 들어가서 돌계단을 올라가니 작은 사무실이 있었어요. 누군가가 '부인은 보지 않는 게 좋겠어요!'라고 말하더군요. 여러 사람이 말렸지만, 나는 밀치고 안쪽으로 들어갔죠. 아, 거기 그이가 있었어요. 온몸이 차갑게 식어 뻣뻣해진 그이가 나란히 붙여놓은 의자 세 개 위에 누워 있는데, 얼굴은 손수건으로 덮어놓고, 조끼는 단추를 전부 풀어 헤쳐놓았더군요. 그이가 깨끗한 셔츠를 입지 않은 게 정말 창피하더군요. 그 많은 신사 양반이 보고 있는데 말이죠. 우리는 함께 돌아왔어요. 어떻게 돌아왔는지 기억조차 나지 않지만, 어쨌든 사람들이 그이를 뒷방에 눕혀줬어요. 그런데 그이를 방문과 창문 사이 찬바람이 들어오는 곳에 눕혀놓아서 사람들이 모두 돌아가고 나서 내가 혼자 그이를 한쪽

구석으로 옮겼죠. 거실로 들어와서 난로 옆 식탁 위에 놓아둔 그이의 접시, 나이프, 포크, 맥주잔, 목이 긴 체리나무 파이프[162] 같은 것들을 보고 나서야 그 불쌍한 사람이 정말 가버려서 다시는 목소리조차 들을 수 없다는 사실이 뼈저리게 가슴에 와 닿더 군요. 아! 선생님, 그이는 정말 좋은 남편이었답니다. 그래서 그이가 테라코타 조각상을 깨뜨렸을 때에도 난 불평 한 마디 하지 않았어요."

이 가엾은 여자의 마음속에는 남편과 조각상에 일어난 두 가지 재앙이 너무도 밀접하게 연결되어 있어서 한 가지를 말할 때면 반드시 다른 한 가지도 떠오르는 모양이다. 게다가 남편의 시신을 보았을 때 가장 먼저 떠오른 감정이 더러운 셔츠에 대한 수치심이었다는 점도 매우 특이하다. 하지만 그것은 그녀가 인정머리 없는 여자여서가 아니라 상상력이 부족해서다. 그녀의 마음이 '죽음'이라는 개념에 미처 도달하기 전에 더러워진 셔츠가 먼저 이해의 범위로 들어와 즉각적인 반응을 일으킨 것이다.

---

162) long cherry-wood pipe: 1892년 발표한 단편 「너도밤나무 집(The Adventure of the Copper Beeches)」에서 왓슨 박사는 이렇게 말한다. "부젓가락으로 벌겋게 단 재 속에서 불씨를 집어 목이 긴 체리나무 파이프에 불을 붙이며, 홈스가 '아마 그건 자네의 실수일 걸세'라고 말하더군. 깊은 생각에 잠기는 대신 논쟁을 하고 싶은 기분이 들 때면 그는 점토 파이프가 아니라 체리나무 파이프를 무는 버릇이 있거든." 코난 도일이 이 시기에 집필한 작품에는 목이 긴 체리나무 파이프가 자주 등장한다. 예를 들어 1890년 발표한 장편소설 『거들스톤 사(The Firm of Girdlestone)』에도 그 파이프에 대한 언급이 있다.

인간을 망치는 것은 미세한 먼지처럼 일상에서 늘 마주치는 소소한 걱정거리와 골칫거리다. 영혼을 꾸준히 수련하여 저 높은 곳으로 고양할 수는 있을지 모르지만, 자질구레한 일상의 걱정 근심으로 영혼이 조금씩 서서히 소모되는 것을 막기는 어렵다. 잔 다르크나 샤를로트 코르데가 하숙집을 운영해야 하는 처지에 놓인다면 그들의 영웅적인 정신은 이내 사라질 것이다.[163]

지하층에서는 느닷없이 신학 논쟁이 벌어졌다. 결국, 디키와 토미가 어린애다운 의문을 풀어보려고 제 어미에게로 달려갔는데, 그녀는 대답 대신 기독교 모임에서나 볼 수 있을 법한 매우 위엄 있는 태도로 골무 낀 손으로 두 아이의 머리에 꿀밤을 한 방씩 먹이고는 침대로 쫓아 보내겠다고 위협했다. 문제의 발단은 디키가 선물로 받은, 천연색 그림이 실려 있는 자연사 책이었다. 그 책을 보던 디키는 육식동물이 노아의 방주에 갇혀 지내는 동안 무엇을 먹고 살았는지 궁금했다. 어린 여동생 메리는 다져서 양념한 통조림 고기를 먹지 않았겠느냐고 말하여 두 작은 콜렌조[164]의 비웃음을 샀다. 토미는 아담과 이브의 아이들

---

163) 프랑스의 혁명지도자 장 폴 마라를 욕조에서 살해한 샤를로트 코르데(Charlotte Corday, 1768~1793)가 운영하는 하숙집에 묵으려는 사람은 많지 않을 것이다.

164) John William Colenso(1814~1883): 구약 성경의 첫 5권인 「모세 오경(Pentateuch)」을 믿지 않아 동료 성직자들과 평신도들을 경악시키며 많은 논란의 대상이 된 영국성공회 신학자. 젊은 시절의 코난 도일은 그에게 흥미를 느꼈다. 『존 스미스 이야기』를 집필하기 3년 전인 1880년 포경선 호프 호에 승선하여 북극해로 가는 동안

이 누구와 결혼했는지 알고 싶어 한다. 주일학교에 다니는 주방 하녀 수잔은 보디발[165]의 아내가 아니었겠느냐고 말하고 나서, 다시 말을 바꿔 그런 것 같지는 않다고 했고, 요리사는 "수잔은 지금 무슨 이야기를 하고 있는지도 몰라!"라고 툭 한마디 던지고는 입을 다물었다. 마침내 이 문제의 해결은 ―의회에서 사용하는 표현을 빌리자면 상위 기관에 회부되어― 2층 하숙인에게 묻는 쪽으로 가닥이 잡혔지만, 이 교활한 병자는 그런 논쟁에 말려들기를 거부했다. 이 토론의 실질적인 결말은 하숙집 여주인, 하숙인, 요리사, 하녀가 합의한 대로 '아이들을 돌봐주되, 그들의 말은 듣지 마라.'라는 결의안이었고, 부칙은 '아이들은 자신이 이해하지 못하는 사항에 대해 말해서는 안 된다.'였다. 이 부칙이야말로 보편적으로 적용될 때 인간의 대화 영역 자체를 제한할 수도 있는 금지 조항이 아닌가.

가볍게 넘길 수도 있겠지만, 사실 이 문제에는 좀 더 심각한 측면이 있다. 이 일화는 언제 어디서나 볼 수 있는 전형적인 과정을 보여준다. 즉, 인간의 마음에서 자유롭고 건강한 충동을

코난 도일은 어머니에게 보내는 편지에 이렇게 썼다. "어젯밤에는 석탄 창고에서 올라온 기관장과 갑판 위에서 달빛을 받으며 다윈설에 대해 논쟁을 벌였어요. 물론 제가 반박의 여지가 없는 완벽한 논리를 내세워서 그를 눌러줬지요. 그랬더니 「모세 오경」을 비판한 콜렌조 이야기를 꺼내더군요. 그 대목에서는 제가 진 것 같아요."

165) 「창세기」 37~40장에 나오는 이집트의 관리로 그 아내가 노예 신분의 요셉을 유혹하려 했다. 옮긴이.

제거하여 자연 그대로의 인간을 인습적인 인간으로 만드는 과정이 이 일화에서 여실히 드러난다. 어린아이 뇌에서 의문 제기를 담당하는 돌출부[166]를 지속적으로 압박하여 그 부분을 위축시키면 마음도 기형이 되어 그 아이는 평생 의문을 품지 않게된다. 서서히 진행되면서 당사자가 자신에게 '개성'이라는 것이 있음을 미처 깨닫기도 전에 개성을 빼앗는 이 과정에 저항할 수 있는 사람은 극히 드물다. 이 두 아이는 약 20년 후에 지금 자신이 던지는 질문을 다른 누군가가 똑같이 던지는 것을 보고 그야말로 충격을 받겠지만, 그때쯤이면 이들도 답을 찾기에는 너무 멀리 떨어져 있을 것이다. 이처럼, 의문을 품을 줄 아는 지금의 심리 상태가 모르는 채 만족하는 미래의 심리 상태보다 훨씬 더 건강하다.

---

166) bump of enquiry: 의문 제기를 담당하는 돌출부. 이것은 비유적인 표현이 아니라 19세기 상반기에 유행했던 사이비 과학인 골상학(骨相學)에서 사용한 용어다. 이 용어는 예를 들면 1845년 발간된 문예지『벤틀리즈 미셀러니(Bentley's Miscellany)』제18호에 실린 알프레드 크라우퀼(Alfred Crowquill)의 연재물『일별과 미스터리(Glimpses and Mysteries)』(소제목은 '길모퉁이의 노파(The Old Woman at the Corner)')에도 나온다. 이 용어와는 관계없는 일이지만, 당시『벤틀리즈 미셀러니』는 17세기의 악명 높은 여자 살인범 브랭빌리에 후작부인(Marquise de Brinvilliers)에 대한 글도 연재하고 있었는데, 그녀가 저지른 범죄를 소재로 하여 코난 도일은 1903년 단편「가죽 깔때기(The Leather Funnel)」를 썼다. 이 단편은 나중에 그의 단편집『공포와 미스터리 이야기(Tales of Terror and Mystery)』에 포함되었다. 찰스 디킨스가 첫 번째 편집인이었던『벤틀리즈 미셀러니』는 1868년에 잡지『템플 바』에 합병되었다.『벤틀리즈 미셀러니』는 앞장서서 에드가 앨런 포의 단편들을 실어준 영국 잡지의 하나였다. 예를 들어 1840년에는「어셔 가의 몰락(The Fall of the House of Usher)」을 비롯한 포의 단편 네 편이 이 잡지에 실렸다.

어머니의 가르침은 이 세상 모든 보수주의의 근본을 이루는 법이며, 새로 싹트는 모든 지성은 자연스럽게 급진주의나 자유주의를 지향하는 경향이 있다. 여자들의 영향은 인류라는 버스가 진보의 길을 너무 빠르게 질주하지 못하게 끊임없이 제어하는 장치다. 내가 토리당 지도자라면 서둘러 여성에게 참정권을 부여했을 것이다. 그러면 새로 유권자가 되는 100만 명 중 55만 명은 골수 보수주의자가 될 것이기 때문이다.[167] 잘생긴 군주[168]의 목을 친 크롬웰에게 그 나름의 정당한 이유가 있었다고 생각하는 여성을 본 적이 있는가? 여자들은 일반적으로 신이 내린 왕권, 의문을 품지 않는 복종, 맹목적인 신앙, 중세적인 관습을 지지한다. 그리고 자녀 세대에 미치는 그들의 영향은 지구에서 단연 최강이다.

찰스 왕과 그의 몰락에 대해 말하자면, 이상하게도 이 세상에는 아무리 부조리하고 우스꽝스러운 생각이나 학설에도 예

---

167) "하지만 여자에겐 발언권이 없잖아요."라고 코난 도일의 소설 『도시 저편에 (*Beyond the City*)』(1892)에서 웨스트마코트 부인이 말한다. "이 나라의 과반수가 여자라는 걸 생각해보세요. 그런데도 남녀가 서로 상반된 입장에 놓이게 되는 법률안이 상정되는 경우, 과반수가 반대하는 그 법안은 만장일치로 통과되잖아요. 그게 옳은 일인가요?" 하지만 코난 도일은 여성의 참정권을 지지한 적이 없다. 1900년과 1906년에 에든버러와 북부 잉글랜드 선거구에서 하원의원 선거에 출마했다가 고배를 마신 그는 자신을 자유통일당원으로 여겼다.

168) 영국의 청교도혁명 도중인 1649년에 올리버 크롬웰(Oliver Cromwell, 1599~1658)에게 처형당한 찰스 1세(Charles I, 1600~1649)를 말한다. 옮긴이.

외 없이 지지자들이 있게 마련이다. 지금 영국에는 스튜어트 가문[169]이 가장 학대당하고 박해받은 왕가이며 은혜를 모르는 국가가 그들에게 불명예스러운 대우를 했다고 생각하는 사람이 수천 명이나 있다. 금판을 앞세운 조 스미스[170]나 빤한 거짓말을 주워섬기는 실종된 작위 계승자[171]는 추종자들에게서 어렵지 않게 열광적인 반응을 이끌어낸다. 만일 누군가가 전국을 돌아다니며 달이 사실은 —은하수의 점진적인 카세인 변성으로 생긴— 녹색 치즈 덩어리[172]라고 주장한다면, 그는 곧 새로운 학설의 주창자가 될 것이다. 실제로 지구가 평평하다고 주장하고

---

169) 스튜어트 가문(the Stewarts, 보통 Stuarts로 쓰임)은 1371년부터 1714년까지 스코틀랜드를 통치하고 1603년부터 1714년까지 잉글랜드를 통치한 왕가다.

170) Joseph Smith(1805~1844): 미국의 모르몬교 창시자. 코난 도일은 그에게 흥미를 느껴 자신의 첫 소설 『주홍색 연구』의 줄거리를 범인이 오래전에 발생한 연인의 죽음에 책임이 있는 두 모르몬교도에게 복수하는 것으로 설정했다.

171) 여기서 코난 도일은 1860년대와 1870년대에 영국을 떠들썩하게 만들었던 티치분 청구인(Tichbourne Claimant) 사건을 언급한다. 영국 법정사에서 결말까지 가장 오랜 시간이 걸린 이 사건은 코난 도일이 스토니허스트 칼리지 학생이던 1873년에야 종결되었다. 1854년 부유한 티치분 준남작 작위 계승자가 실종되었는데, 1866년 자기가 실종되었던 작위 계승자라고 주장하는 사람이 나타났지만 가족들은 이의를 제기했다. 그 자칭 작위 계승자는 여러 해에 걸친 심리와 재판 끝에 결국 오스트레일리아 와가와가에서 정육점을 운영하던 아서 오튼(Arthur Orton)이라는 이름의 사기꾼으로 밝혀졌다. 이에 다시 그에게 위증죄를 묻기 위해 1872~1873년 열린 재판에서 그는 14년의 징역형을 선고받고 1874년 수감되지만 모범수로 10년 만에 석방되었다. 석방된 후에도 그는 자신이 사기꾼임을 인정하다가 부인하는 행동을 반복했고, 1898년에 빈곤 속에서 사망했다. 실종된 작위 계승자가 스토니허스트 출신이었고 코난 도일이 좋아하는 교수가 위증죄 재판에 증인으로 불려 다녔기에 코난 도일과 그의 학교 친구들은 이 재판을 흥미롭게 지켜보았다.

172) 은하수가 영어로 'Milky Way'라는 점에 착안하여 우유가 응고하는 과정에서 카세인이 변성을 일으켜 치즈가 된다는 사실에 빗대어 사용한 표현이다. 옮긴이.

수많은 사람을 설득하여 자신의 주장을 지지하게 했던 얼간이도 있었다.[173] 둘로 파가 갈리는 문제에 관한 한, 한물갔다거나 인기가 없는 의견을 지지하는 소수파가 늘 있게 마련이다. 아, 카인에게조차 옹호자들이 있지 않은가. 인류 최초의 살인에 대해 강한 편견을 품고, 아벨은 그런 운명을 맞아 마땅한 심술궂고 한심한 인간이라고 주장하는 카인파가 중앙아시아에서는 상당한 영향력을 행사하고 있었으며, 아직도 이슈즈 부족[174]에게서는 그들의 유물이 발견된다고, 슐레겔[175]은 주장한다. 추종자가 하나도 없을 정도로 어리석거나 사악한 사람은 아무도 없다. 그런 사실은 '어떤 바보라도 자신을 추종하는 더 심한 바보를 찾게 마련이다.'[176]라는 프랑스의 경구를 예증한다.

맞은편 창을 통해 보니 올리버 양이 이젤을 햇빛이 잘 드는 곳에 놓고, 등을 거리 쪽으로 향한 채 앉아 있다. 만일 그녀가

173) 사무엘 로보텀(Samuel Rowbotham, 1816~1884)을 가리킨다. 그는 지구가 원판 모양이라고 주장한 영국의 발명가로 평평한 지구 학회(Universal Zetetic Society)를 설립했으며, 지금도 지구가 평평하다고 믿는 사람들의 모임(Flat Earth Society)이 존재한다.

174) 시리아 근처에 살았던 것으로 추정되는 부족. 옮긴이.

175) Karl Wilhelm Friedrich Schlegel(1772~1829): 독일의 시인 겸 비평가이자 학자.

176) Un sot trouve toujours un plus sot qui l'admire: 이 경구는 프랑스의 시인이자 비평가 니콜라 부알로 데프레오(Nicolas Boileau-Despréaux, 1636~1711)가 처음 사용했으며 『주홍색 연구』에서 셜록 홈스가 인용한다.

짙은 색 옷을 입은 자신의 우아한 자태, 그리고 유백색 목과 대조를 이루어 더욱 눈에 띄는 풍성한 적갈색 머리채를 그대로 화폭에 담을 수만 있다면 살롱에 걸릴 만한 그림이 나올 것이다. 부지런히 그림을 그리면서 날렵하게 움직이는 그녀의 손가락을 바라보며 그녀는 모르지만 그런 손놀림을 계속할 수 있게 한 주인공이 바로 나라고 생각하니 마음이 뿌듯하다. 내가 알기로 그녀는 이제 세 번째 그림을 그리고 있으며 저물녘까지는 완성할 듯싶다. 꼬박 이틀을 열심히 일하고 버는 돈으로 1기니는 그리 큰 액수가 아니지만, 이 불쌍한 아가씨가 이 일로 무척 감격하고 있음에는 의심의 여지가 없다. 내가 나다닐 수 있게 되면 친구들을 수소문해서 그녀가 자연에서 느낀 경이감을 화폭에 옮겨달라고 그녀에게 주문하도록 설득해야겠다.

평범한 사람들이 자연을 그처럼 사랑하는 이유는 무엇일까? 그 모든 경탄이 어디서 오는지 나는 도통 모르겠다. 샤모니나 리기 산에서 눈앞에 보이는 거대한 돌덩어리와 얼음이 마음을 고양한다고 말하며 눈이 휘둥그레져서 입을 떡 벌리고 마주보는 관광객들을 보면, 그런 것들이 인간의 마음을 고양할 수 있다는 데 감탄하지 않을 수 없다. 지구 표면의 굴곡, 움푹 꺼진 구덩이에 고여 있는 물이나 절벽에서 떨어지는 물 따위는 도시의 획일적이고 단조로운 거리 풍경에 익숙한 눈에는 보기 좋을지 모르나 못 보던 풍경이라는 장점 외에 도대체 무슨 추천할 만한 점이 있는가? 인간의 마음은 단순한 세속적인 현상보다 엄청나게 우월하며 무한히 원대하다. 그러므로 한낱 물질의 결합에 불과한 광경을 보고 경이로워하거나 압도되었다고 말할 때마다 인간의 마음은 스스로 품위가 떨어지고 진정한 자신의 자리를 잃는다. 창조주의 모습이 희미하게 반영된 존재로서 모든 피조물은 그에 합당한 경외심을 적절히 받아야 마땅하다는 것을, 나는 기꺼이 인정한다. 하지만 창조주의 작품 중에서 단연 최고이며 가장 고귀하다고 할 인간의 마음은 창공 전체보다도 훨씬 위에 있어야 한다. 자연이 경이로운 것은 사실이지만, 우리 인간의 온전한 실체만큼 경이롭지는 않다. 마땅히 주인이어야 할 영혼이 하인이 되지 않도록 조심하라. 우리 안에 살고 있는 천상의 영혼은 얼마나 크고 길며 얼마나 멀리까지 뻗을 수 있는가? 샤토브리앙앤컴퍼니는 나이아가라 폭포—너비 640미터의 강이 45미터가 넘는 높이의 절벽에서 떨어지는—가 영혼을 제압할 만큼 경이롭다고 선전하지만, 자연보다 우월한 영혼을 소유한 나는 이 소파에 누워서도 너비가 이쪽 지평선에서 저쪽 지평선까지며 올려다봐도 끝이 보이지 않는 높이에서 엄청난 물보라를 일으키며 떨어지는 폭포의 모습을 머릿속에서 그릴 수 있다.[177] 나이아가라가 인간의 마음을 위축시키기는커녕 오히려 인간의 마음이 어렵잖게 나이아가라를 위축시킬 수 있다. 에베레스트 산의 높이가 8천 미터가 넘는다지만, 내 마음은 눈 덮인 산마루가 지구의 대기권 끝까지 솟아올라 있는 거대한 산봉우리의 영상을 또렷이 만들어낼 수 있다. 천왕성이 지구에서 28억 9,620만 킬로미터 떨어져 있지만, 내가 공상 속에서 눈 깜박할 사이에 천왕성 너머까지 올라가서 저 높은 미지의 공간을 응시하다가 다시 저 멀리서 희미하게 빛나는 태양까지 갈 수 있다고 한다면 어쩔 텐가?

인간의 지능이 도달하지 못하는 영역은 영원과 무한, 이 두 가지뿐이다.[178] 해조류의 미세한 포자에서부터 별자리에 이르기까지, 그리고 그 밖의 모든 영역에서 인간의 지능은 비록 절대 소유주는 아닐지라도 적어도 세입자로서의 지적 우월성을 갖추고 모든 것을 내려다볼 수 있다. 미래의 인간은 경탄이나 겸손이 담긴 태도가 아니라 고압적으로 통솔하는 태도로 자연환경을 대하게 될 것이다. 우리가 우주에서 얼마나 뛰어난 위치

177) 「최후의 사건(The Final Problem)」에서 셜록 홈스는 모리어티 교수와 격투 끝에 라이헨바흐 폭포에 떨어져 사망한 것으로 알려진다.
178) 이 문구는 예를 들어 이튼 앨런(Ethan Allen)의 『이성: 인간이 받은 유일한 신탁이자 자연 종교의 완결판(Reason: The Only Oracle of Man, A Compendious System of Natural Religion)』(Boston, 1854)을 비롯하여 코난 도일이 읽은 여러 서적이나 프리메이슨 사상에 그 바탕을 두고 있는 듯하다.

에 있는지, 혹은 모든 사물이 얼마나 절대적으로 우리에게 종속되어 있는지, 우리는 아직 깨닫지 못하고 있다. 언젠가는 산을 움직일 수 있다는 신념에 깊은 의미가 있음이 밝혀질 것이다. 우리 영혼은 우리가 살아 있는 동안에도 이 작은 지구에만 묶여 있기를 거부하고 가장 멀리 떨어진 별 너머로 펼쳐진 자신만의 영역으로 유람을 떠날 수 있다. 신통력과 현대 심령학[179] 분야에서 인정하는, 논란의 여지가 없는 현상이라든가 소수 불교 신비주의자들에게서 볼 수 있는 영묘한 능력[180]은 미래의 발전 방향을 보여주는 작은 증거들이다. 현명한 에머슨은 이렇게 말한다.

"영혼이 흘러 들어와 충만하게 되면 사물 속에서 그에 상응하는 혁명이 일어난다. 인간은 점차 시력이 회복되어 마침내 완

---

179) 이 소설을 쓸 무렵, 코난 도일은 초자연적 현상에 지대한 관심을 보였고, 퇴역 소장인 알프레드 드레이슨(Alfred Drayson)의 지도를 받으며 사우스시에서 여러 가지 실험을 하기도 했다. 여기서는 코난 도일이 심령학을 확신하고 있는 듯 보이며 심령학 저널 『라이트(Light)』 1887년 7월 2일 자에 실린 그의 글에서도 그렇게 보이지만(『아서 코난 도일: 편지로 살펴본 그의 일생』 269쪽 참조), 실제로 심령학에 대한 그의 믿음은 여러 해 기복을 보이다가 결국 1916년에야 그는 확실하게 심령학에 심취하게 된다.

180) 신지론자인 알프레드 퍼시 시네트(Alfred Percy Sinnett, 1840~1921)를 염두에 두고 쓴 대목으로 보인다. 코난 도일은 『회고와 모험』에서 이렇게 술회한다. "나는 시네트의 『초자연적 세계(Occult World)』(1881)를 읽었고, 이어서 그의 걸작 『불교 신비주의(Esoteric Buddhism)』(1883)를 읽으면서 그 명쾌한 설명에 훨씬 더 감탄했다. 그가 알프레드 드레이슨 장군의 친구여서 그를 직접 만나보기도 했는데 그의 화술은 정말 인상적이었다." 『초자연적 세계』에 나오는 다음과 같은 시네트의 글은 상당 부분 코난 도일의 사상에 반영되어 있다. "우리가 배우는 것은 자연현상이 아니라 보편적 사고다. 전자를 이해하려면 후자를 먼저 이해해야 한다. 보편적 사고가 우주 속에서 인간이 진정으로 어떤 위치를 차지하는가에 영향을 미친다."

전한 광명을 되찾은 맹인이 느끼는 것에 못지않은 경이감으로 자연 위에 세워진 인간의 왕국에 입성하리라."[181]

점심 후에 위층에 사는 내 이웃사촌이 놀러 왔다. 그가 입은 트위드 정장은 다소 색이 바랬지만, 아무렇게나 걷는 듯 보이는 독특한 걸음걸이에는 그 나름의 품위가 있다.

"어제 들렀어야 하는데 말이오." 그가 진심 어린 어조로 말했다. "비상시에 대비해서 짐을 싸느라고 바빴다오. 이제 좀 한가해졌지." 그는 안도의 한숨을 내쉬며 덧붙였다. "두어 시간 전에만 통보해주면 언제라도 출발할 수 있소."

"출발한다고요!" 내가 외쳤다. "소령님, 설마 전장으로 나오라는 소집 통보를 받게 되리라고 믿으시는 건 아니겠지요?"

"왜 그렇게 믿으면 안 된다는 거요? 왜 그렇게 생각하는 거요?" 그가 맹렬히 다그쳤다. "내가 나이 때문에 전장에 나가지 못할 줄 아시오?"

"소령님 건강을 염려해서지요." 내가 달래듯이 말했다.

---

181) 이 부분은 미국 초월주의 사상의 토대가 된 랠프 월도 에머슨의 수필 「자연(Nature)」(1836)의 결론부에서 인용되었지만, 코난 도일은 원문 전체가 아니라 일부만을 인용했다. 인용문의 첫 문장 뒤에는 여러 문장이 생략되었고, 두 번째 문장에서도 중간 부분이 생략되었다. 두 번째 문장의 원문은 다음과 같다. "자연 위에 세워진 인간의 왕국은 관찰과 더불어 생기는 그런 곳이 아니라 신에 대한 인간의 꿈을 초월한 곳에 있는 영지이며, 인간은 점차 시력이 회복되어 마침내 완전한 광명을 되찾게 된 맹인이 느끼는 것에 못지않은 경이감으로 그 왕국에 입성하리라."

"내 건강은 정상적으로 군 복무 중일 때 가장 좋단 말이오. 군사 작전은 내 몸에 담즙 분비 촉진제 같은 작용을 한다오. 잠자는 내 간을 흔들어 깨우는 거지. 그에 비하면 포도필린은 아무것도 아니오. 소집되어 막달라로 출발했을 때 얼굴은 금화처럼 노랗고 체중은 62킬로그램 정도였는데, 돌아와 보니 초콜릿 칩처럼 갈색이 도는 얼굴에 체중은 70킬로그램 가까이 되었소. 군사 작전은 내 건강에 아주 좋다니까."

"하지만 제가 알기에는…." 고된 일을 이겨낼 체력이 있느냐는 문제에 소령이 무척 민감하게 반응하는 것 같아서 나는 조금 소심하게 말했다. "제가 알기에는 우리 정부와 외국 정부 사이에 아무런 갈등도 없는데요. 우리는 지금 전 세계와 평화로운 관계를 유지하고 있는 것 같습니다."

소령은 여러 번 접은 신문 한 장을 상의 주머니에서 꺼내 잠깐 이리저리 찾아보더니 뒷면 한구석 기상도 아래 숨듯이 실려 있는 아주 작은 기사 하나를 가리켰다. 그 부분이 앞쪽으로 나오도록 신문을 접은 그는 가슴을 쫙 펴더니 나보다 더 많이 알고 있다는 사실에 흐뭇해하며 내게 미소 지었다.

"우리가 전 세계와 평화로운 관계를 유지하고 있다니요!" 그가 의기양양하게 말했다. "이걸 좀 보시오. '카슈가르의 러시아 총독은 타타르인들의 약탈을 저지하기 위해 코사크 여단을 쿨자 국경 지역에 파견하기로 결정했다.' 이 점에 대해선 어떻게 생각하시오?"

소령이 신문을 탁 소리가 나게 테이블 위에 올려놓으며 고함치듯 말했다. "이런 기사가 신문에 실릴 때에는 바로 예비군 장교들이 짐을 꾸려야 합니다."

"아, 이런!" 내가 말했다. "지리에 대해서는 제가 문외한이라서요. 한 번 가본 적이 있는 곳조차 헷갈릴 때가 있어요. 그런데 쿨자는 인도 국경에 있나요?"

"아니, 아니오." 소령이 준엄하게 대답했다. "쿨자는 우리 인도에서 1,600킬로미터 이상 떨어져 있다오. 중국 북쪽 변방에 있소. 하지만 우리는 타타르 약탈자들의 용납할 수 없는 행동을 절대 눈감아줘선 안 되오. 아무렴, 절대 안 되지! 게다가 러시아 곰이 탐욕스러운 발톱으로 쿨자를 움켜쥐려 하잖소. 지금이 바로 대영제국이 단호한 태도로 절대 좌시하지 않겠다고 최종적으로 선언해야 할 때요."

"하지만 쿨자는 영국 영토가 아니라 중국 영토라고 말씀하셨잖습니까? 이 신문에 보니 러시아군이 진출하는 것에 중국은 아무런 조처도 하지 않은 것 같은데요."

"그러니까, 영국인이 중국인에게서 주도권을 빼앗고 있다는 거요?" 소령이 상대의 기를 죽이는 핀잔을 섞어 물었다. "세

상에! 우리 영국인이 얼마나 타락했는지는 몰라도 아직 그 정
도는 아니겠지. 중국을 상대로 국경을 방어할 만한 기백이 모자
란다고 해서 우리가 러시아 놈들이 중앙아시아에서 세력을 강
화하도록 내버려 둬야 한단 말이오?"

"그러면 우리가 어떻게 해야 하는 겁니까, 소령님?" 내가 물
었다.

"어떻게 하다니!" 화가 나서 희끗희끗한 수염을 곤두세우며
그가 소리쳤다. "이 파렴치한 영토 확장 행위를 진압해야지. 필
요하다면 우리가 쿨자를 점령해서라도 약탈자들로부터 방어해
야 합니다. 흑해를 봉쇄하고, 발트 해에도 장갑 함대를 투입하
고, 크론시타트의 요새들을 때려 부수고, 상트페테르부르크에
도 불을 질러야 하오. 백해에도 순양함을 배치해서 아르항겔리
스키 사원을 잿더미로 만들고, 우리 태평양 함대가 그쪽의 러시
아 군함들을 모조리 침몰시키거나 나포하고, 동시에 아프가니
스탄 왕을 매수해서 힌두쿠시 산계에 영국과 인도 연합군 수십
만 명을 배치해야 하오. 필요하다면 내가 나서서라도 우리나라
20세에서 50세 사이 모든 남성을 무장시켜 아시아로 파견할 거
요. 그게 바로 침략 행위를 저지하는 기백 있는 정책을 추진하
려는 내 생각이오. 신께 맹세코 나는 그들이 쿨자를 덮쳤던 걸
뉘우치게 할 거요!"

어느 나라나 이렇게 격렬하고 극단적인 애국자들 때문에 골치를 앓을 것이다. 맹목적 애국주의, 국수주의, 슬라브민족통일주의, 미국인의 과장된 애국주의 따위가 전 세계에서 반점처럼 여기저기 돋아나고 있는데, 무척 짜증스럽고 불건전한 징후다. 이것은 다른 지역에 만연하는 졸렬한 행태, 즉 공익보다 사익을 우선시하는 행태보다는 낫다고 할 수 있지만, 그래 봐야 아주 조금 더 나을 뿐이다. 여기 이 마음씨 고운 노신사—나는 그가 딱정벌레를 눌러 죽이지 않고 창문 밖으로 던지는 모습을 본 적이 있다—는 지금 전 세계의 3분의 1을 슬픔 속으로 몰아넣을 전쟁을 해야 한다고 열변을 토하며, 그것도 상황이 확실치 않아서 그저 추정할 뿐인 고충을 해결하기 위해 전쟁을 벌여야 한다고 주장하는 것이다. 더욱 위험한 것은 그가 더없이 진지하다는 사실이다. 너무 진지해서 그 전투에 자신의 목숨을 걸 각오가 되어 있으며 심지어 간절히 그것을 원하기까지 하고 있다. 이런 사람이 한 독재국가의 원수가 되어 이웃 나라와의 관계에서 스스로 기백 있다고 자부하는 정책을 거리낌 없이 추진한다고 상상해보라.

이런 생각이 내 머릿속을 스치는 동안 소령은 부글부글 끓는 화산처럼 분노로 새빨개진 얼굴로 벽난로를 등지고 내 호랑이 가죽 위에 서 있었고, 그의 분화구에서는 고리 모양의 시가 연기가 자욱하게 피어올랐다. 그 시가의 마약 성분 덕분인지, 아니면 내 미소와 평화로운 얼굴의 영향인지는 모르겠지만, 불 그레하던 그의 얼굴에서 서서히 전운이 걷히더니 그는 다시 유순하고 쾌활한 인물로 돌아왔다.

"오늘 오후에는 내 발명품을 가지고 육군 총사령부에 가보려 한다오." 불쑥 그가 말했다. "개머리판을 금속으로 만들려는 내 아이디어를 그 사람들이 채택해줬으면 좋겠소만."

"소령님이 발명가이신 줄은 몰랐군요." 내가 놀라서 말했다.

"재수 없게도 발명가 맞소. 발명에 빠지지만 않았어도 계단을 두 개나 올라가야 하는 집에서 살고 있지는 않을 거요. 발명이 나를 높은 곳에 올려놓아 준 건 틀림없소. 장담하지만, 특허를 따는 데 쓴 돈을 다 모아뒀다면 내가 노후에 호화롭게 살기에 넉넉했을 거요. 짜증 나는 건 내 형편에 벅찰 정도로 돈을 들이고 평생의 경험을 쏟아부어 얻은 열매가 육군성의 하찮은 관리 나부랭이의 서랍 속이나 칸막이 서류함 속에서 썩는다는 거요. 그놈들에겐 하는 일 없이 봉급으로 받는 과다한 금액의 분기별 수표 뒷면에 서명할 정도의 머리밖에 없는 탓이라오. 그래, 이건 정말 수치스러운 일 아니오?"

소령이 또다시 노기를 띠기 시작하면서 소리쳤다. "이건 참을 수 없는 수치요. 여기 세계에서 가장 부유한 국가라는 영국이 있고, 영국 국민인 기계공학과 발명의 천재가 최고의 발명품을 내놓고자 하는데 무기력한 행정 탓에 우리가 그 발명의 덕을 영원히 보지 못하다니. 육군뿐만 아니라 ─창피한 일이지만─ 해군도 마찬가지요. 프로펠러를 만든 사람이 누군지 아시오? 어떤 스웨덴 사람이 먼저 영국 해군성에 제안서를 넣었다가 실패하고는 그 발명품을 가지고 미국으로 갔다오. 장갑함은 누가 만들었는지 아시오? 프랑스인이 만들었소. 모니터는? 미국인들이오. 램[182]은? 역시 미국인들이지. 후장총은? 프러시아인들이오. 기관총은? 역시 프랑스인이오. 어뢰는? 미국인들이오. 어떻게 영국인은 단 한 사람도 이 목록에 올라 있지 않은 거요? 돈이 없어서? 머리가 없어서? 아니면 기업이 없어서? 그런 이유가 아니라오. 그건 작위가 있는 친척 덕에 그린 업무의 책임자 자리를 꿰찬, 끔찍하게 게으른 악당들이 버티고 앉아 있기 때문이오. 그런 놈들은 자기나 잘 지내고, 회식 자리에서 마음껏 먹고 마시고, 아첨꾼이 자기 건강을 위해 건배하자고 제안하면 감사의 말이나 할 수 있으면 그만이지, 나라의 평판 따위엔 손톱만큼도 관심이 없소. 그놈들의 건강이라니! 천만에, 내 뜻대로 할 수만 있다면, 내가 그들 한두 명은 교수형에 처하고 말 테요! 상관의 상관들은 자기 직무에 태만한데, 왜 미천한 졸병은 직무

182) 기계에서 무언가를 세게 치거나 상하, 수평 이동을 하는 데 쓰이는 부분. 옮긴이.

유기죄로 죽어야 합니까? 만일 우리 국방 담당 부서 공무원이나 책임자들이 외국의 해당 부서 공무원이나 책임자들보다 뒤처져 있는 만큼 우리 일반 사병들이 유럽 대륙의 군대보다 뒤처져 있다면, 나는 절대로 잉글랜드 은행 주식[183]에 많은 돈을 투자하지 않을 거요."[184]

"그 문제로 너무 흥분하시는군요." 내가 말했다.

"나와 똑같은 경험을 했다면 아마 당신도 그럴 거요." 그가 말했다. "만일 사기업이 국가의 공공사업과 똑같이 운영된다면, 그 기업이 얼마 안 가서 파산 법정에 서게 되리라는 걸 의심하는 사람이 있겠소? 봉급을 과다하게 받는 사람은 군인도, 선원도, 조선소 직공도 아니라오. 그런 파렴치한 짓은 자기들이 사용하는 책상만큼이나 딱딱하게 굳어버린 머리를 가지고 쓸모없는 부서의 쓸모없는 책임자로 앉아서 놀고먹는 사람들이

---

183) 영국의 잉글랜드 은행은 영국 정부의 전쟁 비용 조달을 위해 창설되어 주식회사 형태로 운영되었다. 따라서 잉글랜드 은행은 약속어음 형태의 은행권 발행을 부분적으로 독점할 수 있었고, 그 덕분에 은행 계좌 없이도 거래가 원활히 이루어졌다.

184) 이런 생각은 코난 도일에게서 결코 떠나지 않았다. 1896년 나일 강가에서 진행되었던 키치너 작전에서는 일간지 『웨스트민스터 가제트(Westminster Gazette)』의 특파원으로, 그리고 1900년 보어전쟁에서는 군의관으로 전쟁을 직접 목격한 후에는 더욱 그랬다. 코난 도일은 보어전쟁이 끝난 후 시작된 군대 개혁 운동에 참여하여 육군성의 분노를 사기도 했다. 그는 제1차 세계대전이 발발하기 직전인 1914년 독일의 잠수함 공격이 영국에 가할 수 있는 위험을 경고하는 단편 「위험!(Danger!)」을 발표했으며, 전쟁이 시작된 후에는 비록 받아들여지지는 않았지만, 수병들의 구명 장비로 쓸 수 있는 팽창식 고무벨트에 대한 아이디어를 해군성에 제안하기도 했다. 그는 "배는 내줄 수 있지만 사람을 내줄 수는 없다."고 주장했다.

하지요. 나오고 싶을 때 나오고 느긋하게 사무실을 들락거리며 미심쩍은 소문이나 떠벌리거나 만들어내는 귀족 자식들 말이 오. 영국이 원기 왕성하고 탄력 있는 나라이기 망정이지, 만약 그렇지 않다면 그들은 그 수액을 모조리 빨아먹을, 아무짝에도 쓸모없는 벌레들이오. 내일 다시 들러서 내 발명품 모형과 설계 도를 한두 가지 보여드리리다. 선생이 그런 걸 따분하게 여기지 만 않는다면 말이오. 선생이라면 그런 일에 관심을 보일 것도 같 소만…"

나는 줄렙 박사가 세균설과 인간의 생명을 연장해줄 유익한 시도에 대해 설명하면서 이와 비슷한 의미의 말을 했던 것으로 기억한다. 이처럼 서로 정반대되는 말에 내 마음이 똑같이 끌리 다니 참으로 이상하다. 하지만 이 두 가지는 모두 삶의 불가사 의한 수수께끼의 일부이며, 각기 창조주의 위대한 계획에서 부 차적이지만 없어서는 안 될 역할을 하는 듯하다. 인명 죽이기와 살리기, 파괴하기와 건설하기, 해산하기와 재결합하기, 종합하 기와 분석하기, 이들 중 어느 편이 궁극적으로 진정한 박애주의 이며 다른 편은 자연의 여신이 세운 심오하고 신비스러운 법칙 의 위반이라고 단언할 수 있는 사람이 과연 있겠는가?

제5장

오늘 아침, 내게 대단히 중대한 일이 일어났다. 그 경험은 너무나 감동적이어서 발목 관절이나 류머티즘성 통풍 따위는 모두 내 머리에서 달아나 버렸다. 한 젊은 여성이 나를 찾아온 것이다. 이것은 전통적이고 세련된 상류사회에 속한 분별 있는 행운아에게는 그리 드문 일이 아닐지 모르지만,[185] 나처럼 친구도 여자도 없이 버려진, 나이 먹은 떠돌이에게는 참으로 경이로운 사건이었다. 내가 이미 알고 있는 여성이 짐작할 수 있는 용무로 찾아온 것에 지나지 않지만, 나와 친해지고 싶어서, 혹은 적어도 내게 관심이 있어 찾아온 여성일지도 모른다는, 터무니없는 기대가 잠깐이나마 가슴을 울렁이게 했다. 여자 없이 살아야 하는

---

185) 자신이 보헤미안의 삶을 사는 자유분방한 인물이라는 젊은 코난 도일의 믿음이 다시 한 번 반영된 대목이다(게다가 이번이 마지막이 아니다). "저는 언제, 누구와 결혼해야 하지요?"라고, 그는 1882년 6월 어머니에게 물었다. 하지만 젊은 시절에 사우스시에서 어머니에게 보낸 편지에는 어린 동생 인을 돌보며 세무 공무원들과 승강이하는 와중에도 그가 각종 무도회에 참석하고(그중 한 번은 너무 취해서 그 자리에 참석했던 모든 미혼 여성에게 청혼했다고 한다), 여러 스포츠 팀에 드나들고, 동료 의사들과 활발하게 교제하고, 포츠머스 문학·과학 협회에 가입하여 북극해에 관해 강연하고, 끊임없이 단편을 써서 잡지사에 투고하고, 시골에서 올라온 친구들을 데리고 다니며 구경시켜줬다는 언급이 있다.

남자만큼 여자를 소중히 여기는 사람은 없다.[186)]

그녀는 내가 아침을 막 먹고 났을 때 나타났다. 짙은 색 옷을 입고, 장갑을 끼고, 두꺼운 베일로 얼굴을 가린 그녀의 손에는 갈색 종이로 포장한 사각형 꾸러미가 들려 있었다. 소파에서 튕기듯 일어난 나는 정중하게 그녀를 맞아들여 의자에 앉히고 빠르게 고동치는 가슴을 안고 그녀 앞에 앉아서 와인이나 커피를 곁들여 버터 바른 빵을 가져다 달라고 벨을 누르고 싶은 충동을 억제하느라 무진 애를 썼다.

"아마 선생님께서는 절 모르실 거예요."라고 말하며 그녀가 베일을 걷어 올리자, 길 건너편에 사는 내 이웃의 창백하고 단아한 얼굴이 드러났다.

"아, 예, 사실 난 아가씨를 아주 잘 알아요." 내가 솔직하게 털어놓았다. "창문으로 아가씨 모습을 종종 바라보았거든요."

미소 짓는 그녀의 하얀 뺨에 발그레한 색조가 보일 듯 말 듯 번졌다.

---

186) "여성이 얼마나 소중한지를 알려면 여성이 한 명도 없는 곳에서 6개월 동안 지내 보면 된다."고 코난 도일은 1882년에 북극 포경선 호프 호를 타고 항해하던 6개월간의 생활에 관해 『회고와 모험』에서 썼다. "귀항 길에 스코틀랜드 북단을 돌아 해안에서 불과 수백 미터밖에 떨어지지 않은 지점까지 왔을 때 우리가 배의 깃발을 조금 내렸다 올리면서 등대에 경례를 보냈던 일을 나는 생생하게 기억한다. 우리의 인사에 답하려고 누군가가 나타났는데, 배 안에서는 흥분 섞인 속삭임이 일었다. '여자다!' (…) 그녀는 쉰 살은 족히 넘어 보였고 짧은 치마에 어부들이 신는 긴 방수 장화를 신고 있었다. 그러나 어쨌든 그녀는 '여자'였다. '어떤 여자라도 상관없어!'라고 선원들은 종종 말했으며, 내 생각도 같았다."

"그림 그리기에 충분한 햇빛을 받으려고 저는 늘 창가에 앉는답니다." 하층민들에게서는 결코 볼 수 없는, 훌륭한 교양을 드러내는 유일한 신체적 특징인 깊고 감성이 풍부한 목소리로 그녀가 말했다. "제게 그림을 주문하신 선생님의 친절에 감사도 드리고, 또 제 그림이 마음에 드시는지도 알아볼 겸, 허락도 없이 이렇게 제멋대로 찾아왔어요."

"하지만 아가씨." 내가 당황하여 말했다. "뭔가 잘못 알고 계신 것 같은데, 그림은 런들 부인이…."

"선생님께서는 너그러우실 뿐 아니라 그 못지않게 사려 깊은 분이시군요." 그녀가 미소 지으며 내 말을 가로막았다. "런들 부인은 선생님 말씀을 훌륭하게 따르셨어요. 하지만 어젯밤에 제 그림이 부인 취향에 맞는지 알아보려고 왔을 때 어쩔 수 없이 실제로 누가 그림을 주문했는지 제게 고백하셨지요."

"난 이런 일에 보통 대리인을 쓴답니다." 마치 누군가가 내 머리카락을 뒤에서 잡아당겨 빗기라도 하듯이 얼굴이 약간 화끈거리고 거북함을 느끼며 내가 설명했다. "일반적인 관례지요. 이게 바로 그 그림인가요?" 내가 갈색 종이로 포장한 꾸러미를 가리키며 말했다.

"예, 제가 이리로 가지고 올라왔어요." 그녀는 대답하고 나서 약간 떨리는 손가락으로 꾸러미를 묶은 끈을 풀었다. "이 그림들이 선생님 마음에 들었으면 좋겠어요. 첫 번째 것은 콘월의 정어리잡이 배[187] 그림이에요."

"정말 훌륭합니다." 내가 담담하게 말했다.

"이건 디에프의 고깃배들[188]이 밤에 조업하러 나가는 장면이고, 이건 이튿날 어부의 아내들이 부두에서 기다리는데 그 배들이 돌아오는 장면이에요."

"대단합니다!" 내가 경직된 미소를 지으며 외쳤다. "그런데 어부의 아내들은 하나같이 기막힌 삶을 사는군요. 어느 그림에서나 부두 끝까지 나와서 손으로 눈부신 햇빛을 가리며 수평선을 바라보잖습니까."

방문객은 당황스럽고 조금 속상한 표정으로 나를 쳐다보았다. 아주 친한 사이가 아니라면 여성에게 정색하고 농담하는 것은 매우 위험하다. 서로 아주 잘 아는, 절친한 여성이라면 그런 농담을 악의 없는 어리석은 장난으로 받아들이지만, 그렇지 않다면 그녀를 당황하게 하고 기분 상하게 한다.

"이 마지막 그림은 고기가 아주 많이 잡힌 그물을 끌어 올리

---

187) 정어리잡이와 가공은 18~19세기 영국 남서부에 있는 콘월 주의 주요 산업이어서 스탄호프 포브스(Stanhope Forbes, 1857~1947)를 비롯한 여러 화가가 콘월의 정어리잡이 배 그림을 그렸다. 옮긴이.

188) 프랑스 북부, 영국 해협에 면한 항구도시인 디에프의 고깃배들도 윌리엄 터너(William Turner, 1775~1851), 모네(Claude Monet, 1840~1926) 등 여러 화가가 화폭에 담았다. 옮긴이.

는 장면이에요." 그녀가 익살을 부리려는 내 말을 짐짓 못 들은 척하며 말했다. "저는 바다를 아주 좋아해요. 아버지도 제 그림 중에서 바다 그림이 제일 낫다고 늘 말씀하지요. 선생님께서도 비슷한 그림들이라고 실망하지 않으셨으면 좋겠어요."

우리가 개인적인 소견을 영혼의 가장 깊은 밑바닥에 숨겨둘 수 있다는 것은 얼마나 큰 축복인가! 간간이 들리는 독심술을 이용한 시도는 범죄 행위로 취급되어야 한다. 아, 이런 독심술이 보편적으로 사용된다면 머지않아 우리 인생은 견딜 수 없게 되리라.[189] 나는 어떻게 해서든 걱정스러운 눈빛의 이 여성이 자신의 그림 취향에 대한 내 혐오감을 눈치채지 못하게 하고 싶었다. 그래서 나는 그림 네 점을 테이블 위에 죽 늘어놓고 고개를 한쪽으로 살짝 기울인 채 그 앞에 서서, 비토레 카르파초의 그림을 보고 감격했던 러스킨 못지않게 감탄의 눈길을 보내며 환하게 웃었다. 융통성 없이 솔직하기만 한 인간은 얼마나 부담스럽고 부도덕한 존재인가!

---

189) 이 무렵 초자연적인 현상에 흥미를 느끼고 있던 코난 도일은 실제로 몇몇 친구와 함께 사우스시에서 독심술 실험을 했다. 그는 「소포 상자(The Cardboard Box)」(1893) 를 비롯한 여러 단편에서 셜록 홈스에게 독심술로 보이는 초능력을 부여했다. "자네 기억하고 있겠지?" 그가 물었다. "아, 왜 내가 얼마 전에 치밀한 추론가인 친구가 자기 생각을 입 밖에 내서 말하지 않아도 그 친구의 생각을 읽을 수 있다고 쓴 포의 글을 읽어 줬잖은가. 자네는 그게 작가의 절묘한 글솜씨일 뿐이라고 코웃음 쳤어. 내가 그와 똑같은 일을 하는 버릇이 있다고 말해도 자네는 좀처럼 믿으려 하지 않았지." 그때 왓슨 박사는 재미있어하고 깊은 인상을 받았지만, 다른 때에는 짜증스러운 반응을 보였다.

"하지만 제 서툰 그림들이 이 아름다운 작품들 사이에 걸릴 수는 없겠네요." 그녀가 내 방을 둘러보며 말했다. "제가 이 방을 먼저 보았거나 선생님 취향을 미리 알았더라면 감히 선생님께 그림을 그려드릴 엄두도 내지 못했을 거예요. 선생님께선 이렇게 많은 걸작에 둘러싸여 계시면서 왜 이처럼 서투른 그림을 주문하신 거죠?"

"투자지요." 내가 담대하게 대답했다. "언젠가 아가씨가 명성을 얻어서 톰슨 양[190]이나 로자 보네르[191]처럼 되시면 이 그림들 값이 얼마나 나갈지 누가 알겠소? 미래를 내다볼 줄 아는 사람들은 이런 식으로 큰돈을 번답니다. 이 그림들은 아주 마음에 듭니다. 그래서 하는 말인데, 이번에는 아가씨가 이보다 더 큰 야심작을 하나 그려주시면 고맙겠습니다."

"정말 친절하고 고마우신 말씀이에요." 말을 마친 그녀의 눈에 살짝 눈물이 비치는 듯했다. "하지만 앞으로 한두 달은 제가 조금 바쁠 것 같아요. 사실대로 말씀드리지 못할 이유가 없겠네요. 저희는 맞은편 집을 떠나 이사할 거예요. 제가 다음 수요일에 결혼할 예정이거든요. 자리를 잡고 나면 기쁜 마음으로

190) Elizabeth Thompson(1846~1933): 역사화와 전투 장면을 자주 그린 것으로 유명한 영국의 화가. 코난 도일은 1878년에 런던에서 그녀의 미술 강의를 들은 적이 있다.
191) Rosa Bonheur(1822~1899): 목가적인 그림으로 잘 알려진 프랑스의 화가로, 19세기에 가장 명성을 떨쳤던 여류 화가다.

선생님께서 주시는 친절한 주문을 받을게요."

"아가씨가 내딛는 인생의 첫발에 모든 행복이 함께하길 바랍니다." 내가 그녀를 축복해주자 그녀는 자리에서 일어났고, 나는 얼른 문을 열어주고 그녀에게 고개를 숙여 인사했다.

"나중에 주소를 알려주세요. 집안 살림에 파묻혀서 그림 그리는 걸 아예 잊어버리시면 안 됩니다."

"그런 일은 결코 없을 거예요." 그녀가 밝게 미소 지으며 대답했다. "그 사람도 저만큼이나 그림을 좋아하거든요. 안녕히 계세요, 선생님. 격려해주셔서 정말 고마워요."

그녀는 마치 그래도 괜찮은지 확신이 서지 않는다는 듯이 머뭇거리며 장갑 낀 손을 내밀었다. 나는 그 손을 잡아 친근하게 살짝 흔들어서 그녀의 망설임을 곧바로 떨쳐주었다. 안녕, 건실하고 귀여운 내 여인이여. 부디 운명의 여신이 그대에게 친절하여 인생길이 그대의 됨됨이처럼 밝고 쾌적하기를!

그렇게 그녀는 여성의 위대한 운명을 따르러—남성의 부족함을 채워주러—가버렸다.[192] 그런 생각이 들자, 마음속에 희미

---

192) 여성에 관해 여기에 표현된 생각이 현대인들에게 얼마나 거슬리는 것이든 이것은 코난 도일이 아니라 존 스미스의 생각일 뿐이다. 어머니와 누이들에 대한 그의 견해는 전혀 달랐으며, 자신의 여러 작품에서도 강인하고 자립심 강한 여성을 즐겨 그렸다. 예를 들어 제롬 K. 제롬(Jerome K. Jerome)의 잡지 『아이들러』에 실린 단편 「호일랜드의 의사들(The Doctors of Hoyland)」(1894)에서 제임스 리플리 박사는 어떤 여의사와 치열한 경쟁을 벌이게 된다. 그는 여자가 의사로 일한다는 사실 자체를 '신성모독'으로 보지만 그녀는 우수한 의사임을 스스로 증명한다. 리플리 박사는 자기도 모르는 사이

하게 불만의 기운이 피어올랐다. 그러나 그녀가 수행할 수 있는 더 고귀한 임무는 과연 어떤 것일까? 그녀가 선택한 길이 그녀에게 최선일 것이며, 그녀의 남편에게도 최선임이 분명하다. 최고의 지위에 있는 어떤 남성도, 그리고 어떤 고귀한 여성도 불완전한 존재이며, 독신으로 남아 있는 한 그들은 훼손된 반쪽일 뿐이다. 자신의 부자연스러운 상태가 가장 행복하다고 스스로 자신을 설득하기 위해 무슨 짓을 하든, 그들은 여전히 애매모호한 불안과 정확히 꼬집어 말할 수 없는 불만으로 가득 차게 되고, 편협한 생활 방식과 쓸데없는 생각에 쉽게 빠져든다. 혼자서는 잃어버린 반쪽을 그리워하는 본능과 감정에 시달리는 반제품에 불과하다.[193] 남성과 여성이 결합하면 어느 한쪽이 약하여 보완이 필요한 부분은 상대방이 강하여 결국 완전하고 균형 잡힌 온전한 하나를 이루게 된다. 현세에서 어떻게 살든 내세에

에 그녀를 사랑하게 되고, 승마하던 중에 다친 다리를 그녀가 치료해준 일이 있고 나서 결국 그녀에게 청혼한다. "뭐라고요?" 그러나 여자는 그의 청혼을 무시한다. "그러니까 우리가 병원을 서로 합치자는 건가요?" 리플리 박사는 자신의 소망이 산산조각 났음을 깨닫고 의기소침해진다. 그런 그에게 그녀가 말한다. "당신이 무슨 생각을 하고 있는지를 알았더라면 저는 제 인생을 학문에 바쳤다고 미리 귀띔해드렸을 거예요. 결혼에 재능이 있는 여자들은 남아돌지만, 생물학에 취미가 있는 여자는 거의 없잖아요." 이 작품을 쓰기 전에도 코난 도일은 자기보다 열네 살이나 어린 여동생 아이다(Ida)가 학자로 성장하는 모습을 지켜보았고, 아이다가 열다섯 살 어린 나이에 "국립학교에서 과학을 가르칠 수 있는 자격증을 딴다든가 32실링어치나 되는 책들을 국비로 사는 등 온갖 경이로운 재능을 가지고 있다."고 감탄하는 말을 남동생 인에게서 들은 적이 있다.

193) 플라톤의 『향연(Symposium)』에 나오는 아리스토파네스의 우화를 염두에 두고 쓴 부분으로 추정된다.

서는 모든 남성이 여성을 동반하거나 여성과 결합하여 자신을 가다듬고 완전한 균형을 이루리라고, 나는 확신한다. 신념이 확고한 어느 모르몬교도의 생각도 마찬가지였다.

그는 "우리가 다음 세상에 갈 때에는 돈도, 철도 주식도, 광산 주식도 가지고 갈 수 없다. 그러나 우리의 결혼은 죽을 때까지만이 아니라 죽어서도 영원히 지속하며, 우리는 아내와 자식을 데리고 가서 다음 세상에서도 시작부터 잘해나갈 수 있다."[194]고 했다.

이것이 온전한 하나를 이루지 못한 채 반세기를 보내버린, 머리가 희끗희끗한 늙은이에게서 나온 생각이어서 다소 부적절하게 들릴지도 모르지만, 사실 나는 독신주의자라서 혼자 지내는 것이 아니다. 천국에서 부부의 연분을 맺어주는 일을 담당하는 천사가 실수로 나를 빼놓았거나, 나와 이름이 같은 다른 사람과 나를 혼동하여 일을 망쳐놓은 까닭에 지금 저 안락의자에 아무도 앉아 있지 않은 것이다. 아니, 아마 내 잘못이었는지도 모른다. 나는 세계의 외딴곳들을 돌아다니며 인생의 대부

194) 런던의 문예 월간지 『더 나인틴스 센추리(The Nineteenth Century)』 1884년 1월호(167-84쪽)에 실린 제임스 바클리(James Barclay)의 글 「모르몬교의 새로운 견해(A New View of Mormonism)」에서 인용한 부분이다. 이 글을 흥미롭게 읽은 코난 도일은 이듬해에 모르몬교를 배경으로 한 『주홍색 연구』를 썼다. 같은 잡지에 실린 오거스터스 제섭(Augustus Jessopp)의 긴 글 「중세 수도원에서의 삶(Life in Medieval Monastery)」은 코난 도일이 사우스시에서 자료를 수집하여 1890년 완성한 역사소설 『백의단(The White Company)』에 영향을 미친 것으로 보인다.

분을 보냈으며, 그런 곳에 이성異性은 많았는지 몰라도 여성은 없었다 ─ 여기서 내가 생각하는 여성은 신체적인 것이 아니라 정신적인 것이다. 게다가 방랑 생활을 시작하기 전의 나는 비록 골드스미스의 희곡에 나오는 주인공[195]처럼 정작 수줍음이 미덕인 상황에서는 스스럼없이 굴었지만, 대체로 부끄럼을 몹시 탔다. 어쨌든 훌륭한 옷차림에 조용하고 차분한 태도를 유지하며, 냉정하고 비판적인 시선으로 주변에 있는 젊은 남자들의 일거수일투족을 살피는 교양 있는 여성은 그 시절의 내게 언제나 너무 눈부시고 버거운 존재였다. 에머슨의 수줍은 친구[196]처럼 나도 육체라는 옷을 벗어 던지고 저 하늘 한구석에 있는 어느 별에 숨어들어 가서 나만의 고독을 즐기고 싶었던 적이 얼마나 많았던가. 나는 여성들에게 이처럼 어이없는 공포를 느꼈고, 나와는 달리 여성들과 스스럼없이 어울리는 남자들에게 어이없는 반감을 품기도 했다. 고맙게도 이제 나는 굳이 우리가 가상이거나 인위적인 고통을 만들어내지 않아도 이 세상에는 우리를 불행하게 하는 진짜 고통이 너무도 많음을 잘 알고 있다.

195) 올리버 골드스미스(Oliver Goldsmith, 1729~1774)의 희곡 『그녀는 정복하기 위해 굽힌다(She Stoops to Conquer)』(1773)의 주인공 찰스 말로(Charles Marlow)를 말한다.
196) 랠프 월도 에머슨이 수필 「사회와 고독(Society and Solitude)」(1879)에서 이름은 밝히지 않고 그저 상당히 똑똑한 유머 작가라고만 밝힌 인물로, 사교계에서 성공할 자신감을 잃은 것으로 묘사되어 있다.

내 경우에는 수줍음이 보헤미안의 기질을 낳았고, 그 기질 탓에 방랑 생활이 시작되었으며, 방랑 생활을 하다 보니 독신이 되어 결국 오늘날 이 집의 이 층 앞쪽 방에서 홀로 콜히친제제, 리니먼트 연고 따위와 씨름하고 있는 것이다.

런들 부인은 앞집 아가씨의 결혼에 대해 전부 알고 있었다. 여자들에게는 어디선가 결혼이 성사될 기미가 보이면 지체 없이 그것을 일러주는 육감이 있는 모양이다.

"신랑은 올리버 박사의 학교에서 학생들을 가르치던 선생님이래요." 부인이 내게 알려줬다. "그 사람은 여러 해 그 댁 따님을 짝사랑하면서도 전혀 내색하지 않았다죠. 자기는 별 볼일 없는데 상대는 그 학교의 상속녀라고 하니까, 그럴 만도 했겠죠. 하지만 학교가 문 닫고 그 여자 아버지가 모든 걸 잃게 되었을 때, 공교롭게도 그 사람에게 생각지도 못했던 돈이 생겨서 다른 지방에 학교를 하나 세웠대요. 그래서 이제야 찾아와서는 자기가 얼마나 오랫동안 그 여자를 사랑해왔는지 고백했다는군요. 아내만 되어준다면 여자의 아버지도 책임질 각오가 되어 있다고 말했다지 뭐예요. 얼마나 신사다운 행동이에요." 부인이 계속 열을 올리며 말했다. "그 사람한테도 잘된 일이죠. 요즘은 11펜스를 안 주고는 절대로 좋은 고기를 살 수 없고, 파운드당 1, 2펜스는 줘야 버터를 식탁에 올릴 수 있으니 젊은 부부가 신혼살림을 시작하기에 좋은 때가 아니긴 하지만요. 아무튼, 제일 신기한 건 그 댁 따님도 마음속으로는 그 사람을 좋아하고 있었다는 거예요. 물론 자존심이 강해서 남자가 절대로 눈치채지 못하게 조심했겠지요. 그러니까 모든 일이 아주 잘 풀린 거죠. 그렇지만 여자의 아버지가 망하지 않았다면 절대로 그렇게 되진 않았을 거예요. 지난 일요일에 조지아 브런터 목사님께서 설교하신 말씀 그대로잖아요. 목사님은 '고난에 감사하라. 그것은 신의 섭리에 따라 축복이 오는 길을 닦기 위해 우리를 찾아온 것이니.'라고 하셨죠."

런들 부인에게는 이제 말을 그만 시켜야겠다. 부인은 본디 수다스러운 사람이고, 늘 생각이 너무 엉켜 있어서 그중 하나를 끄집어내려면 틀림없이 열댓 가지가 뒤따라 나올 테니까.

오늘 아침, 나는 투르게네프의 『아버지와 아들』을 다시 읽고 있다. 이번이 아마도 다섯 번째인 듯싶은데, 언제 읽어도 아주 재미있다.[197] 나도 그렇지만 이 책을 읽는 사람이 대부분 이

---

197) 이 부분은 투르게네프의 『아버지와 아들』에 대한 코난 도일의 견해를 반영한다. 그는 감명 깊게 읽은 이 책을 다른 사람들에게 권하기도 했는데, 집으로 보낸 편지에는 투르게네프를 칭찬하는 구절이 있다. "나는 투르게네프가 위대한 작가라고 생각해요. 그의 글은 대단히 비인습적이고 강렬하죠." 아랫부분에 나오는 바자로프(Bazarov)는 이 소설에 등장하는 염세주의자로(코난 도일처럼) 의사를 지망하는 젊은이다.

처럼 매혹되는 이유는 무엇일까? 이 책의 주제는 러시아의 정치 상황이나 그 밖에 우리가 잘 모르는 문제가 아님은 분명하다. 이 책에는 줄거리라고 할 만한 것도 없고, 유머 역시 별로 없다. 그것은 아마도 등장인물들이 모두 무언가에 대해 철저하게 진지한 태도를 보이기 때문일 것이며, 무엇이든 쉽게 넘어가는 데 익숙한 이 안일한 시대에 진지함은 그야말로 매력적이다. 확실히 러시아 작가에게는 대단히 멋진 소재가 있다. 겉으로는 차분하나 내면 깊숙한 곳에서는 포악하고도 열정적인 피가 흐르는 몽환적인 슬라브인의 천성이 견실한 게르만족의 기질보다 소설의 소재로는 더 좋다. 오랫동안 지속한 야만 위에 '문명'이라는 웃거름이 아주 얇게 덮여 있는 토양에서는 역사 속의 수보로프와 로마노프, 소설 속의 바자로프 같은 타입의 인물만이 자랄 수 있으며, 성격 묘사 소설로서의 효율성은 등장인물들이 살고 있는 시대에 만연한 허무주의, 전제군주 체제, 그리고 시베리아라는 배경과 대조되어 더욱 또렷하게 드러난다.[198] 여러 해 러시아인들의 마음을 짓눌러 온 국내외 정세와 사회적 동요 끝에 빼어난 국민문학이 탄생한 것은 당연하며, 그중 최근에 등장한 작가가 투르게네프이지만, 앞으로도 더 훌륭한 작가와 작품

---

198) 코난 도일은 1904년에 제정러시아 시대를 배경으로 러시아의 니힐리즘과 혁명주의를 주제로 한 단편 「금테 코안경(A pair of golden pince-nez glasses)」을 썼다.

들이 계속 나올 것이다.

앞으로 500년 후에는 전 세계 국가의 세력 판도가 어떻게 바뀔까? 사색적인 사상가들과 미래의 가능성을 이리저리 가늠하는 사람들은 이 문제에 깊은 관심을 보일 것이다. 전 세계 곳곳에 백골을 깔아놓으며 너도나도 영토 확장에 여념이 없는 이 진보의 시대에 우리가 예상할 수 있는 미래의 변화는 과거 어느 시대보다도 훨씬 크고 광범위할 것이다. 그렇지만 500년 전의 지도를 펼쳐놓고 그동안 일어났던 변화를 표시하고 1380년의 세력 판도를 1880년과 비교해보라. 당시에도 프랑스와 영국은 지금처럼 강력한 독립국가였다. 미국은 아직 생기지 않았다. 스페인은 바야흐로—지금은 영원히 사라져서 스페인을 전보다 더 약하게 만들어놓은—제국의 길로 접어들기 전에 무어의 기생충들을 쓸어내기 시작하고 있었다. 독일에서는 칼라일이 '프라하의 맥주와 온갖 피부색의 예쁜 여자들을 지나치게 좋아하는 난폭한 말라깽이'라고 묘사했던 가엾은 벤젤[199]이 사납게 날뛰는 준準자치국들로 구성된 신성로마제국을 다스리고 있었다. 그중에서 가장 작고 대수롭지 않아 보였던 브란덴부르크 선제후국은 독일어를 사용하는 작은 국가들을 대부분 통일하여 지

---

199) 카우니츠 리트베르크 공작(Prince of Kaunitz-Rietberg)인 벤젤 안톤(Wenzel Anton, 1711~1794)을 말한다.

금 프로이센이라는 강력한 제국을 이끌고 있다. 위대한 전통에 걸맞게 현재 당당한 국가가 된 이탈리아는 당시만 해도 종교는 같으나 정치적으로는 별개인 소규모 공국들이 산재해 있었으며, 이들 중 일부는 번영을 누렸지만 일부는 그렇지 못했다. 러시아에서는 모스크바 대공들이 짐승 가죽을 입고 사는 미개한 부족민들을 거느린 모스크바인 족장들에게 불안정한 통치권을 행사하고 있었다. 당시에 그리스와 지중해의 동부 해안을 끊임없이 극성스럽게 침략하면서 전 유럽의 눈총을 받았던 호전적인 오스만 터키는 그 후에도 소아시아에서 계속 세력을 확장하여 콘스탄티노플을 점령하고 거대하고 강력한 오스만 제국을 이루었으나 지금은 쇠약하고 타락한 상태로 몰락했다. 재주꾼이며 엄청난 허풍선이인 존 맨더빌 경의 여행기[200]가 없었더라면 영국은 아직도 인도에 발을 들여놓지 않았을 것이며, 그 불행한 나라는 칭기즈칸의 침략 위험에서 벗어나자마자 그보다 훨씬 더 끔찍하고 무서운 티무르 원정대의 침공을 받게 되었을 것이다. 깊은 잠에 빠져 있는 거대한 중국의 제국 청나라는 당시 우리 조상의 기억으로는 세계 다른 지역에 대해 원하는 것도 없고 두려워하는 것도 없이 자국의 규모와 과거의 영광에 대한

---

200) 원래 저자 미상으로 14세기에 출간된 『존 맨더빌 경의 여행기(*The Voyage and Travels of Sir John Mandeville*)』는 크리스토퍼 콜럼버스를 비롯하여 그 책을 읽은 많은 사람들에게 영향을 미쳤다.

사색에 잠긴 자족적인 고대 국가였다. 스위스는 이미 독립을 향한 발걸음을 힘차게 떼어놓았고, 폴란드는 한창 번영하는 국가였지만, 네덜란드는 후일 막대한 세력을 떨칠 징후를 아직 보이지 못하고 있었고, 아프리카 대륙은 지중해 연안을 제외하고는 칠흑 같은 어둠에 싸여 있었다. 당시에는 전 세계에서 영국, 프랑스, 스위스, 중국만이 500년 전과 그리 다르지 않은 영토, 세력, 국제적 지위를 유지하고 있었다.

그러면 앞으로 500년 동안에는 과연 어떤 일이 벌어질까? 국가 간 영토 확장은 어떤 식으로 전개될까? 앞으로도 엄청난 규모를 유지할 것으로 보이는 기존의 네 강대국이 있지만, 그 국가들의 미래를 망칠 수도 있는 불길한 '만약'의 경우도 존재한다. 24세기에 지배적인 세력을 행사하리라고 예상되는 제국으로 첫째 중국을 꼽을 수 있다. 내 생각에 중국은 가장 확실한 미래의 강대국이다. 불굴의 정신으로 무장하고, 검소하며, 무엇이든 빨리 배우는, 참을성 있고 부지런한 3억의 인구가 인류의 여명기까지 거슬러 올라가는 오랜 역사에 대한 자부심을 바탕으로 강렬한 애국심으로 뭉친다면, 중국은 틀림없이 그 모든 조건에 걸맞게 전 세계 모든 국가의 선두에 서게 될 것이다. 아직 잠자고 있는 이 거대한 국가가 어느 날 깨어나 세계를 깜짝 놀라게 하려고 이리저리 몸을 뒤척이는 징후가 이미 드러나기 시작했다. 북쪽에 있는 활동적인 이웃 나라가 이미 맹활약 중이므로 중국으로서는 지체할 여유가 없다. 철도, 교육, 장갑함, 농업·상업·기계의 발전, 후장총, 이 모든 것이 중국의 영토 확장과 풍부한 자원 보호에 도움을 줄 것이다. 중국이 열과 성을 다해 서구 문명과 겨루려고 할 날이 머지않았으며, 그렇게 되는 날부터 꾸준히 국제 문제에 발언권을 높여 국제사회에서 가장 중요한 지위를 차지할 것이다.

미국은 미래의 세력 판도에서 두 번째 자리를 차지하리라고 예상된다. 자본가와 노동자 간의 치열한 갈등과 격렬한 사회주의의 물결 속에서도 지금의 합중국 체제를 그대로 유지할 수만 있다면, 미국은 인구 면에서도 중국에 필적할 것이며, 부와 자원 면에서는 중국을 넘어설 것이다. 그러나 인구가 증가하고 국토 점유 경쟁이 치열해짐에 따라 빈부의 격차가 심해지고, 계층 간의 반감이 더욱 격해져서 전쟁이 일어날 수도 있다. 그렇지만 1862년의 전쟁[201]도 상처 없이 치러냈던 우리 자손들이 그런 전쟁으로 상처를 입을 것 같지는 않다. 미국이 번영을 누리며 잘 살게 되는 것은 일가친척에 정을 품고 있는 모든 영국인의 진정한 소망이다.[202]

---

201) 남북전쟁을 말하는 것으로 보인다. 옮긴이.
202) 코난 도일은 프랜시스 파크먼(Francis Parkman, 1823~1893) 같은 미국 역사가

우리 대영제국도 분명히 미래의 3대 강대국에 포함될 것이다. 우리는 다른 어떤 경쟁 국가보다도 영토가 넓고 인구도 많다. 그러나 우리에게는 동질성이 부족하다. 우리 제국의 심장은 강하고 튼튼하지만, 거대한 사지는 서로, 혹은 몸통과 굳건히 연결되어 있지 못하다. 우리 정치인들이 이런 결함을 극복하고 여기저기 흩어져 있는 보호령들을 밀접하게 연결하여 온전하게 하나로 엮어낼 수만 있다면, 다른 어떤 국가보다도 더 크고 영광스러운 미래가 기다리고 있을 것이다. 섬나라라는 불리한 지정학적 위치, 풍부하지 않은 광물자원, 3,500만에 불과한 본토의 인구 등 어려움이 있지만, 그럼에도 우리는 언제나 세계 역사에서 중요한 역할을 담당할 것이다.

미래의 세력 판도에 대한 예상에서 네 번째 자리는 러시아가 차지할 것이다. 러시아는 인구가 8천만 명이나 되며, 중앙아시아의 광활한 스텝 지대로 영토를 확장해나갈 여유도 많다. 하지만 어떤 급변 사태가 발생하여 개혁에 대한 저항할 수 없는 요구 앞에 지금의 전제군주 체제가 버텨내지 못하면, 그 사태가 제국

들의 글을 읽으며 미국 역사에 대해 깊은 흥미를 느꼈고, 제임스 페니모어 쿠퍼(James Fenimore Cooper, 1789~1851) 같은 미국 작가들의 영향으로 미국에 대해 낭만적인 견해를 가지고 있었다. 그는 언어, 혈통, 역사가 같은 영국과 미국이 밀접한 유대 관계를 유지해야 한다고 생각했다. 또한 영국의 중세 시대를 다룬 소설 『백의단(*The White Company*)』(1890)이 자신의 대표적인 걸작이 되리라 믿었던 그는 그 책의 헌정사를 이렇게 썼다. "미래의 희망과 영어를 쓰는 민족의 재결합을 위해 우리 공동의 혈통에 대한 이 연대기를 바친다."

의 붕괴를 초래할지도 모른다. 예를 들어 유럽보다 덜 발전하여 아직은 국제 정보에 어두운 우랄산맥 양쪽의 주민들이 중앙정부의 방침을 순순히 따르지 않고 추방된 로마노프 왕족이나 야심 있는 장군을 통치자로 내세우면서 독립을 선언할 수도 있다.

이처럼 각 국가의 미래에 관해서는 엄청나게 많은 가능성이 있어서 지나치게 자신감 있는 예측을 한다는 것은 매우 경솔한 일일 것이다. 그래도 중국, 미국, 영국, 러시아의 미래 전망이 가장 밝을 것임은 거의 틀림없다. 독일—특히 독일어를 쓰는 오스트리아 지역을 흡수하는 경우—과 프랑스는 언제나 위대한 독립국가의 지위를 유지하겠지만, 그 두 국가가 다른 국가들이 열망하듯이 거대한 영토를 얻기는 지리적으로 불가능하다.

이런, 앞일에 대해 예언하지 않겠다고 이미 다짐했던 것 같은데, 지금 나는 또다시 그 짓을 하고 있다. 앞으로 한두 해 안에 벌어질 일에 대해 단정적으로 예측하는 이는 판단력이 부족한 사람이다. 돌연히 형세가 변하여 예측대로 되지 않을 가능성이 크기 때문이다. 바이런의 시가 절대로 '성공하지 못하리라.'라고 논평했던 제프리 경[203]이라든가, 셸리의 명성이 오래가지 못하리라고 주장한 워즈워스, 혹은 안소니 트롤럽에게 '타고난 소

---

203) 스코틀랜드의 문학비평가인 프랜시스 제프리(Francis Jeffrey, 1773~1850)를 말하는데, 이 논평은 적중하지 않았다.

질이 없으니 소설을 포기하라.'고 조언한 어느 비평가 같은 이들은 모두 자신의 직업적 명성에 전혀 도움이 되지 못한 예측을 했다. 만일 그들이 나처럼 수백 년 뒤의 일을 예측했더라면 조금이나마 인정받았을지도 모르고, 적어도 그 예측이 너무 경솔했다는 사실이 그들의 생전에 밝혀질 가능성은 없었으리라. 절대적으로 확실한 사실은 아무것도 확실치 않다는 것뿐이며, 우리가 명백히 알고 있는 사실은 우리가 완벽하게 무지하다는 것뿐이다. 나는 과학에 대해 깊은 관심과 존경심을 품고 있는 사람이지만, 그 분야의 가증스럽고 짜증 나는 인물 중에서 가장 참을 수 없는 부류가 바로 상상력이 부족하고 현실에 안주하는 과학자다. 그런 과학자는 자신이 아는 내용은 아주 정확하게 알고 있지만, 인류가 아직 모르는 지식의 엄청난 규모에 비추어볼 때 미심쩍으나마 매우 다양한 지식을 축적하고도 그것을 받아들일 만한 융통성을 발휘하지 못한다.

"티끌만 한 의문도 없는 사실은 말이야…." 그 천재는 눈썹을 추켜세우며 말한다. "이 세상이 몇몇 뚜렷한 법칙에 따라 지배되고, 우리에게 적용되는 법칙은 천체에도 적용된다는 것이지. 천체와 우리의 관계를 결정하는 중력이 있고, 우리가 왜 현재 모습이 되었는지를 설명해주는 진화가 있고, 우리가 사는 지구에 관해 설명하는 지질학 법칙들이 있어. 이 모든 것은 과학적 탐구 과정을 거쳐 정한 법칙에 따라 확정된 사항들이야."

이런 식으로 이 과학자는 즉석에서 어떤 사안에 대해 단언하지만, 그에게는 심한 편견과 편협성이 있다. 불쾌한 말장난을 하듯 난해한 말을 늘어놓으며 정작 실속 있는 영양분이 꼭 필요한 사람에게 헛된 바람이나 잔뜩 불어넣는, 그의 케케묵은 과학 원칙보다 더 편견이 심하고 허술한 것이 어디 있겠는가? 초기 과학자들이 열성적이지 않았다면 그들에게 이론異論을 제기하는 열렬한 반대자들에게 맞서 자기주장을 고수하지 못했을 터이니 그들의 광신적인 태도를 이해해야 한다는 것이 중론이다. 우리 과학자 중에서 이보다 더 편협한 사람들에 대해서도 이와 비슷한 말을 할 수 있을 것이며, 그들의 완벽하게 부정적인 태도는 이 세상이 기원전 4004년 10월 23일에 창조되었다고 믿는 사람들의 태도—그런 사람들이 아직 있다면—에 의해 상쇄될 것이다. 그렇다, 중도가 가장 안전하다.[204]

이 세상은 법칙에 '의거해' 다스려진다. 이것은 법칙에 '의해' 다스려지는 것과 다르다. 이 세상이 창조된 과정을 따지고 들수록, 그 뒤에 숨어 보이지 않는 거대한 힘이 더욱 크고 경이롭게 느껴진다. 그 힘은 과연 무엇일까? 이 세상이라는 경탄할

---

204) In medio tutissimus ibis: 오비드의 『변신 이야기(*Metamorphoses*)』(AD 8)에서 인용된 문구이다.

만한 작품을 창조하기 위해 그처럼 세심하게 계획을 세운 존재는 도대체 무엇일까? 자, 과학을 하는 내 친구여, 여기에 300배율의 하트낙 현미경[205]과 초점거리가 약 180미터인 망원경이 있네. 남은 생애에 둘 중 어떤 것을 사용하여 조사하거나 관찰하든, 만일 자네가 죽기 전에 우주를 움직이는 원동력이 무엇인지를 우리에게 말해줄 수 있다면, 자네는 쿠푸 왕의 피라미드를 능가하는 거대한 왕릉에 모셔질 수 있을 걸세. 한동안 찬탄을 거듭하며 그 거대한 그림을 조사하고 나서 거기에 대한 다른 이들의 설명이 불완전하다는 데 만족을 표시한 후, 자네는 그것을 그린 사람은 아무도 없다고 즉석에서 결론을 내릴 수도 있고, 아니면 적어도 그 그림이 어떤 화가에 의해 그려졌는지를 알 방도가 없다고 주장할 수도 있네.

"그 그림이 존재한다는 사실은 그것을 그린 화가—그것도 능숙한 화가—가 있다는 증거가 아닌가요?"라고 누군가가 반문할지도 모른다.

"이런, 그건 그렇지 않아요." 박식한 내 친구가 대답한다. "그 그림은 어떤 법칙에 따라 저절로 생겼을 수도 있어요. 게다가 내가 그 그림을 처음 봤을 때에는 그것이 일주일 이내에 그려졌다는 확신이 들었는데, 자세히 살펴보니 대단히 오랜 기간

---

205) 당시 최고급 현미경으로, 포츠담과 파리에 사무실을 두었던 E. 하트낙사의 제품.

에 그려진 것 같아요. 따라서 누군가가 그 그림을 그린 건 절대로 아니라는 게 지금 내 생각입니다."

"그렇지만 그것이 그려졌다는 사실을 우리가 알고 있으니, 틀림없이 화가가 있어야 하지 않나요?" 당황한 질문자가 외친다.

"그렇게 단정적으로 말할 수는 없죠." 그 현명한 친구가 대답한다. "그 문제에 관해서는 내가 의견을 피력할 수 없어요. 나는 불가지론자입니다."

여기까지가 인간의 지혜가 도달할 수 있는 최고점이다. 지금까지는.

그런데 녹스[206]와 그의 지지자들을 보면 알 수 있듯이 기독교회가 말도 안 되는 교리를 내세우며 신의 섭리를 철저히 따르는 척하면서 지나치게 규칙에 얽매이는 데 대한 반발에 불과한 것이 바로 불가지론이다. '모든 것을 알 수는 없다.'고 말하는 사람은 자칫 '아무것도 모른다.'는 결론에 도달하기 쉽다. 마치 몸의 어느 부분이 기형이 된 사람이 간혹 그 병폐에 이상한 자부심을 느끼고 아무렇지도 않게 그 부위를 내보이듯이, 자신의 무지를 과장하는 행동의 배경에는 비뚤어진 묘한 만족감이 있다. 그러나 이 불가지론자들의 주장을 자세히 살펴보면 성직자

---

206) John Knox(1514~1572): 스코틀랜드의 종교개혁을 이끈 인물. 코난 도일의 『클룸버의 미스터리』에 나오는 한 스코틀랜드 여성은 "존 녹스를 높이 평가하지 않는다."고 딱 잘라 말하는데, 코난 도일도 마찬가지인 것으로 보인다.

들의 독단 못지않게 진실과 거리가 멀고, 심지어 그보다 문제가 더 심각하다는 것을 알 수 있다. 여태까지 설립된 철학 이론이나 화학식들은 이 세상이 존재한다는 사실을 부인하지 않으며, 존재하는 것이 무엇이든 그것을 고안하고 창시한 존재가 있음도 부인하지 않는다. 그 존재를 조물주라고 부르든, 다른 어떤 이름으로 부르든, 우리는 그 존재가 무한한 힘을 가졌으며 모든 피조물의 필요를 무한히 배려한다는 것을 알 수 있다. 그런 결론에 도달하는 데에는 어떤 탁월한 능력이 필요한 것이 아니라 그저 눈으로 보고 머리로 생각하는 것으로 충분하다.

그러나 그런 결론에 도달하면 불가지론은 어떻게 되겠는가? 무언가를―그것도 종교의 기본 토대이며 핵심이 되는 것을―알고 있는데 왜 아는 것이 없다고 말하는가? 이런 추론이 아주 명백하다고 말하는 사람이 있을지도 모르지만, 그렇다고 해서 사이비 과학자를 그런 식으로 궁지로 몰아서는 안 된다. 궁지에 몰리면 그는 마지못해 신인동형론神人同形論을 배격하는 이론이나 그와 비슷한 헛소리가 있을 수도 있지 않겠느냐고 뇌까리고는 오징어처럼 먹물을 내뿜어 몸을 감추며 달아날 것이다. 뭘 좀 아는 바보만큼 골칫거리도 없다.[207]

207) "Il n'y a point de sots si incommodes que ceux qui ont de l'esprit.": 라 로슈푸코 (François de La Rochefoucauld, 1613~1680)의 글을 인용한 것으로『네 개의 서명』에도 셜록 홈스가 이렇게 말하는 장면이 나온다.

그건 그렇고, 며칠 전에 내가 악의 기원에 대해 언급하면서 허리케인, 번개, 고통, 질병처럼 마치 우리가 조물주의 자애로운 손길에서 벗어난 것처럼 보이게 하는 것들이 사실은 자세히 들여다보면 조물주의 세심한 배려에서 나온 선물이라는 사실을 설명하려 했던 일이 기억난다. 그 후 나는 페일리[208]의 글을 읽으면서 그가 그런 현상 중 적어도 한 가지를 설명했음을 알았다. 그는 유리병에 더러운 공기와 약간의 물을 함께 넣고 흔들어주면 모든 불순물이 제거된다고 말한다. 폭풍이 바닷물을 후려쳐서 포말을 만들 때 그와 똑같은 과정이 엄청난 규모로 진행된다는 것이다. 정기적으로 이렇게 대기를 정화하지 않으면, 머지않아 전체 공기가 탄소를 비롯한 각종 불순물로 심하게 오염되어 우리의 폐를 해치리라는 것이 그의 주장이다. 뭐, 그의 주장이 사실일 수도 있고 아닐 수도 있지만, 아무튼 그런 주장은 축복과 저주가 얼마나 구분하기 어려운지를 말해준다. 궁극적으로 우리에게 유익한 것으로 드러나지 않는 것은 아무것도 없다. 아마도 류머티즘성 통풍은 예외겠지만.

---

208) 다윈의 '신학적 아버지'로 불리기도 하는 윌리엄 페일리(William Paley, 1743~1805)를 말한다. 이 글이 쓰였던 시기와 비슷한 1884년 5월 코난 도일은 『영국 사진 저널(British Journal of Photography)』에 발표한 「카메라와 함께한 부활절(Easter Sunday with the Camera)」이라는 글에서 먼지를 뒤집어쓴 자신과 친구들이 "마치 페일리의 기독교적 믿음의 증거물들이라도 삼킨 것처럼 목이 칼칼했다."는 표현을 썼다.

내가 이런저런 신학적 성찰을 하게 된 것은 오늘 오후 3시경 우리 교구 부목사의 심방을 받았기 때문이다. 키가 크고 여윈 그는 창백한 얼굴에 태도가 조용한 분이다. 나는 본디 성직자를 좋아하지 않는다. 그 자체로는 아무 해가 없는 물질인 면을 질산에 담갔다 빼면 그 면도 위험 물질이 되듯이, 더없이 온순하던 사람도 어떤 종파든 일단 종교에 빠지면 공포의 대상이 된다는 사실을, 나는 오랜 경험을 통해 잘 알고 있다. 만일 그의 내부에 잠재적인 원한이나 잔혹한 성향이 있다면 그런 성향이 밖으로 표출된다. 그래서 나는 적절한 예의를 갖추어 그를 맞이하고 의자를 권하긴 했으나 그의 심방을 진심으로 반기지는 않았다.

그는 런들 부인이 자기 교회에 나오는 교인이라고 설명하고 나서 부인을 통해 히숙인 한 사람이 병중에 있다는 사실을 알게 되었다고 덧붙였다. 그는 아픈 사람을 찾아가서 혹시 도움이 될 만한 일이 있는지 알아보는 것이 자신의 의무라고 했고, 또한 내 건강이 회복되고 있다는 것을 알게 되어 기쁘며, 어서 자리에서 일어나 밖에 나다닐 수 있게 되기를 바란다고도 했다. 그는 다소 높지만 쉰 목소리로 말했는데, 각 문장의 마지막 단어 몇 개를 발음할 때에는 목소리를 낮추는 버릇이 있어서 귀에 조금 거슬렸다. 잠시도 가만히 있지 못하고 시곗줄에 매달린 작은 십자가를 만지작거리며 떠는 길고 흰 손가락 역시 나를 짜증 나게 했다. 하지만 나는 내가 끌어모을 수 있는 모든 진심을 담아 나를 찾아와 준 그의 친절에 고마움을 표시했다.[209]

"아시다시피, 우리 교회 목사님께서는 건강을 생각해서 프랑스 남부에서 지내신답니다." 그가 설명했다. "그래서 그분이 안 계신 동안 우리가 온 힘을 다해 교회 일을 돌보고 있지요. 그분이 교회를 비우신 지 거의 2년이 되어갑니다."

"교구민들은 모두 목사님을 그리워하고 있습니다." 내가 예의 바르게 말했다.

"실은 그분이 이곳에 사신 적은 없어요." 부목사가 말했다. "아시겠지만, 목사님은 품격 있는 생활에 익숙하신 분이라 그분께 필요한 걸 전부 갖춰놓을 수 있을 만큼 큰 저택이 우리 교구에는 없답니다. 고귀한 가문 출신으로 대단히 훌륭하신 분이니 그런 분을 우리 교회 목사님으로 모실 수 있다는 것만으로도 우리에겐 큰 행운이지요."

그의 견해에 너무 당황한 나머지 나는 대답할 말을 찾지 못했다. 나를 주의 깊게 살펴보던 그는 내가 미처 정신을 차리기

---

209) 이 일화가 코난 도일이 실제로 교구 목사의 심방을 받은 경험을 토대로 한 것인지 여부는 확실치 않다. 여기서 약간 수정된 내용이 『스타크 먼로의 편지들』(1895)에도 나온다. 이에 대해 제프리 스타버트(Jeoffrey Starvert)는 「사우스시에 대한 연구: 부시빌라에서 베이커 스트리트까지(A Study in Southsea: From Bush Villas to Baker Street)」(Portsmouth, 1987)에서 사우스시에 있는 세인트 주드 교회의 찰스 러셀 톰킨스(Charles Russell Tompkins) 목사가 코난 도일을 심방한 적이 있을지도 모른다고 추측했다.

도 전에 다시 말했다.

"이곳에 온 지 얼마 안 되신 것 같군요. 교회에서 뵌 적이 없는 것 같으니 말입니다."

"그런 게 아니라…" 내가 얼른 대답했다. "저는 교회에 다니지 않습니다."

"설마 국교 반대주의자는 아니시겠죠." 그가 만면에 혐오감을 드러낸 채 의자에서 반쯤 몸을 일으키며 소리쳤다. "런들 부인에게서 당신이 국교 반대주의자라는 말은 듣지 못했는데요."

"그렇지는 않습니다."

"오, 그렇다면 정말 다행이군요." 안도하는 표정을 지으며 그가 희롱하듯 말했다. "조금 느슨하고, 의무를 조금 등한시한다는 말씀이군요. 글쎄, 어떨지요. 세상에 그런 식으로 행동하는 사람이 많지만, 적어도 기독교의 근본 교리만은 굳게 지키고 계시겠지요? 진심으로 그것을 믿으시냐는 말입니다."

"저는 예수 그리스도가 지구 역사상 가장 인정 많고 훌륭한 분이라는 걸 진심으로 믿습니다."

"믿음이 그보다는 더 깊어야 합니다." 부목사가 엄격하게 말했다. "그분은 인간이 되신 신이라는 걸 믿으셔야지요."

"그렇지만 말입니다." 내가 항의했다. "저는 그분이 본디 우리처럼 약한 인간이었더라면 그분의 삶에 더 중대한 의미가 있다고 생각합니다. 인간이 얼마나 순수하고 고귀해질 수 있는지를 그분이 몸소 보여준 셈이니까요. 그러니까 그분의 삶이 우리가 지향해야 할 기준이 될 수 있다는 겁니다. 그런데 그분의 천성이 우리와 근본적으로 다르다면, 우리와 그분은 서로 다른 토대 위에서 시작하는 셈이니, 그분의 삶도 의미를 잃겠지요. 게다가 만일 목사님 말씀대로 그분이 신과 똑같은 존재라면 절대로 죄를 지을 리 없을 터이고, 그러면 그 얘기는 그것으로 끝입니다. 우리는 신성한 존재가 아니기에 죄를 짓는데, 그런 완벽한 삶에서는 배울 게 없지요. 검투장에서 자신은 완벽한 무기로 무장하고, 상대 검투사에게는 한 번 내리치면 구부러지는 납으로 만든 검을 들게 해서 서로 겨루기를 즐겼다는 코모두스 황제를 기억하시죠? 그리스도의 삶에 대한 목사님 이론을 따르자면, 그분은 애초에 너무 유리한 조건으로 경기장에 들어섰기에 그분이 맞서 싸워야 할 이 세상의 유혹은 우리가 생각하는 것처럼 무서운 적이 아니라 무기력한 상대에 불과한 셈이지요. 저는 그리스도를 우리가 인생의 경기장에 들어설 때 우리 곁으로 내려와서 '신성'이라는 후광의 보호 없이 맞서 싸워야 하는 바로 그 적들과 정정당당히 싸우면서 그들이 얼마나 물리치기 쉬운지를 몸소 보여주는 인정 많고 다정한 형처럼 여기고 싶습니다."

"이런, 인제 보니 당신이 바로 유니테리언[210] 교도군요!" 흰 뺨을 붉히며 부목사가 외쳤다.

"좋으실 대로 부르십시오." 내가 말했다. "저는 지난 30년 간 진실을 찾아 헤맸습니다. 그래서 비록 진실을 온전히 찾지는 못했지만, 최소한 무엇이 진실이 아닌지는 확실히 알게 되었지요. 종교가 1,900년 전에 정점에 도달했고, 그 당시 기록이나 전언을 우리가 영원히 가슴에 새겨야 한다는 것은 진실이 아닙니다. 아니고말고요! 종교라는 건 살아 있는 존재여서 아직도 계속 성장하는 중이고, 사고의 다른 영역과 마찬가지로 끝없이 확장되고 발전할 수 있는 잠재력이 있어요. 지난 어느 시대의 몇가지 영원한 진실이 입에서 입으로 전해지다가 신성하게 여겨지는 책에 기록되어 우리에게 전해 내려오고 있지요. 그렇지만 그 밖에도 아직 밝혀지지 않은 다른 몇 가지 영원한 진실이 있습니다. 그 책에 기록되지 않았다고 해서 그 진실들을 부인한다면, 그건 알베르투스 마그누스[211]의 저서에 키르히호프[212]에 대한 언급이 없다는 이유로 키르히호프의 스펙트럼 분석을 무시

---

210) Unitarianism: 이신론의 영향을 받아 18세기에 등장한 기독교 종파. 이들은 신은 하나라고 주장하여 예수를 신으로 믿지 않으므로 기독교와는 교리적으로 차이가 있다. 옮긴이.

211) Albertus Magnus(1193~1280): 독일의 신학자·철학자·자연과학자. 옮긴이.

212) Gustav Kirchhoff(1824~1887): 독일의 물리학자. 옮긴이.

하는 어느 과학자의 행동과 다를 게 없지요. 그 시절에 선지자들이 있었듯이 지금도 선지자들이 있습니다. 오늘날의 선지자들은 브로드 천[213]으로 만든 평범한 옷을 입고 『더 나인틴스 센추리』[214]에 글이나 기고하는 정도의 인물들이지만, 그럼에도 이들은 무궁무진하게 비축된 영원한 진실의 저수지에서 흘러나오는 작은 개천들을 서로 연결하는 파이프 구실을 하지요. 저는 그런 이들 중 한 사람이 쓴 글귀를 하나 기억하고 있습니다. '우리 안에 있는 빛, 에너지, 미덕은 모두 어떻게 해서든 우리에게서 나와 어김없이 하느님의 보고로 들어가 거기에서 영원히 머문다. 우리는, 우리 중 누구도, 그리고 우리 안의 원자 하나도 절대로 사라지지 않는다.'[215] 자, 보세요. 이 글에 종교의 진실이 담겨 있습니다. 그렇지만 이것은 히브리인의 입에서 나온 말이 아니라 첼시에 살던 어느 훌륭한 사람이 한 말입니다. 저는 전능하신 우리 하느님께서 오래전에 이미 마지막 말씀을 인류에게

---

213) 면, 레이온, 명주 또는 그것들의 혼방으로, 광택이 나는 폭넓은 셔츠나 드레스를 만들 때 사용되는 옷감. 옮긴이.

214) 『더 나인틴스 센추리(The Nineteenth Century)』는 과학과 종교 간의 갈등에 특히 흥미를 느꼈던 제임스 노울스 경(Sir James Knowles)이 1877년에 창간한 월간지다. 코난 도일은 이 잡지의 애독자였을 뿐 아니라 「영국 지성인의 지리적 분포에 관하여(On the Geographical Distribution of British Intellect)」라는 글을 기고하여 1888년 8월 호에 실렸다.

215) 『스타크 먼로의 편지들』에서는 이 인용문이 목사의 심방 장면에 나오지 않고 다른 부분에 나오며, 여기서는 간접 인용했지만 『스타크 먼로의 편지들』에서는 칼라일의 글귀임을 명시하고 있다.

하셨다고 생각하지 않습니다. 하느님께서 스코틀랜드 사람 칼라일을 통해 말씀하는 것은 유대인 예레미야를 통해 말씀하는 것만큼이나 쉬울 겁니다. 성경은 계속 보완되는 책이고, 맨 마지막 장에는 '끝'이 아니라 '다음에 계속'이라고 쓰여 있을 겁니다. 우리는 앞으로 성경의 증보판을 기대할 수도 있겠지요."

내가 긴 이야기를 하는 내내 극도의 불쾌감을 드러내던 방문객은 내 결론을 듣자마자 격분하여 자리에서 몸을 벌떡 일으키며 부드러운 천으로 된 검은 모자를 움켜쥐었다.

"그건 굉장히 위험한 생각이오." 그가 말했다. "이보다 더 통탄해 마땅한 불경한 말을 들어본 적이 없소. 당신은 아무것도 믿지 않는 자군요."

"하느님의 권능과 선의와 정의를 제한하는 것이라면 아무것도 믿지 않습니다." 내가 대답했다.

"당신의 말은 모두 정신적 자만과 오만에서 나온 거요." 그가 열을 내며 말했다. "왜 당신이 하느님이라고 부르는 신께 기도하지 않소? 왜 겸허한 태도로 그분께 구원하는 믿음을 달라고 간구하지 않느냐 말이오?"

"제가 그러지 않는다는 걸 어떻게 아십니까?" 내가 반문했다.

"당신 입으로 교회에 다니지 않는다고 말하지 않았소?"

"교회는 제 안에 있습니다." 내가 부드럽게 말했다. "벽돌과 회반죽이 천국으로 올라가는 사다리를 만들 수는 없지요. 저는 인간의 가슴이 가장 훌륭한 신전임을 그리스도와 함께 믿습니다. 유감스럽게도 그 점에 대해서는 목사님께서 그리스도와 견해를 달리하고 계시는군요."

내 마지막 말은 너무 심했던 듯싶다. 그렇게 몰아붙이지 않고도 대화를 끝낼 수 있었을 텐데. 아무튼, 숨 막히는 분위기로 접어들던 우리의 만남은 그렇게 끝났다. 너무 화가 나서 반박하고 싶지도 않다는 듯이 방문객은 말 한 마디 없이 튕기듯 방에서 나가 계단을 내려갔다. 전 우주를 자기 포켓 스퀘어[216]와 컴퍼스로 잴 수 없어 엄청난 분노와 혼란에 휩싸인 그가 처량하게 거리를 걸어 내려가는 뒷모습이 내 방 창문을 통해 내려다보인다. 우주 전체를 생각해보고 그가 무엇인지를 생각해보라. 그는 각기 영원토록 존재할 엄청나게 많은 수의 원자와 한 지점에서 만나고 있는 하나의 원자일 뿐이다. 하지만 또 하나의 원자에 불과한 나는 도대체 무슨 자격으로 그를 심판할 수 있단 말인가!

어쨌든 내 견해를 내세우지 말고 그가 하는 말을 잠자코 듣고 있는 편이 낫지 않았을까? 그가 자신의 믿음 속에서 행복하

216) 양복 주머니 따위에 장식용으로 꽂는 손수건. 옮긴이.

다면, 내가 그를 몰아붙인 것은 정말 미안한 일이다. 그렇지만 우리는 누구나 가슴 깊은 곳에서 찾아내어 '진실'이라고 믿는 것을 말할 뿐이다. 진실한 교리는 우주처럼 넓고, 또 인간의 마음이 생각해낼 수 있는 어떤 것보다도 무한히 넓어야 하기에 우리가 편협하고 포용력이 없는 견해와 마주쳤을 때 당당히 맞서 싸우는 것은 당연한 의무가 아니겠는가? 한 종파의 교리에 치우친 편협한 사고방식에 대항하는 것은 늘 진실을 추구하는 이의 염원임이 틀림없다. 위대한 조물주는 어떤 특정 종파의 신이 아니라 이 광활한 우주 전체를 품은 존재다. 누가 감히 그분을 독점하거나 그분의 애정 어린 친절을 제한할 수 있겠는가? 그런 사람이야말로 신앙심이 없는 자다.

나는 오늘 소령이 들러주기를 기대했다. 위층에서 군인다운 절도 있는 발소리가 들려오기는 하지만, 아무래도 그가 나타날 기색은 보이지 않는다. 육군성 일이 실패로 끝난 모양이다.[217] 아래층에서는 헤르 레흐만이 그랜드 피아노 건반을 두드리고 있다. 아마도 그는 내세의 어느 생에선가 몸 전체가 악기 구실

---

217) 1900년 보어전쟁 당시 자원하여 남아프리카에서 군의관으로 복무했던 코난 도일 자신도 제1차 세계대전 초기인 1914년에 지원병으로 입대하려다 똑같은 실망을 경험했다. 그 대신 국방시민군(Home Guard)으로 입대했고, 나중에 프랑스에서 영국의 군사작전이 펼쳐졌을 때 종군기자이자 역사가로 활약했다.

을 하는 프뉴모라[218]로 태어나지 않을까 싶다.

　나는 우리가 신체의 다른 여러 능력 중에서 청력을 지나치게 중시한다고 생각한다. 예를 들어 후각은 청각 못지않게 예민하고 섬세하지만, 후각 신경이 포착하는 더 차원 높은 음악이 될지도 모르는 세련되고 영적인 천상의 느낌에 관해서는 전혀 들은 바가 없다. 냄새가 뇌를 자극하는 강도는 소리가 뇌를 자극하는 강도보다 약할 리 없다. 후각 분야에서 미래의 멘델스존이 일련의 향기를 예술적으로 조율하여 음악 못지않게 몽환적이고 시적인 느낌을 전달하지 말라는 법은 없다. 장래에는 소박한 여주인공의 등장을 알리는 제비꽃 향기에서부터 악당의 접근을 예고하는 아위[219] 향, 유황의 악취에 이르기까지 온갖 종류의 느낌을 표현하는 냄새를 인공적으로 배열한 '향내 오페라'라는 장르가 생길지 누가 알겠는가. 확실히 소리보다는 냄새가 훨씬 다양하며 향내 작곡가는 다른 이들이 표절할까 봐 걱정할 필요 없이 작품을 발표할 수 있으리라. 길버트 씨는 설리번 씨를 버리고 림멜 씨와 제휴하여 문학과 향기를 결합한 작품을 내놓는 것이 가장 좋을 듯싶다.[220]

---

218) 남아프리카에 서식하는 메뚜깃과의 곤충. 옮긴이.
219) 티베트, 이란 등지에서 높이 2미터까지 자라는 미나릿과의 다년초 식물. 옮긴이.
220) 길버트와 설리번은 빅토리아 시대 영국 뮤지컬계에서 모르는 이가 없는 거장들이다. 림멜 하우스(House of Rimmel)는 1834년에 유진 림멜(Eugene Rimmel,

나는 음악에 문외한이지만, 음악을 가려들을 줄 안다는 것이 교양의 증거라고는 전혀 생각하지 않는다. 내 지인 중에 어떤 사람은 마음이 섬세하고 예술적 감성이 풍부하며 신경이 대단히 예민한데, 아는 곡이 영국 국가를 포함해서 단 두 곡밖에 없다고 고백한 적이 있다. 그 반면에 나는 싱가포르에서 말레이인들과 동인도인들이 어떤 곡이든 딱 한 번 듣고는 바이올린으로 그대로 연주하는 것을 본 적이 있다. 그들은 음감이 거의 본능적인 듯했지만, 그렇다고 교양 있다는 평판을 듣는 것은 아니었다. 음악적 재능이 고도로 발달하면 고상하고 심미적인 경지에 다다를 수 있겠지만, 지인들을 잘 살펴보면 정신적, 감성적 능력이 음악을 가려들을 줄 아는 능력과 반드시 비례하는 것은 아니라는 사실을 알 수 있다. 다윈은 언어를 창조하고 배우기 전 인류가 음악적인 소리로 서로 의사를 소통했던 것 같다고 했는데, 그렇다면 우리 작곡가들과 연주자들은 상당히 격하된 셈이다. 게다가 거리 한구석에서 순수한 음악을 하는 것이 아니라 어떤 의도를 담은 곡을 연주하는 독일의 악단도 있지 않은가.

아, 오늘은 참으로 힘든 하루를 보냈다! 온종일 내가 한 일이라고는 고작 투덜거리거나, 논쟁하거나, 내 이웃의 약점을 찌

1820~1887)이 런던에 설립한 화장품 회사다. 『바스커빌 가문의 사냥개』에서 셜록 홈스는 "향수에는 75가지 종류가 있는데, 범죄 전문가는 그것들을 구분할 줄 알아야 한다네."라고 말한다.

른 것뿐이 아닌가! 이제 우리가 모두 동의할 만한 주제를 다룬 시 몇 구절로 오늘 하루를 마무리하려 한다. 일전에 소령이 이집트에서 영국 일반 사병들의 헌신에 관해 이야기하면서 불쌍한 토미 앳킨스[221]가 용감한 행동을 평가받아 특전을 누리는 경우는 거의 없다고 통탄한 적이 있었다.

그럼에도 로웰이 노래했듯이 우리 사병들의 마음가짐은 가상하기 짝이 없다.

우리가 싸움에서 참패하면 나는 늘 어떻게든

내게서 그 원인을 찾고

졸병에게까지 그 책임을 묻기 전에

나 스스로 고개를 숙였다.

사병들의 이런 사고방식과 특출한 용감성으로 그들을 감동하게 했던 한 사병의 이야기가 내 마음을 사로잡아 결국 다음과 같은 시 한 편이 탄생했다.[222]

---

221) Tommy Atkins: 영국의 육군 병사를 가리키는 속어로, 러디어드 키플링(Rudyard Kipling, 1865~1936)의 시집 『병영의 노래(*Barrack-Room Ballads*)』(1892)에 포함된 시 「토미(Tommy)」에서 유래된 말이다.

222) 미국 시인 제임스 러셀 로웰(James Russell Lowell, 1819~1891)이 쓴 시의 일부인데, 심한 사투리가 섞여 있는 원래의 시 구절을 코난 도일이 표준어로 바꾸어 인용했다.

딕 상병의 진급[223]

동방의 하루가 거의 저물어갈 무렵
맥퍼슨 군단의 두 병사가
바싹 타는 목과 천근같이 무거운 발로
사막을 가로질러 걷고 있다.
사람의 발길이 닿지 않은 길을 온종일 걸어서
녹초가 된 그들은 지금 뒤를 돌아다보기도 하고
혹시나 전우들이 야영하고 있지나 않을까 하여
유니언 잭을 찾아 두리번거린다.

한 사람은 수염을 기르고
작은 키에 딱 벌어진 체격
말이 거칠고 성질도 급한
뚱한 얼굴의 늙은 무뢰한 로버트 딕 일병이다.
또 한 사람은 보송보송한 뺨에 흰 살결
잉글랜드의 공기처럼 싱그러운 얼굴과
곱슬곱슬한 금발 머리

---

223) 코난 도일은 이 시를 더 다듬고 보강한 다음 '1882년의 발라드(A Ballad of '82)'라는 부제를 붙여, 1898년에 간행한 시집 『전투의 노래(Songs of Action)』에 포함시켰다.

엄마 품을 갓 벗어난 신병이다.

이른 아침부터 행군해온 그들은
피로와 굶주림에 지쳤고
의지할 데 없이 아픈 데가 많아진
신병은 내내 말이 없다.
홀로 먹이를 뜯던 사막의 자칼이
반쯤 먹은 먹이를 앞에 놓고 으르렁거릴 뿐
중얼중얼 욕지거리하는
일병의 단조로운 목소리만 들린다.

그러나 서쪽 저 멀리 두루마리구름 아래
빠르게 움직이는 사람들의 무리가 일으키는 모래 안개가
새파란 하늘을 배경으로
칙칙한 수의처럼 대지를 뒤덮는다.
보루의 총안에서 흘러나오는 연기처럼
소용돌이치는 모래 안개 사이로
말 탄 사람들과 금속의 번쩍임이 어슴푸레 보일 뿐
나머지는 황갈색 구름 속에 감춰져 있다.

어두워지는 서편을 힐끗 쳐다본 일병은

카키색 조끼에 파이프를 찔러 넣고

어깨 너머로 시선을 고정한 채

욕설을 내뱉으며 전진을 재촉한다.

"베두인이다!" 퉁명스럽게 그가 소리친다.

"싸움이 곧 시작될 것이고

우리는 한 시간도 채 지나기 전에

모래땅 위에 죽어 넘어질지도 몰라!"

발목까지 푹푹 빠지는 모래땅을 걸어

그들이 고통스럽고 힘겹게

휘청거리며 앞으로 나아가는 동안

멀리 보이는 적들 사이에서 소동이 일어난다.

아랍의 전사들도 속도를 내고 있지만

사막에 익숙한 군마를 탄 족장이 훨씬 앞서 있고

그의 머리 위에는 불길한 어둠의 징조

독수리가 날개를 퍼덕이며 날고 있다.

더 가까이 좀 더 가까이

거무스레한 얼굴에 미소를 띤 족장은

번쩍이는 창을 휘두르며

전속력으로 달리는 말 위에서 고함친다.

그의 말발굽 소리에 뒤돌아선 두 사람은

쫓기는 짐승의 신음 같은

날카롭고 거친 숨소리만 내며 아무 말 없이

완강하고 단호하게 버티고 서 있다.

눈살을 잔뜩 찌푸린 채 딕 일병이 말한다.

"먼저 온 놈 먼저! 저놈을 쏘아 쓰러뜨리자!

흔들림 없이 정확하게 겨누어라, 그러지 않으면

우리는 둘 다 끝장이다!"

탕하는 총소리 ─고통의 울부짖음─

고통 위에 피어오르는 푸른 연기─

족장은 쓰러지고 군마의 고삐는

포획자의 손에 있다.

용감한 군마가 얼마나 빠른지를

잘 알고 있는 일병이 기쁨에 겨워

얼굴을 희망으로 빛내며

죽은 자 대신 군마 위에 오른다.

하지만 출발하기 전

재빨리 주위를 둘러보던 그의 눈에

옆에 있던 신병의 아쉬워하는 듯한

짙은 푸른 눈이 보인다.

눈 깜짝할 사이에 보이지 않는 화살 하나가
거칠고 나이 든 병사의 가슴을 관통하여
그는 후닥닥 땅에 내려선다. "어서어서 올라타고 가라!
저들이 순식간에 이곳을 덮칠 테니!
일어나! 두말할 필요 없어! 어서 가!
내가 뒤에 남아 어떻게든 해볼 테니.
진급이 지긋지긋하게 늦어지더니
지금이야말로 진급할 기회가 아닌가."

신병을 재빨리 말안장에 올려 앉히고
박차를 가하듯 총검으로 말을 찌른 그는
곤두박질치듯 사막 길을 달려
전속력으로 사라지는 말의 뒷모습을 본다.
그러고는 부드러운 표정으로 뒤돌아선 그는
햇빛이 눈부시게 내리쬐는 그리운 고향
햄프셔 숲 속의 빈터를 머릿속에 그려보며
탄띠를 느슨하게 풀어 사격 준비를 한다.

뒤돌아보는 신병의 눈에

날카로운 마티니 소총 소리와 함께

추격자들이 거세게 공격하는 모습이 보이지만

죽기 살기로 날뛰는 아랍의 무리가

아주 가까이에 육박하여

전투가 시작되는 순간

소용돌이치는 모래 안개에 가려져

아무것도 보이지 않는다.

그날 밤 영국군 기병 중대가

어슴푸레한 달빛 속을 질주하다가

그 참담한 마지막 전투의 현장에 와서

엄숙한 표정으로 말없이 누워 있는 일병을 발견한다.

그의 모습은 마구 짓밟힌 모래땅 위

죽은 자와 죽어가는 자들 한가운데

뻣뻣해진 손에 라이플총을 움켜쥐고[224]

---

224) 코난 도일의 소설 『잃어버린 세계』(1912)에서 챌린저 교수와 그 일행이 목숨을 건 싸움을 준비하고 있을 때 스포츠맨 용병 존 록스턴 경이 다른 사람들에게 이렇게 말한다. "저들이 우리에게 덤벼든다면 그들 나름대로의 이유가 있겠지. '영국 용기병 제2연대의 최후의 저항'은 승산이 없어." 그러고는 출처를 밝히지는 않지만 코난 도일의 이 시를 인용하며 말을 마친다. "'죽은 자와 죽어가는 자들 한가운데 / 뻣뻣해진 손에 라이플총을 움켜쥐고'라고 어떤 얼간이가 노래했다지."

마치 최후의 명령을 기다리는 보초병과도 같다.

황혼의 어둠이 스며들 때면

저녁의 집합 나팔 소리가 들린 후

야영지와 병영에서

아직도 그들은 일병에 대해,

그의 죽음과 헌신을 이야기한다.

그리고 그를 이야기할 때면 그들은

그의 말에는 숨겨진 뜻이 있었다고,

그의 거칠고 용감한 영혼이 고이 잠든 날은

그가 상병으로 진급한 바로 그날이었다고 말한다.

제6장

일이라면 아무리 힘들어도 참고 해낼 수 있지만, 하는 일 없이 빈둥거리다 보면 사람의 진이 다 빠지는 법이다. 엿새나 되는 긴 시간을 방 안에 누워만 있었던 나는 더할 나위 없이 지쳤다. 하지만 주치의는 내게 큰 위로가 된다. 내일도 계속 좋아진다면 한 시간 반 정도는 바깥바람을 쐬어도 좋단다. 나는 이제 별 불편 없이 방 안을 오락가락할 수 있게 되었다.

"의사 선생님, 왜 류머티즘의 원인이 되는 세균은 찾아내지 않는 겁니까?" 내가 말했다. "어떻게든 그놈을 찾아내어 예방법을 내놓는다면 사람들이 에펠탑만큼이나 높은 동상을 세워줄 텐데요."

"누가 알겠소?" 의사가 웃으며 대꾸했다. "정말이지 누가 알겠소? 지금은 류머티즘이 체내 화학변화 과정에서 생긴다고 믿고 있지만, 눈에 보이지 않는 어떤 미생물이 주범으로 판명될지도 모르지요."

"그건 말도 안 돼요." 내가 투덜거렸다. "그렇다면 인간은 국경을 무방비 상태로 방치한 국가나 다름없잖습니까? 그 돼먹지 않은 미생물들이 작정하고 나서면 언제든 우리를 공격할 수 있으니 말입니다."

"맞는 말이오. 그러나 우리 몸엔 잘 훈련된 상비군이 있어서 세균의 공격을 방어하고 있지요."

"그러니까, 제 경우엔 그 상비군이 패배해서 지원부대에 의지하고 있는 셈이군요." 내가 반문했다.

"그건 절대 아니지요. 전투가 엿새 동안 계속되었고, 스미스 씨의 수비대가 승리를 거두고 있는 거지요. 백혈구의 기능을 연구한 최근 보고서를 읽어보셨을 텐데요."

"아니요, 그런 글은 아직 보지 못했습니다."

"그런 글이 소설보다 훨씬 재미있습니다. 백혈구가 뭔지 아시오? 백혈구는 우리 혈액에 떠다니는 것으로 밝혀진 미세한 젤리 모양의 물질이오."

"핏속의 흰색 캡슐이라는 말씀이군요."

"바로 그렇소. 인간의 몸속에는 그런 캡슐이 수백만 개나 있지만, 지금까지 그것들이 어떤 역할을 하는지는 몰랐소. 생리학자들은 보통 그것들을 아무 목적도 없이 이리저리 떠다니거나 별로 중요하지 않은 작용을 하는 젤리 덩어리 정도로만 여겼지요. 그런데 최근의 실험 결과 그 캡슐들이 가장 믿을 만하고 활동적인 우군이라는 사실이 밝혀졌소. 말하자면 그것들은 인체를 방어하기 위해 주둔 중인 특별 경호원이자 근위대인 셈이지요."

"그것들은 어떻게 그런 일을 하지요?" 내가 물었다.[225]

---

225) 이렇게 이 소설의 원고는 한 페이지의 중간쯤에서 미완성 상태로 끝난다.

옮긴이 글

2012년 여름, 코난 도일의 미발표 작품이 영국에서 출간되어 유럽 전체가 떠들썩하다는 소식을 들었을 때 나는 적잖이 놀랐다. 그토록 유명한 작가의 작품 중에, 그것도 그가 태어나고 활동한 나라에서 아직도 출간되지 않은 원고가 있었다는 사실이 납득하기 어려웠기 때문이다. 그리고 그 놀라운 작품을 우리말로 옮길 기회를 얻었을 때 말로 형용할 수 없을 만큼 기뻤다. 아서 코난 도일은 추리소설의 최고봉으로 꼽히는 셜록 홈스 시리즈의 저자가 아닌가! 책이 도착하기를 기다리면서 나는 흥미진진한 추리소설을 번역할 기대감에 부풀었다.

그런데 막상 책을 받아 내용을 훑어보니 이 작품은 탐정 이야기와는 거리가 먼 사변적思辨的인 소설이었고, 완성된 작품도 아니었다. 기대했던 것과 달라 조금 실망했던 것이 사실이지만, 책을 차분히 읽고 우리말로 옮기면서 나는 또 다른 재미에 푹 빠졌다. 코난 도일이 만들어낸 가상의 인물들이 아니라, 의욕과

치기가 넘치는 젊은 코난 도일 자신의 마음속 깊은 곳을 들여다 보는 재미가 쏠쏠했기 때문이었다.

『존 스미스 이야기』의 원고는 2004년 진행된 한 경매에서 영국의 국립도서관(The British Library)이 사들인 코난 도일 관련 여러 문서 사이에 제목도 없이 섞여 있었다고 한다. 발견 당시 이 원고는 완성되지 않은 상태였고(제6장은 두 쪽이 채 되지 않는다), 저자 자신도 끝내 출간을 시도하지 않은 작품이었지만, 영국 국 립도서관과 아서 코난 도일 재단은 위대한 작가로 성장하기 전 젊은 시절 코난 도일의 진솔한 면모와 향후 여러 작품에서 전개 될 내용의 씨앗을 담고 있다는 점에서 독자들이 저자의 작품 세 계를 이해하는 데 큰 도움이 되리라 판단하여 이 책을 출간하기 로 결정했다고 한다.

1883년 이 책을 처음 집필하던 당시 코난 도일은 잉글랜드 남부의 항구도시 포츠머스에서 의사로서, 그리고 작가로서 자 신의 삶을 개척하느라 분주하게 활동하던 23세의 혈기 왕성한 청년이었다. 그는 이미 단편소설 몇 편을 여러 잡지에 발표하 여 그중 몇 편은 독자와 비평가들에게서 호평을 받기도 했지만, 당시 관행대로 그의 작품은 익명으로 게재되었다. 진정한 작가로 자리매김하려면 장편소설을 써야 한다고 생각한 그는 계획을 실행에 옮겼고, 그렇게 처음 시도한 장편소설이 바로 『존 스미스 이야기』였다. 그는 원고를 완성하자마자 우편으로 출판사에 보냈지만, 분실되어 다시는 되찾지 못했다. 그러니까, 2004년 발견된 원고는 코난 도일이 1883년에 쓴 최초의 원고가 아니라 후일 그가 기억을 더듬어 다시 쓰다가 어떤 이유에선지 중단한 두 번째 원고다. 코난 도일은 끝내 이 원고를 완성하지도, 출간하지도 않았지만, 나중에 자신의 다른 여러 작품에 이 원고의 많은 부분을 가져다 썼다.

이 소설의 화자이자 주인공인 존 스미스는 통풍에 걸리는 바람에 한동안 방 안에 갇혀 지내게 된 50대 남자다. 설정된 상황이 말해주듯이 이 소설에서는 극적인 사건의 전개나 등장인물들의 역동적인 행동을 전혀 찾아볼 수 없다. 단지 존 스미스의 독백과 성찰, 그리고 그와 그를 방문한 등장인물들 사이의 대화가 전체적으로 소설을 구성하고 있을 뿐이다. 더구나 그 성찰과 대화의 성격도 사건의 전개와는 아무 상관 없는, 지극히 사변적인 것들이다. 주제 역시 문학, 과학, 의학, 종교, 전쟁, 역사, 정치 등을 망라하여 이 책에서 미스터리한 범죄 사건의 전개와 해결이나 탐정의 놀라운 모험을 기대한 독자는 당연히 실망할 수밖에 없다. 게다가 바로 이 책에서 코난 도일 자신도 저자가 소설의 흐름에 사변적으로 개입하는 태도를 지양해야 한다고 강변하지 않았던가.

어떤 작가가 별도의 부록에서 속마음을 털어놓는다면, 아무도 반대하지 않을 것이다. 하지만 독자가 작품 속 등장인물에 공감하려고 애쓰는 순간에 끼어들어서 자기 의견을 늘어놓는다면, 이야기 자체를 망칠 위험이 있다. 그렇게 되면 그의 작품은 철학, 실용 정보, 신학 등의 사실상 종합백과사전과도 같은 지식을 긁어모아 조각조각 붙여놓은 멋진 모자이크는 될지 모르지만, 결코 좋은 소설은 될 수 없다.

그렇다면, 코난 도일은 왜 자신이 피해야 한다고 강변한 '실수'에 스스로 빠지는 자가당착을 저지른 걸까? 그리고 그것은 정말 실수였을까?

사라진 초고의 상태를 알 수 없으니 단정적으로 말할 수는 없지만, 다시 쓴 원고가 초고의 상태와 그리 다르지 않다고 가정한다면, 이 책은 23세 청년이 썼다고는 믿기 어려울 만큼, 해박한 지식과 깊이 있는 통찰로 넘친다. 당시로서는 최첨단을 달리던 과학의 성과들이나 심령학 등 새로운 분야의 모험, 첨예하게 대립하던 종교적 신념과 교리들, 심지어 수십 년 뒤 세계를 재편하는 강대국들의 세력 판도에 대한 예상까지 젊은 코난 도일이 보여주는 지적 수준, 그리고 인간과 세계에 대한 이해는 가히 놀라울 정도다.

실제로 이 작품은 앞으로 태어날 명작과 대작을 위해 그가 치밀하게 수집한 정보의 데이터베이스, 향후 착상하고 전개할 주제와 서사의 인큐베이터, 소설적 글쓰기의 방법과 지침을 담은 매뉴얼과 같다는 느낌을 지울 수 없다. 아마도 그래서 이 작품은 미완성으로 끝났고, 저자가 출간을 포기했을지도 모른다.

그럼에도, 이 작품에는 작가의 자신감, 에너지, 아이디어가 넘친다. 어찌 보면 코난 도일의 모든 작품 중에서 작가가 민낯을 가장 솔직하게 드러내고, 작품이 완성되어 포장된 상태로 배달되기 전 작업장의 현실을 가장 사실적으로 보여준 사례라고 할 수 있다. 따라서 코난 도일을 열정적으로 사랑하는 독자라면 소설로서의 성공 여부는 제쳐놓고 꼭 읽어보고 싶은 작품이 아닐까 생각해본다.

이 책은 옮긴이의 지식이 닿지 못할 정도로 여러 분야에 걸쳐 심오한 내용을 다루고 있기에 번역하는 내내 혹시 오류를 범하지나 않을까 노심초사하며 마치 논문이라도 쓰듯 열심히 공부했다. 하지만 이 모든 수고를 마친 뒤 다시 읽어보니 전에는 그저 다작多作한 추리소설 작가로만 알았던 코난 도일의 진면목을 볼 수 있어 무척 즐거웠다. 독자 여러분께도 그 즐거움이 전달되기를 바란다.

늘 그렇듯이 외국 저자의 글을 우리말로 옮기면서 온 정성을 쏟았다고 믿지만, 혹시라도 부족한 부분이 있다면 세상에 완벽한 번역이란 존재하지 않는다는 속설을 위안으로 삼으며, 독자 여러분이 넓은 마음으로 혜량해주시기를 바랄 뿐이다.

2014년 1월
주순애

존 스미스 이야기 ｜ **1판 1쇄 발행일** 2014년 2월 20일 ｜ **지은이** 코난 도일 ｜ **옮긴이** 주순애 ｜ **교정** 양은희 ｜
펴낸이 임왕준 ｜ **편집인** 김문영 ｜ **디자인** 디자인 이숲 ｜ **펴낸곳** 이숲 ｜ **등록** 2008년 3월 28일 제301-2008-
086호 ｜ **주소** 서울시 중구 장충동1가 38-70 ｜ **전화** 2235-5580 ｜ **팩스** 6442-5581 ｜ **홈페이지** http://
www.esoope.com ｜ **e-mail** esoopbook@daum.net ｜ **ISBN** 978-89-94228-85-3 03840 ⓒ 이숲, 2014.